U0626803

吉卜力的天才们

Miyazaki Hayao & Takahata Isao

〔日〕铃木敏夫 著　曹逸冰 译

南海出版公司

新经典文化股份有限公司
www.readinglife.com
出　品

从风之谷到龙猫的森林

吉卜力的初挑战

做电影就是一场豪赌

息影退休？天才们的对话

第一次，也是最后一次吉卜力特别会谈

風の谷から
トトロの森へ

从风之谷到

龙猫的森林

风之谷
因"赌"输诞生的《风之谷》

没有那个时代、那些人，就没有娜乌西卡。

这一切都要从我二十多岁的时候说起，彼时我在德间书店工作。如今编辑、新闻记者是人们憧憬的职业，可在二十世纪七十年代，这并不被看作是什么正经的工作。也许是"全共斗"[①]世代的矜持感作祟，我刻意选择入职德间书店。当我告诉家里自己要去出版社工作的时候，母亲勃然大怒道："你是要去混黑道吗？"工作后的第一个夏天，我回到老家省亲，结果母亲这么对我说："我告诉邻居你还在上大学。"我就在那样一个时代成了《周刊朝日艺能》的记者。

出版社里有许多血气方刚的前辈。有时编辑部里会随着一声"来决斗吧！"的怒吼开始一场斗殴；有时还能看到采访完黑帮回来的记者在一旁边流血边写稿子……真是一个惊心动魄的时代啊。我在案发现场做采访时也曾被警察请去喝茶，还被人举着菜刀吓唬过，每周都在这样的状态下写稿。想来那些年也真是够拼命的。

积累了一些经验后，我便被调去《电视乐园》做编辑。一天，

① 日本在 20 世纪 60 年代后期出现的以"全日本学生共同斗争会议"为中心的全国性学生运动。（全书注释无特别说明，均为译注。）

尾形英夫约我在公司旁边的一家名为"Lucky"的咖啡馆见面。他担任过《朝日艺能》的企划部长，当时正在筹备《Animage》的创刊号。在那个编辑就该租房住的年代，他却早早买好房，从各方面来看都是个特立独行的人。一见面，他张口就对我说："你来做《Animage》吧。"据传他和第三方制作公司已经为这本杂志筹备了半年，却在关键时刻不欢而散。离最终校对只剩两个星期了，我既没有工作人员可用，又对动画一无所知，自然一口回绝了这一桩差事。可他劝了我三个小时，苦苦央求道"敏夫，求你了！"，弄得我拉不下脸来拒绝了。但是连装订样本都没有，内容该怎么办呢？他说："我给你介绍三个喜欢看动画的女高中生，你去采访一下吧。"

第二天，我找到那几个女高中生，从早上十一点一直采访到傍晚。在我们那个年代，全班同学都在看《铁臂阿童木》《8号超人》什么的，万万没想到，才过去十五六年，看动画片的就只剩一小部分人了。女生们喜欢特定的动画角色，有时甚至会特地去见画出那些角色的人。换句话说，动画角色日趋偶像化了。

听着听着，我逐渐有了方向，心想做个动画版的《平凡》或《明星》就可以了吧。若是普通杂志，我应该去采访明星，奈何新杂志聚焦的都是无法采访的二次元角色。于是，我打算把当时持续火爆的《宇宙战舰大和号》的动画师采访与作品角色介绍作为基本内容，可之后该怎么办呢？

创刊号最后总共有一百一十八页，没错吧？但当时我看着页面设计图苦思冥想：如何才能在两个星期内把杂志做出来呢？就在我想用"经典回放"和"读者来信"凑页数时，女生们告诉我，有一部动画叫《太阳王子霍尔斯的大冒险》，靠它就能填满八页。自己亲自去做更节省时间，我便立刻赶到东京映画株式会社，借了《霍尔斯》

的剧照。其实去之前我压根没看过这部作品，当时还是多亏了一位叫斋藤侑的制片人，按剧情顺序帮我把剧照一一摆好。后来杂志里果然还是出现了错误，现在想来，那真是一份稀里糊涂的创刊号。

不过，那时正因为我想请这部动画的制作者发表几句感言，才结识了高畑勋和宫崎骏。去采访前，我连他们的名字都没听说过。在做周刊杂志的时候，前辈们耳提面命，让我牢记重要的事情绝对不能在电话里说，所以我特地打电话给高畑勋，想约个时间见面。

谁知电话那头的他问道："为什么非要见面呢？"我只好解释原因。对话持续了好久，他大概不想接受采访吧，过了一个多小时，他这样说道："我是这么想的，跟我一起做《霍尔斯》的，还有个叫宫崎骏的人，说不定他有其他意见。他就在我旁边，要不我换他来听吧？"

接过电话的宫崎骏和现在没什么两样，说："大致情况我都听说了。我可以接受采访，但请把篇幅从八页增加到十六页。要探讨这部作品，就得把工会活动和其他背景都交代清楚，否则我想说的就表述不清了。"这样一来，又花了三十分钟。但宫崎骏的那一番话，我这辈子都不会忘记。

最后，我打消了采访他们的念头，刊登了霍尔斯的配音演员大方斐纱子女士和格伦瓦尔德的配音演员平干二朗先生的寄语，这才将创刊号赶了出来。但我总忘不了他们两个，得知《霍尔斯》将在池袋的文艺坐电影馆举办的动画大会上放映，我就忍不住去看了。刚接手动画杂志的时候，我心里想着只要做卖座的内容就好了。可一看《霍尔斯》，我大吃一惊。这部电影虽然披上了北欧神话的外衣，但它分明是在讲述越南战争啊。原来他们做出了这样的作品啊！我顿感眼前一亮。

于是，我去采访了正在制作《小麻烦千惠》的高畑。过去一看，《霍尔斯》的作画监督、以《鲁邦三世》系列闻名的大冢康生也在那里，他建议："你们要不去街角那家咖啡馆聊吧？"可是我和高畑勋走了好久，愣是没找到大冢说的那家咖啡馆，真是让人一通苦找啊。不过在寻找的过程中，我们熟悉起来，好不容易找到了地方，高畑立刻聊起了作品的内容，说他正在为各种各样的事情苦恼。这让人难忘的三个小时过后，高畑说道："你要是有本事，就把我说的这些总结成一篇文章吧。"我顿时火冒三丈。

至于宫先生①，彼时他正忙着制作《鲁邦三世：卡里奥斯特罗城》。事后他回忆起当时的我，说："我心想，怎么来了个贼头贼脑的家伙？"其实他第一次见我时就说："看到动画火了就拿动画做生意，我对这样的《Animage》没什么好感。在这种杂志上发表感言，感觉整个人都会变脏。我不想和你说话。"我听完又是一肚子火，索性搬了张凳子坐在他旁边。可他还是不吭声，继续专心作画。他自己带了便当，午饭和晚饭都是五分钟内搞定。当时已是深夜，他仍旧一言不发，直到凌晨三点多，他才突然开口说："我回去了。明早九点。"这便是我们的第一次交流。我实在没办法，第二天早上又跑了一趟。到了第三天，他才和我说了话。那会儿他正在画片头的飙车镜头，问："有没有描述这种时刻的专业术语啊？"和我一起去的同事龟山修对自行车竞赛很有研究，回答说这叫"终场绝杀"。然后宫先生就开始滔滔不绝了。

回过神来才发现，我每天都在往他们那边跑。看到这两个人，我不由得想，他们工作起来怎么能这么拼啊，当今的"创作者"原

---

① 宫崎骏的昵称。

来就在这样的地方。在此之前，唯有吉行淳之介尚能体现出我心中"创作者"的面貌，直到遇见高畑、宫崎这两位导演，他们完美契合了我所想象的"创作者"形象，有着克己禁欲的气质。

"要不放弃动画，改行做漫画家算了"

就在我们越走越近的时候，《小尼莫》的制作组找上了宫崎骏和高畑勋。在东京电影有限公司参与过《巨人之星》《鲁邦三世》等作品的制片人藤冈丰想在美国制作动画电影，再送回日本上映，就找了制作过《星球大战》的加里·库尔茨当美国那边的制片人。可请谁来当导演呢？这个加里来了一趟日本，在京王广场酒店的房间里看了各种录像带，最终选中了高畑。当时加里看的是《小麻烦千惠》，大家对此都感到很意外，可他却说："这个风格恰恰最适合美国。"这是因为高畑的制作思路非常结构化。加里同时也看了《卡里奥斯特罗城》，但他认为还是《小麻烦千惠》更具日本色彩。

就这样，他们两人去了洛杉矶，开始和当地的工作人员一起制作《小尼莫》。然而在制作过程中，双方因为编辑权闹了矛盾。在美国，只有制片人拥有编辑权。高畑和宫先生都看不惯这一点，两人双双回到日本，同时丢了工作。

那阵子，宫崎骏常说"要不放弃动画，改行做漫画家算了"，但他仍在四处摸索，想方设法制作电影。当时，德间书店的社长德间康快是业界第一批倡导将影像、音乐、印刷物关联的"Media Mix"的人。他曾对我说过，要是遇到好项目，就推荐到电影企划委员会去。我便与宫先生商量了一下，提交了两份项目企划方案，分别叫《骏战记》和《战国魔城》。

然而，作为委员之一的大映（当时是德间书店的子公司）的制片人Y先生说了这样一番话："我告诉你，拍电影没那么简单。你能把没有原作的东西拍成电影吗？"我这个门外汉听完只能沉默。我将委员会的意见传达给宫先生，他大概也很生气，说道："好呀，那我就画个原作出来。但是'为了拍电影而画漫画'未免动机不纯，所以我想画一些只能在漫画里呈现的东西。"这番话当然没错。

当时，宫崎骏开了一家叫"二马力"的公司，办公室设在阿佐谷。过了一阵子，他叫我去办公室，我在那里看到了三种类型的娜乌西卡的图。第一种画得十分精细，就是现在大家所熟知的娜乌西卡的形象；第二种是质朴的松本零士风格；第三种则介于两者之间。

"用第二种的话，一天能画上二三十张，第三种大概也能画五六张，但如果用最为精细的第一种，一天内能不能画出一张都成问题。铃木，你挑个喜欢的吧。"我这才明白过来，原来关键在这里啊。我说："既然这是在动画杂志上连载的作品，画普通的漫画没什么意义，要做就做最难的吧。"宫先生嘴上说着这种最累人了，却还是动手画了起来，甚至让有点绘画基础的我也去搭把手。我又是贴网点纸，又是涂黑的，做了不少工作呢。这部作品就是在《Animage》上开始连载的《风之谷》。

漫画的单行本一般在两百页左右，可作品连载到第十回，总共才出到一百二十页的时候，我就已经想将它做成单行本了，而且迫不及待地想把它拍成电影。《哆啦A梦》的电影上映时，藤子不二雄老师出版了数百页的B5开本原作，所以我大胆预测这种形式可行，只要把书页做薄一点儿就能热销，于是一下子印了七万本。结果只卖出五万本，栽了大跟头。

不同于现在，当年《周刊朝日艺能》的销量是六十万册，而我之前负责的漫画杂志销量在二十四万到三十万册之间，一旦降到二十一二万就得停刊。即便把漫画改编电影的企划方案交上去，用这个数字也无法说服德间书店。我跟龟山商量说"仅靠我们两个肯定不行，得找个人来当拉拉队队长"，然后盯上了时任宣传部长的和田丰。他这个人喜欢赌博，我心想可以陪他玩一晚上骰子，两人各输五万日元，这样他就会为我们工作了。

就像我最开始说的那样，当时在出版社工作的都是些无法适应社会的"混混"，而赌博是这类人的必修课。一到发工资的日子，大家就要玩骰子，用现金做赌注。好多同事甚至因为玩这个把工资、奖金输了个精光。因此，我也买了一堆骰子，拼命研究如何才能掷出自己想要的点数。我发了疯似的练习，练着练着就认识到了运势的重要性，也渐渐悟出了"输"的窍门。一天夜里，我们三个人从晚上十点玩到第二天早上六点，我和龟山输得整整齐齐，刚好一人五万日元。和田是个好人，说："用不了那么多，每人给三万就行。"在玩骰子的时候，我们见缝插针地对和田说"我们想把《风之谷》拍成电影，无奈没人支持"。那天早上，我回了一趟家，十一点到了公司。一进门，和田就冲过来说："阿敏，《风之谷》说不定能拍电影哦。"反正现在时效已到，说出来也没关系了，电影《风之谷》诞生的契机就是那场赌博。

拒绝的理由写满笔记本

为了将《风之谷》拍成电影，和田找了博报堂的一个人商量，那人叫宫崎至郎。万万没想到，他居然是宫崎骏的弟弟，这样的巧合让和田不由心生"搞不好能成"的想法。德间书店和博报堂合作拍电影原本就是很有意思的事情，而且还能拓宽德间书店的业务范围。最关键的是，合作对象是博报堂。

为什么呢？因为近藤道生就任博报堂社长没多久，就发生了右翼要员企图接管博报堂的事情。当时在近藤社长和右翼要员中间进行协调的正是德间康快。因为有这层关系，德间一直在琢磨能不能跟博报堂合作个好项目。就在这时，《风之谷》登场了。消息很快传到了近藤社长耳朵里。他刚好特别喜欢电影，是文部省推荐影片的选片委员会成员之一。于是，德间书店跟博报堂合作制作动画电影的事情就这么敲定了。

也是在那时，我结识了宫崎至郎。插句题外话，宫崎骏的长子叫宫崎吾郎。明明是长子，怎么叫"吾郎"呢？这是因为宫崎骏那一辈是四兄弟，家里希望男孩至此打住，所以才给小弟取名"至郎"。后来，宫崎骏自己的儿子出生了。既然上一个叫"四郎"，那这个就是"五郎"了，便给儿子起名"吾郎"。[1] 我向宫先生汇报说："能和博报堂合作拍电影，多亏了至郎。"对此他说："要跟他合作啊？"宫崎骏这个人平时很少跟大家联络感情，那阵子却参加了好几次聚餐。

就这样，我们进入了电影的筹备阶段。博报堂的公司章程没有涵盖电影制作，所以得先改写章程，然后还要学习如何处理筹集到的资金等税务问题。

博报堂有个人叫荒木正也，他曾在松竹策划过多部电影。我们

---

① 在日语中，"吾郎"与"五郎"发音相同，"至郎"与"四郎"发音相同。

请他担任项目组的领导，向他请教电影的制作方法。在筹备过程中，我们讨论到了预算的问题。虽然《宇宙战舰大和号》和《福星小子》都火了，但其实我并不清楚制作一部电影要花多少钱。所幸我做过《Animage》，偷偷拿到了写着各项开销明细的预算表单。看过之后才发现，原来这两部电影的制作成本都非常低。所以，我把必要的资金算出来，再将预算翻倍，心想这样总不会有问题了。可做到后面才发现翻倍也不够，最终花费了整整三倍预算的钱。这说明宫崎骏不仅很会拍电影，还很会花钱。

言归正传。开工前，宫崎骏只提了一个条件——想让高畑担任制片人。至于选择高畑的理由他也未做说明。

于是我便去找高畑，他并没有轻易点头。岂止是不点头，那阵子我天天往他那里跑，整整一个月他都没给答复。在那段时间里，高畑到底在做什么呢？他在研究何为制片人，将研究结果写满了整整一本大学笔记本，最后写上结论：因此，我不适合做制片人。

号啕大哭的宫崎骏

我拗不过他，只能去找宫先生说："为什么非高畑老师不可呢？他不想接手这个项目啊。"没想到宫崎骏一反常态，竟然约我出去喝酒。他说："我知道你酒量不好，但陪我喝两杯吧。"在阿佐谷的一家小居酒屋里，一向健谈的宫先生竟默不作声地喝着啤酒和清酒，甚至突然哭了出来："我把十五年的青春献给了高畑勋，可他没给我任何回报啊！"

我见宫崎骏哭成那样，只好去说服高畑。可他翻来覆去还是那句不想接。无奈之下，我这辈子第一次，也是最后一次抬高嗓门，冲他吼道："难道宫先生不是您的好朋友吗？朋友有难，怎么就不能帮一把呢？"

大概很少有人敢这么吼他，这招立竿见影，他终于答应了我。一旦下定决心，高畑立刻变身成一位现实主义者，张口就问在哪里做。我一下子被问得瞠目结舌。因为我根本没想到，制作电影还需要有个公司。这下可好，他立刻以牙还牙冲我吼道："你想靠宫崎骏一个人吗？这样是拍不出电影的。哪怕是为了给他营造一个好的创作环境，也需要有制作公司作为基地啊！"

这之后，我和高畑两个人把宫先生待过的公司跑了一圈，可没有一家愿意接手《风之谷》。日本动画公司、东京电影有限公司（现在的 TMS 娱乐）、东映动画……全都不愿意参与这个项目。

大家异口同声地告诉我："我们很清楚宫崎骏肯定可以做出好作品，可他会把员工和公司都搞垮的，次次都是那样。"言外之意就是跟这样一位完美主义者合作会损害公司的利益。当时真不该把当事人高畑勋一起带去。

正一筹莫展的时候，我想起一家叫"Top Craft"的公司。这家公司开在阿佐谷，平时接手一些美国的动画项目，虽然不起眼，但是脚踏实地、办事可靠。于是我就去见了那家公司的社长原彻。说来也巧，原彻在东映动画待过一段时间，还是《太阳王子霍尔斯的大冒险》的四位制片人之一。他表示："宫先生和高畑老师是老朋友了，我来助他们一臂之力吧。"就这样几个人一拍即合。

后来我们邀请原彻碰了一次头。宫崎骏说："时隔十年，我能再次见到原彻，一起做点什么，也算是有缘了。"这时高畑打断了他："阿宫，别说这些无关紧要的废话了。作品又不是靠缘分做出来的，关缘分什么事呢。"那一刻，我深切地意识到，眼前这些人可不是什么半吊子。

庵野秀明的突然来访

Top Craft 有六十多名员工，人数不多，却能覆盖从作画到摄影的每一个环节，所以起初我很是放心。可高畑却说："阿宫是打算一个人跳伞下来嘛。我们还是需要先发展些盟友。"又对原彻说："我想做个小测试，看看这边的员工是不是真的适合做宫崎动画。"于是我们逐一测试下来，结果发现大部分人都达不到他的要求。即便把原画师调去当动画师，人手还是不够，我只能依靠做《Animage》所积累起来的人脉，四处物色工作人员。

有个叫金田伊功的原画师住在高畑家附近，我便和高畑一起去找他，劝他加入我们。一问才知道，原来他是高畑和宫崎组合的"隐形粉丝"，入行后参与的第一部作品就是《熊猫家族》。后来，他和宫先生成了好朋友。在龙之子制作公司（现在的龙之子工作室）工作过的原画师中村孝水平高超，最后我们请他画了影片开头娜乌西卡驾驶飞行器潇洒飞行的画面。至于美术，我们联系了参与过《机动战士高达》的美术监督中村光毅，同时请到了参与过《宇宙海盗王哈罗克》的小松原一男作为绘画方面的负责人。就这样，我们一个一个搜罗人才，终于凑齐了大致阵容，正式启动了制作。

宫崎骏在全员参加的第一次演讲中就发布了紧急事态宣言："我们必须要在六个月内把电影做出来，时间非常紧张，今后就没有周末了，一个月只放一天假。"他说到做到，只不过实际制作还是花费了八个月。

宫崎骏明明非常健谈，可一旦提笔作画，他便不会再多说一句废话，这点最让我佩服。从早上九点到凌晨三四点，他一直对着办公桌，吃饭则吃自己带来的便当，用筷子把饭菜一分为二，中午、晚上各吃一半。其他时间他一直工作，也不听任何音乐。他以身作则，拉着大家往前冲，严于律己，也严于待人，真是太厉害了。

制作环境是真的艰苦。有多苦呢？庵野秀明中途参与了这个项目，他带着学生时代的画作来到 Top Craft，宫崎骏看到那些画稿就立刻录用了他。在动画界，通常是先做动画，积累一定的经验以后再做原画，可宫先生上来就让庵野秀明做原画师，还把巨神兵的镜头全都交给他来做。可庵野来东京时只带了一个包，连住的地方都没有，所以他当时一直住在工作室，就睡在桌子底下。

化为泡影的"巨神兵 VS 王虫"

就这样，大家废寝忘食地工作，却在最后关头出了大问题。电影原定于三月十一日上映，可是到了二月底，我们发现赶不及上映日期了。

这时，宫崎骏让我召集起大家，他希望电影能按时上映，便当着所有相关人员的面说："再这么下去，这部电影就不能及时上映了。我想和大家讨论一下接下来该怎么办。先听听制片人高畑老师的意见吧。"可高畑却迟迟不开口，等了好久才憋出一句"赶不及也没办法"。宫先生便说："制片人都这么说了，再讨论也没什么意义。"然后，他动手做了一件事——开始改分镜。事实上在原版分镜里，有一个场景是巨神兵和王虫爆发了激烈的冲突。

与此同时，高畑也在为电影能如期上映而不懈努力。他联系发行方东映，提出了几种想法，比如胶片一完工，就按距离远近发送，先发北海道、九州这种比较远的地方，这样一来也许就能缩短时间了。最后的录音工作也是用最快的速度完成的，当时的工作量放在今天可能要花费两三个月，可《风之谷》的录音工作愣是大家在工作室闭关一星期赶出来的。高畑和宫先生都几乎一星期没合过眼。

拍板请久石让负责音乐的也是高畑。其实，德间书店旗下有一家名叫"德间日本通讯"的唱片公司，他们推荐细野晴臣，我们也试听了很多乐曲。结果高畑说："细野很有才华，但我觉得并不适合负责《风之谷》。他善于表现夏天的慵懒，应该不会写激情高昂的曲子吧。阿宫是个热血男儿，所以最好找个能写出激情的人。"于是，德间日本通讯的人就推荐了当时才三十多岁、尚未出名的久石让。宫先生把音乐方面的工作全权交给高畑，所以配乐是高畑和久石共同商量着创作出来的。正因如此，久石让才说："当年是高畑老师发现并栽培了我。"

总之，我们把一切都赌在了这部电影上，将所有的精力倾注于制作，根本没有余力去考虑宣传、票房之类的后续事宜。幸运的是，在这种情况下诞生的《风之谷》大获成功。然而在成功的背后，我们经历了太多。完成影片的同时，Top Craft 的主力员工集体辞职，以至于公司名存实亡，只剩下一具空壳。才做了一部电影就成这样了？我不禁感到愕然。事情发展到了这个地步，原彻却还是提出要退还数百万日元的盈余制作经费。他确实是个特别实诚的人。宫崎骏完成了《风之谷》，却说再也不想当导演了。原因就是在现实中接连失去朋友，实在太过痛苦。当时大家心里都在想：做完这部就收手。可谁也没想到，在夹缝与危机中诞生的《风之谷》，竟成了一切的起点。

天空之城
负债成立的"吉卜力工作室"

完成《风之谷》后，宫崎骏宣布："我再也不做导演了，我不想再失去朋友了。"为了完成一部作品，导演有时必须对邻桌的伙伴说些狠话。如果动画师绘制的场景不符合自己的预想，导演必须明确表达出来。这样的话说得越多，就会有越多的人选择离开。宫崎骏的意思是，他无法再承受这样的孤独。

实际上，这并不是宫崎骏第一次经历这样的痛苦。他说过："我在高畑勋手下工作了十五年，动画师才是我的天职。"从高畑勋导演的处女作《太阳王子霍尔斯的大冒险》，到《熊猫家族》《阿尔卑斯山的少女》《三千里寻母记》《红发少女安妮》，宫崎骏一直在高畑手下工作。

不过，宫崎骏在《三千里寻母记》和《红发少女安妮》之间执导了《未来少年柯南》。出于种种原因，宫崎骏第一次得到了执导机会。作品改编自原著，总共有二十六集。只要做几集囤着，提前留出余量，剩下的便能一鼓作气做完了，于是他一集集地做下去，第一集、第二集、第三集……《未来少年柯南》讲述的是主人公柯南和拉娜的故事，宫崎骏笔下的男女有个特征：一旦邂逅，就会百分百相互喜欢，一点也不纠结。照理说，关于男女关系的剧里都是没完没了的犹豫、算计和拉锯战，宫崎骏却很讨厌这些。所以，他笔下的人物总是在相遇的一瞬间就喜欢上对方。《未来少年柯南》里面有邂逅、恋爱，还有婚礼。宫先生是个极其害羞的人，可他连蜜月旅行都得画。大概在第八集，他还画过一个水下接吻的场景，别提有多难为情了。

据说画完那集的时候，他说出这样一句话："怎么办啊？都结束了。"《未来少年柯南》总共二十六集，可是才画到第八集，故事就讲完了。宫崎骏和高畑勋最大的特点就是敢于说出自己的烦恼。"画不下去了啊"这种话，他可以若无其事地当着工作人员面说。当时，制片人中岛顺三找到高畑商量，请他执导第九集和第十集。高畑做事向来仔细，听说他从第一集开始，把每集都按顺序看了，还不停地向宫先生发问："为什么会这样？"事后宫先生回忆："我被他问得头都疼了。"不过多亏高畑重新调整了问题设定，宫先生才能接手第十一集以后的部分。这件事是人尽皆知的秘密。

等作品完结的时候，所有人都认定宫崎骏以后要当导演了，毕竟他以创作者的身份制作了二十六集动画。没想到宫先生一听说高畑打算制作名著系列的第三部作品《红发少女安妮》，就表示自己也要帮忙，这让高畑大吃一惊。明明已经成为一名可以独立创作的导演，却想再做回"工作人员"，这也是宫崎骏不同于常人的地方。每个人都有自我表现欲，可他还有"自我消灭欲"。带领大家奋勇拼搏的确开心，然而当战斗结束，只剩下一幅硝烟散尽、夕暮寂寥的光景时，留在心中的失落感让他渴望再次体验与大家一起创作的乐趣。

于是，宫崎骏成了《红发少女安妮》的一名工作人员，无奈他本就不会坦诚地认可他人的作品，再加上当过一次导演，更是想到什么就说什么，别提有多麻烦了。这人就是个矛盾的集合体啊。到头来，宫先生不得不中途退出制作组，公司也不知道该把他安排到哪里，就将《卡里奥斯特罗城》交给了他。可他一会儿当导演，一会儿当工作人员，变动之频繁，还真是有宫崎骏的作风啊。《风之谷》之后，宫崎骏再也不做导演的情绪到达了巅峰，那时他心里有个小小的愿望：如果要再次参与电影的制作，就让我以动画师的身份参与吧。

为化解《柳川堀割物语》的危机开展的项目

在宫先生设于阿佐谷的二马力工作室里，大家从早到晚都在策划新项目。宫先生特别喜欢构思新项目。某天，高畑和押井守都在，也不知是谁先提起来的，聊着聊着就聊到了九州的柳川，说是有人把一条臭水沟重新变回了干净的沟渠。当时我刚好在看日本电视台深夜重播的青春系列节目，就提出一个建议。

"在系列开篇《青春是什么》里，高中生和大人一起去解决镇上的小问题，可是拍到后面，学生们渐渐就被困在了学校里。我们可以效仿《青春是什么》，让高中生也参与到主人公清理柳川的故事里，怎么样？"

大家都很赞成我的点子，觉得这样很有意思。宫先生说："不如让阿朴①来做吧？"高畑原本就对这类故事很感兴趣，立刻前往现场

---

① 高畑勋的昵称。

ある日、少女が空から降ってきた…

天空の城
ラピュタ

「風の谷のナウシカ」に続く
宮崎 駿（原作・脚本・監督）の傑作！

采访。与此同时必须创作出剧本，于是我、宫先生和采访归来的高畑一起去拜访了编剧山田太一，几个人在涩谷见了面。遗憾的是，他给出了两个拒绝我们的理由："我更关注人们在大城市的卫星城市和郊外的生活，对地方小城不感兴趣。还有，我想写自己构思出来的东西，没有余力去写不是我原创的东西。"

实地考察归来的高畑说："我觉得既然要拍，就拍真人电影，而不是动画电影。"他提出用实景拍摄，这让大家一筹莫展。

"要在哪里放映呢？又该怎么筹钱呢？"

恰好在那时，宫先生收到了一大笔钱。实际上，在制作《风之谷》的时候，我就提前准备好了合同，以确保"导演宫崎骏"可以分到票房收入和其他收益。这是因为我在出版社工作过，认为让导演享受到他的权益才更合理。在此之前，动画导演的唯一收入就是工资。总而言之，如果导演在"隶属于某家公司"的状态下执导了电影，那么该电影就成为"职务作品"，其著作权属于公司。比如宫先生的《卡里奥斯特罗城》到底算不算职务作品，大家的意见就存在分歧。归根到底，电影制作需要财力和人力，很难被视作个人作品，在著作权领域也较为特殊。因此，黑泽明在公司期间也是以职务作品的形式制作电影。但是，我在出版社工作，对作品怀有敬意，想守护它们。我也知道创作者正在遭受什么样的对待，所以就学习了点相关知识，想借此机会让导演个人也能拥有著作权。

一直踏实做事的宫先生于是得到了一笔他从未见过的巨款。他大吃一惊，对我说："铃木，我该怎么办啊？我当然有很多想要的东西。现在住着破旧的房子，所以想换个好房子住，也想买自己喜欢的车。可要是真这么做了，谁知道大家背后会怎么说我，肯定会对我指指点点。即便有点好面子、争口气的意思，我也想把钱花在更有意义的事情上。"

于是，宫先生就把资金投进了高畑的纪录片。在我看来，这就像是高畑勋和宫崎骏互换角色，再拍一部《风之谷》。我想只要好好做，大家就一定会来看。虽然是第一次拍真人电影，但高畑对这类作品的拍摄方法肯定有所了解。他在柳川租了一间房子，和工作人员住在那里，开始没日没夜地拍摄。我也去过柳川好几次，宫先生还带着他所有的侄子和侄女一起去过。柳川真是个安静的好地方。我毕竟是德间书店的员工，按理说不能直接参与这个项目，便请宫崎骏学生时代的好友久保进担任《柳川堀割物语》的制片人来推进项目。可没过多久，资金就见了底，宫崎骏只能来找我商量："时间和资金都投进去了，作品却没完成。我家的房子虽然很破，可也不想为了做电影拿去抵押掉。铃木，你能不能帮着想想办法啊？"

"为什么不再多拍一部电影呢？我知道拍电影不容易，但再拍一部的话，很多问题都会迎刃而解。"我不假思索地回答。

这种时候，宫先生总能迅速做出决断。他用短短五分钟时间，当场把《天空之城》的全部构想讲给了我听。巴斯、希达、穆斯卡、《格列佛游记》、飞行石之谜……和现在不同的只有标题，不是大家现在所熟知的《天空之城》，而是《少年巴斯飞行石之谜》。他说："铃木，如果用这个构想，总会有办法做出来。"我吃了一惊，问道："你一直在构思这个故事吗？"他回答说："不，这是我上小学的时候想到的。数学课上不是学过 θ 吗？一看到那个符号，我就想要不要给主人公起名'希达'。刚才一下子就想起来了。"

《风之谷》的观众年龄层比我们预想的要高，宫先生之前也说过想拍一部男孩们大展拳脚的作品，让年纪更小一点儿的男孩来看。"那么就拍这个吧"——我们达成了一致。我提议请高畑来做制片人，于是就去找他了。那天深夜，我和从外景地柳川回到东京的高畑漫步在石神井公园，当时的对话令我毕生难忘。

"请您出任《天空之城》的制片人吧！做《风之谷》的时候通过向您学习，我多多少少得到了一些制片人的心得，所以我会承担实质的工作，希望您可以专注于《柳川》这个项目。如果出现问题，我再找您商量。我觉得做了《天空之城》，应该就能补足《柳川》的资金缺口了。"

"对不起，这附近有好多气派的房子啊，要是我没拍这部电影，阿宫也能住进这样的好房子了。"

我心想这话亏你说得出口。

这便是《天空之城》的起点。

找不到合适的地方开工作室

因为《风之谷》取得了成功，德间书店很快批准了《天空之城》这个项目。可令人头疼的老问题又来了——在哪里制作呢？因为员工纷纷辞职，制作《风之谷》的 Top Craft 处于名存实亡的状态，高畑便和我又跑遍了制作《风之谷》时拜访过的公司，可没有一家愿意接。好说歹说之下，只有日本动画公司总算是答应了，但他们提出一个条件，要求新建一间工作室。

听到这个条件，高畑说："看来只能开一家新公司了。"于是立刻开始计算开设一间工作室的费用，甚至细化到一张桌子要多少钱的地步。高畑勋的办事能力很强，制作《风之谷》时，他做出来的预算表堪称完美。在这个大家一向随意马虎的行业，他格外细致。正因为这份信赖，我才毫不犹豫地表示赞成，可新问题又来了：谁来当工作室的负责人呢？

"你还有杂志要做，总不能让你来吧。没有合适的人选吗？"

我询问了很多人，奈何谁都不肯来当新工作室的负责人。毕竟在动画界，高畑勋和宫崎骏都是被敬而远之的名人——他们做得出好作品，但他们到过的地方都会寸草不生。我只能向高畑汇报找不到人。他说："Top Craft 的原彻不是很好吗？请他来吧！"我们便一起去邀请原彻加入。他真是个好人，答应了我们。不过他后来也说："我这辈子就毁在那里了。"

接下来就是工作室选址的问题。既然答应要做制片人，高畑就不想只是挂个名字，推进项目时也是处处替宫先生着想。因为宫先生希望把工作室设在中央线沿线，高畑就计算好宫先生从所泽的住宅开车过来要多久，将选址锁定在高原寺到吉祥寺之间。然后高畑、原彻和我在高原寺到阿佐谷之间的车站依次下车，把当地的房产中介跑了个遍，却迟迟没找到合适的房源，中介都用奇怪的眼神打量我们。想想也是，当时只有原彻穿着西装，我和高畑都穿着脏兮兮的夹克，人家不起疑心才怪呢。听到高畑感叹怎么就找不到合适的地方呢，我便半开玩笑地说道："都怪您，一把年纪了，哪能穿成这样啊。"第二天，高畑就穿着西装外套来了，结果当天真在吉祥寺找到了一个不错的地方。

不过，另一家公司也有意租下那间位于吉祥寺某大楼里的办公室。那是家大公司，走流程审批好像要花点时间，中介告诉我们："他们会在后天正式给予回复。希望你能在明天之前决定。"可押金实在太贵了，我们以为一千万就够了，中介却开口要三千万。我考虑了一晚上，第二天独自去找中介，抱着试一试的心态说："我们拿不出三千万，但一千八百万的话，想想办法或许可以凑到。"我猜测一千五百万大概不够，就加了三百万。结果对方表示："那就按您说的来吧。"虽然是对公司先斩后奏，但所幸办公室一事总算是尘埃落定了。

就在我们找到工作室的时候，高畑从宫先生那里听说了《天空之城》的构想，便提议道："我们一起去英国威尔士的溪谷采风吧。"然而，采风之旅的时间与拍摄《柳川》的日程有所冲突，高畑便无法前往了。宫先生在这种时候还挺胆小的，嚷嚷着不想一个人去。高畑和我实在没辙，好说歹说才说动他。到了出发当天，宫先生还在嘟嘟嚷嚷，我们只能开车去二马力接他，再把他送去成田机场。只要他一出发，后面的事情就好办了，宫先生是个做事认真的人，他会告诉自己"既然去了，就得有收获"。听说他在那里天天早起，四处写生。回到日本后，他便以那些画稿为基础画起了分镜。那次的采风之旅对后来的作品产生了很大影响。等到《天空之城》上映，我们也去游览了那处溪谷。

关于工作室的名字，大家提了各种各样的想法，最后拍板的却是宫崎骏。"意大利有一种叫'Ghibli'的军用侦察机，我们就叫'吉（Ji）卜力'工作室吧。"

说着，他还把那个单词写出来给大家看。外语水平颇高的高畑抗议道："阿宫，这应该念'Gi'卜力吧？"宫先生却很坚持："不，我的意大利朋友说它就念'吉（Ji）卜力'。"于是，一个拥有稀奇名字的工作室就此诞生了。后来，我们才总算搞清楚"Gi"卜力才是正确发音，外国人都喊"Gi卜力工作室"的，不过为时已晚了。

创办吉卜力工作室的时候，我真是一筹莫展，因为我根本不知道如何运营一家公司。本来以为会有人帮忙张罗，可去到德间的总务部一问，他们毫不留情地把我打发走了，说："不是你要开的吗？随意开去呗。"另外当时让原彻来当工作室负责人的事情还没敲定，无奈之下我只好花上一千多日元买了本名叫《如何开公司》的书，好不容易憋出了一份计划。

没想到过了一阵子，总务部告诉我："集团有个休眠公司，你拿去用吧。"

原来在拍摄《天平之甍》的时候，德间书店开了一家叫"甍企画"的公司。我一看报表，发现这家公司竟然还有大约三千六百万日元的债务。我顿时火冒三丈，心想这是要我们一开始就背上一身债吗，可又没有其他选择，只能痛下决心将债务清零。"吉卜力工作室"就这样启动了。

制作过程中，高畑会在关键节点现身，与我们展开各种讨论。宫先生竟为《天空之城》写了剧本，这可是前所未有之事。插句题外话，柯南不是一直拿着渔叉吗？起初巴斯的设定也是拿着小号冒险，可中途小号却不见了。我问："小号呢？"宫先生回道："那个啊，画起来太麻烦了。"

说回剧本。看完剧本后，我和高畑有同样的看法。我们在咖啡馆发表了自己的感想："故事的结构更侧重于穆斯卡的野心和挫折。这样真的好吗？"我认为，应该把巴斯塑造得更像主角。如果将他的年龄上调一些，人物就会多些阴暗感，穆斯卡的野心和挫折也许就不会那么突出了。于是我把这个意见讲给宫先生听，那次我是一个人去的，结果他一听就发火了："这是给小学生看的电影。把年龄改大了还有什么意义啊！"

我拿他没辙，《天空之城》就这样启动了，故事按照最初的剧本进行。不过，当我指出"这是关于穆斯卡的野心和挫折的故事"时，宫先生面露难色，因为他很喜欢穆斯卡，这个角色就相当于《柯南》里的雷普卡。他对这类角色有着特殊的感情，会把自己投射到他们身上。而朵拉就代表了他的母亲，她在我们制作《天空之城》的时候去世了。将自己和母亲投射到角色身上，对于宫先生本人而言肯定很难为情，不想被人点明。我想，给剧本提意见时，宫先生发火的真正原因其实在这里。照剧本画出分镜的过程中，我感觉宫崎骏心中好像也有要把巴斯和希达再往前推一点儿的意识。

　　在电影的制作过程中，制片人高畑勋也有不俗的表现。《风之谷》的预算已经高于其他动画电影，可制作《天空之城》的时候，高畑突然说："将预算涨到《风之谷》的两倍吧。有这么多资金，时间上也会充裕一些，其他的总会有办法的。"这个决定真是太明智了。

　　还有一件事，就是音乐。《天空之城》项目最让人头疼的便是音乐了，不知道该请谁为这部冒险大戏配乐才好。宫先生把音乐方面的工作全权交给了高畑。起初，高畑说要请宇崎龙童，于是我们就去了宇崎设在赤坂的办公室。在谈完回去的路上，高畑却说："是不是可以再请一次久石让呢？"这大概是高畑的直觉。他这个人一旦把主意说出口，就再也劝不动了，所以我当场给久石让打了电话，两个人径直前往位于六本木的久石事务所。久石让答应了我们，《天空之城》又朝大功告成近了一步。

　　当时，我仍在担任德间书店的《Animage》杂志的副总编辑，每天白天在吉卜力干活，傍晚再回到新桥的公司处理编辑事务。我在吉卜力没有任何头衔，为了吉卜力的工作与人见面时难免有些尴尬，不过工作本身还是很有意思，所以我完全不在乎这些。眼看着自己在编辑部的地位岌岌可危，可我还是很享受和宫崎、高畑二人待在一起的时光，享受着吉卜力的工作。

龙猫
同步制作两部电影催生出的奇迹

《天空之城》一结束，我们便将下一部电影提上日程。

《风之谷》的故事内容深刻，观众的年龄层偏高，所以《天空之城》我们才想以少年为主人公，传达动画电影本来的乐趣，制作出一部热血沸腾的冒险大戏。那个时候，我其实对动作大戏产生了些许腻烦。当然作品本身很有趣，制作《风之谷》时，我也特别投入，但《天空之城》已经是我参与制作的第二部电影了。想来我这个人本就没什么长性吧。渐渐地，我冒出了想做点不一样的事情的念头。

就在这时，我将视线转向了自己一直很感兴趣的一个企划。那就是宫崎骏酝酿多年，甚至画了几张图的《龙猫》。故事发生在昭和三十年代的日本，描绘的是妖怪和孩子之间的交流。我心想，如果把这个做成电影的话，也许我就能抖擞精神投入其中了，便向宫先生提议："下一部要不做龙猫吧？"

刚说起要拍《龙猫》时，宫先生心目中的导演人选并不是他自己，而是高畑勋。"导演可不是我哦。铃木，你去说服高畑吧。"于是我就带着高畑去了当时宫先生开在阿佐谷的二马力工作室。因为我觉得与其我介入，还不如让他们直接沟通更好。宫先生竭力劝说高畑："我这儿有一份企划案，角色有了，可故事还没想好，也没决定要拍成什么样的电影。所以你来主导，把这个项目做下去吧，这种题材你绝对比我擅长。"

然而，高畑不肯点头，宫先生无奈作罢。从事务所走到阿佐谷车站大约十五分钟，中途我和高畑喝了杯茶。我对他说："二位好久没合作了，要是你们能再次聚首，一定很有意思。"高畑却说："企划原作是宫崎骏，却要我来当导演，画画的又是他。这么一来，我这个导演不就变成三明治了嘛。对我来说，这个企划会很难做。"

还能这样看待问题，我真是受教了。就这样，请高畑执导《龙猫》的方案落空了。不过，我对企划本身想得太过简单，认定大家都会赞成。谁知时任德间书店副社长的山下辰巳面露难色地说："能不能再改改啊……"

早在十年前，宫先生就向日本电视台提议过用"龙猫"这一角色拍个特辑，但没被批准。说实话，宫先生笔下的角色不是很有冲击力，看到角色就说好的人寥寥无几。换而言之，他笔下的角色只有在动起来的时候才能展现出魅力。所以，无论我再怎么强调"作品描绘的是妖怪和孩子之间的互动，故事发生在昭和三十年代"，也没人表现出多大兴趣，德间书店也不例外。这可把我愁坏了。《天空之城》上映后，宫先生、高畑和我，还有我的上司副社长山下和尾形英夫一起在银座聚过餐。席间说起一定要再拍一部电影，便聊到了《龙猫》。结果山下直言不讳地说："《龙猫》这样的企划很难啊，观众还是想看《风之谷》《天空之城》这种片名中带外语单词的作品吧。"

高畑针对这句话给出了精彩的回答。我提前知会过他，说接下来想做《龙猫》，但遭到了山下的反对。

"山下副社长刚才所说，一定代表了宫崎骏影迷的意见。'片名中带外语单词'这种表述还挺独特的，其实您想表达的是'动作奇幻片'吧。观众的确想看这样的作品。"高畑继续说道，"可如果是这样，那要到何时才能拍上阿宫想做的《龙猫》那样的电影呢？"这话说得巧妙，山下副社长一听完就有点慌了，回答道："我明白您的意思。要不做成录像带吧？"

电影这个东西啊，有时可能会因为企划亏损好几个亿。做成冒险动作奇幻片的话，在一定程度上票房有保障，要是把《龙猫》作为一个独立的项目去做，做不好就会亏钱，而且一亏就是好几个亿。这一点大家都心知肚明。所以山下副社长才会建议做成录像带，只是这话听着多让人不甘心啊。那一刻，我第一次燃起了斗志。

同时制作两部电影

我想到了一个主意：如果只做一部《龙猫》不够，那就请高畑也做一部，两部同时推进不就行了吗？当时《Animage》的前总编尾形英夫是我的上司，也是一位非常优秀的制片人。一聊起同时做两部的想法，他立刻说道："有一部作品，我特别希望高畑先生来做。我小时候经历了战争，过得很艰难，战争结束后，大人都丧失了信心，只有孩子们依旧活力十足。能不能请您做一部这方面的电影啊？"

我当时觉得尾形真是厉害，高畑也说："这好像挺有意思的。"尾形顺势说道："那后续就交给敏夫啦。"于是我和高畑开始讨论企

となりのトトロ
このへんないきものは、
まだ日本にいるのです。たぶん。
前沢行
稲荷前
原作・脚本・監督●宮崎 駿
製作●徳間康快/企画●山下辰巳・尾形英夫/作画監督●佐藤好春/美術監督●男鹿和雄/プロデューサー●原 徹/制作●スタジオジブリ/音楽制作●徳間ジャパン/徳間書店作品/配給●東宝

划案的内容。平时遇到这种情况，他不会立即做出反应，可那时他眼色一变，立刻感兴趣地说这好像挺有意思。之后，高畑和我着手寻找适合改编的原著，他找来一本叫《跑过日本的少年们》（村上早人著）的书，关注的是东京的战争孤儿。我们立即开始探讨把它改编成电影的可能性，最后得出的结论是要拍成电影恐怕很难。也就是说，在《萤火虫之墓》之前，还存在着一部化为泡影的原著。不过，这本书腰封上的推荐语，是野坂昭如的寄语。

实际上，我本人非常喜欢野坂的《萤火虫之墓》。一九六七年，十八岁的我来到东京，而刚好在那一年的秋天，《萤火虫之墓》发表在了《ALL 读物》上。"要是有朝一日能从事和电影相关的工作就好了"，那时我怀揣着这样一个朦朦胧胧的梦想，还幻想着把《萤火虫之墓》搬上大银幕。只不过，这部作品讲述的不是"孩子们在战后变得更有活力"，而是"孩子们死去了"。我问高畑："我想到一部作品，但可能不太符合企划案的主旨。您知道《萤火虫之墓》吗？"他回答说没有读过，但他知识面很广，所以知道大致的内容。他表示"我去看一下"，看完后就立刻告诉我很有意思。

但方案确定下来便遭到当时吉卜力的负责人原彻的质疑："同时制作两部电影？简直在胡闹！就连东映动画也没同时制作过两部，你们打算怎么做啊？"当年会做动画的人并不多，其实现在也一样，所以抢人大战是板上钉钉的事情。可我依然认定，两部电影应该都会做成六十分钟左右的中篇，所以总会有办法应对。

我把同时制作两部电影的方案提交给山下副社长，却被训了个狗血淋头。

"《龙猫》通篇讲妖怪还不够，这次又要搞坟墓了啊！妖怪配坟墓算怎么回事啊！"就在这个节骨眼上，我认识了同事龟山修的朋友，时任新潮社出版部长的初见国兴。他听说我家有个专门放书的房间，提出要来参观一下。但那只是个借口，他其实另有所图。

"（新潮社的）社长想做动画或漫画。我想阻止他，可我对动画一窍不通，所以想了解一些相关的知识，这便找上门来了。我不想让别人听到这件事。"

原来他是来找我商量这件事的。我心想来得正好，因为《萤火虫之墓》的出版社正是新潮社。德间书店制作《龙猫》，新潮社制作《萤火虫之墓》，两部电影同时上映，只要以这样的形式去推进，不就能彻底扭转局面了吗？当务之急是先说服初见。起初他是不太愿意的，但最后还是帮忙建立了合作关系。后来，现任新潮社社长的佐藤隆信也加入了项目组，队伍日益壮大起来。

下一步就是说服德间书店了。这个问题让我头疼不已，因为我清楚就算自己提出"德间和新潮社合作"的主意，恐怕也不能轻易实现。于是，我又动了一番脑筋，德间书店的历史不如新潮社的长，社长德间康快对新潮社肯定是有些自卑的，可如果新潮社社长亲自出马联系德间康快，一切问题便都能迎刃而解。我立刻去找新潮社社长帮忙，对方答应下来，替我们给德间康快打了通电话，之后的事情就顺利多了。

然而，票房问题再一次挡住了我们的去路。德间康快和山下副社长带着这两部电影的企划案，去找了发行过《风之谷》和《天空之城》的东映公司。结果对方一口回绝，说这不符合东映的风格。事实上并非如此，只是他们觉得这两部电影赚不到钱。德间社长和山下副社长又把项目拿去东宝株式会社，东宝也拒绝了。大家都说："一个讲妖怪，另一个讲坟墓，那肯定是不行的。"仔细想想，名字里带"墓"字的日本电影少之又少。《八墓村》算是个例外，但那毕竟是悬疑片。《野菊之墓》的电影名称也被改成了《愿君如野菊》。电影界对"墓"这个字便是如此敏感。想想也是啊，毕竟要是做砸了，弄不好要亏上好几个亿呢。

不过，要是东映跟东宝都拒绝的话，我们就寸步难行了。本以为项目总算有了着落，可高兴劲儿还没过去，就出了这种事情，心里当然相当沮丧。就在这时，德间康快径直杀去了东宝。我从来没有那么感激过他。还记得当时是夏天。德间康快肯定是觉得既然受新潮社社长所托，无论如何都要定下来，否则没有脸面见人了。起初东宝还是不同意，说："不行，拍这样的两部作品太难了啊。"于是德间撂下一句话："行，那我就把《敦煌》交给东映。"当时德间康快与东宝正准备合作一部重量级电影《敦煌》，于是他拿《敦煌》做挡箭牌，威胁东宝就范。

东宝一慌，就同意上映了，不过上映日期定在了四月十六日，而以往的动画电影一般会排在春假、暑假或黄金周上映。确定上映是好事，可这样的上映计划显然会带来一系列棘手的问题。不过，宫崎骏、高畑勋和我并没有考虑这些事情，只顾着沉浸在能做自己想做的东西的欢喜里了。

八十八分钟 VS 八十六分钟

要制作两部电影，意味着我们需要另一个创作基地，于是我们决定在吉祥寺的吉卜力工作室附近再租一间工作室。找工作室倒是没遇到什么困难，大家一拍即合，高畑用原有的那间，宫先生用新租的这间，因为他喜欢新的。

令人头疼的是招募人手。在项目启动的那天，宫先生就把之前合作过的主要职员统统收归旗下了。下手可真快啊，宫崎骏在这方面特别厉害。

负责作画的近藤喜文更是成了宫先生和高畑争夺的对象。当时，宫先生看了绘本作家林明子的《第一次上街买东西》，非常感动。四岁左右的小女孩走路时站不直，总是前倾或后仰，林明子把这一点表现了出来。宫先生自己也是画画的，能够发现其中的闪光点，就想将她的画做成动画。可他以往做的动画不是这种风格，那么谁擅长写实主义的画风呢？想到这儿，他盯上了近藤喜文。当时近藤还不在吉卜力，所以宫先生特意去请他加入。

那么高畑呢？我问他："您打算找谁作画啊？"他说："我想找近藤。"也就是说，他跟宫先生看中了同一个人，无论如何都协调不过来。我不知道让谁跟近藤合作比较好，也就没有跟他见面。因为我觉得如果态度暧昧不明，近藤肯定不会点头的。

那段时间里宫崎和高畑二人的对比十分有趣。宫先生一次次去找近藤，百般劝说，可高畑却按兵不动，对此我说道："阿宫去劝了好几次了，您不去吗？"高畑只说了一句话："制片人拿主意就好了。"宫先生好心去找高畑，推荐了很多人，说"可以找他们当作画监督啊"，可高畑并没有表现出任何兴趣。 终于有一天，我忍不住问高畑："要是近藤不接《萤火虫之墓》这个项目怎么办啊？"高畑轻描淡写道："那就做不了了啊。"明明付出了那么多的努力才走到这一步，他竟能面不改色地说出那种话来，真是让我大吃一惊。

就在那一刻，我下定决心，让宫先生自己画就好。

我去找近藤，开门见山地问他："你到底想做哪一个？"他回答道："两边都想做。"我让他选一个，他却说："我选不了啊，选哪边都要招人恨的。你定吧，我听你的。这样就不会有人恨我了。"于是我便说："那你做《萤火虫之墓》吧。"然后我径直去找宫先生。

宫先生向来直觉敏锐，猜了个八九不离十，顿时火冒三丈，当场就甩手说不干了。

"我就说自己得了腱鞘炎，明天就住院去。我可不想被别人指指点点的，说我因为阿近被人抢了，心里不痛快，我明天就去住院。到时候《萤火虫之墓》肯定也做不了了吧。"

他这个人真的很有意思。遇到这种情况时，我一般不会反抗，尽管让他发火发个痛快，在他说出"我走了"之前，我一直只是默默听着。编辑就是这么当的。我也做好了思想准备，反正他这会儿正在气头上，只能让他把火统统发出来。

结果第二天早上八点左右，我接到了宫先生的电话。他突然说道："我揍了阿近一顿。"这可把我吓坏了。细问之下才知道，他是在梦里揍的人。不过他也说："气也消了，做就做吧。"这就是《龙猫》的起点。

宫先生对高畑真是又爱又恨。开始制作之后，我们也遇到了各种各样的问题，最棘手的就是本该六十分钟的两部作品都变长了。最先犯规的自然是高畑，《萤火虫之墓》变成了八十八分钟。明明提前交代过片长，但高畑才不管这些呢。可宫先生也会在意啊。他问："高畑老师要做多长？""好像比原计划稍长一点儿。""肯定不止六十分钟吧？""嗯，大概八十分钟吧。"

这件事对《龙猫》产生了巨大的影响。原本《龙猫》刻画的是一个女孩和妖怪之间的互动，谁知宫先生不甘落后于高畑，提出："有没有办法把电影做得更长一点儿呢？"这之后还想出将主人公从"一个女孩"改成"一对姐妹"的主意。皋月和小梅正是宫崎骏争强好胜的性格催生出来的产物。

项目渐渐推进，终于到了得画海报的时候了。原本有张画是龙猫和女孩站在公交车站，但那时出现在画面中的只有一个女孩，而不是姐妹。于是宫先生想调整一下构图，让皋月和小梅一同站在龙猫旁边，可画出来一看，效果并不好。最后，海报上的女孩就成了皋月和小梅的集合体。仔细看一看海报上的人，你就会发现她的发型、身高、服饰都是皋月和小梅的混搭。既不是小梅，也不是皋月。宫崎骏在这方面的品位真的很独特。

宫崎骏有多看重高畑勋，能够体现这一点的轶事实在不胜枚举。

《萤火虫之墓》的制作进度一拖再拖，原计划八个月的作画周期大幅延迟，制作成本也随之水涨船高。高畑的作品是八十八分钟，宫崎骏则做了八十六分钟，说是"就算只短了两分钟，我也会被表扬的吧"。我至今不明白这话从何说起，总之宫先生是个很好的人。他重情重义，爱管闲事，明明自己很忙，却时时关注着《萤火虫之墓》的进度。据说他每天都会把那边的制作人员叫过来打听。回家后也是三句话不离《萤火虫之墓》，惹得他太太忍无可忍，责问道："你成天把《萤火虫之墓》挂在嘴边，到底你在公司做什么啊？"这桩趣事也能体现出宫先生的为人。

制作《风之谷》和《天空之城》的时候，我会尽可能从早上到傍晚六点都待在吉卜力，六点后回新桥的编辑部干活。当时我还是《Animage》杂志的总编，无论如何杂志的工作也是要做的，除了十二期的月刊，还有增刊等其他内容。然而同时制作两部电影，就意味着从上午九点到傍晚六点根本没法把活干完。我只能在吉祥寺待到午夜零点左右，然后花一个小时回到新桥，半夜开始做杂志这边的工作。编辑部也有很多工作人员，算上兼职的话，基本维持在六十个人左右。当时《Animage》是二十四小时全天候有人的，大日本印刷公司会在早上七点来取稿，所以必须在那之前把稿子赶出来。

比如我白天在吉卜力的时候，编辑部的人会来找我商量事情，问些类似于"我们可以采访这个人吗？"的问题。我回答说："不行！正忙着呢，哪有时间啊！"可深夜回到编辑部时，我又会反过来问："那件事为什么没去采访？"部下就说："这不是因为总编您白天说不能去吗……"我是真的不记得了。直到第二天去吉卜力的时候，我才回想起来，"话说回来，我好像确实那么说过"。自己简直变成了双重人格。

一开始我会把精力平分给《龙猫》和《萤火虫之墓》，可眼看着《萤火虫之墓》的情势越来越严峻，为此召开的会议也越来越多了。于是，宫先生算准我半夜一点多回到新桥的时间，打电话到编辑部来，说想跟我碰个头。所以我只能在半夜一点再回到吉祥寺。其实根本没什么要紧事，他只是故意编个理由把我叫过去而已，谈的都是些制作人员名单该如何排序什么的小事。我虽然恼火，但也知道他是希望我能多管管他那边。这种状态持续了三天三夜。自那以后，我便老老实实地既管《龙猫》，又顾《萤火虫》了。

这样一来我的时间越来越不够用了，但我每天一定会回家，哪怕只是冲个澡就走。那阵子我经常在电车上打瞌睡，即便累成那样，依然觉得工作很有意思，感觉不到辛苦，只是苦了《Animage》编辑部的职员。

带来幸福的作品

制作前几部作品时，音乐方面的事情全部交给高畑勋就可以，可这次行不通了。制作《龙猫》时，宫崎骏首次亲自参与音乐方面的工作。我难免会多花些时间在进度滞后的《萤火虫之墓》上，但也为《龙猫》的音乐付出了不少的努力。

当讨论《龙猫》的主题曲该怎么办，请谁来写歌词的时候，我和宫先生异口同声地报出了一个人的名字。这在我们之间是常有的事，同时说出的名字正是"中川李枝子"。她是《不不园》的作者。于是我就去找中川，拜托她音乐的事情。

然而，她没有轻易答应。起初我并不知道绘本《不不园》是本卖出好几百万册的畅销书，很多人想把它改编成电影，纷纷前去拜访中川，但是她都拒绝了。可见她绝不是随随便便的人。我花了不少时间说服她，好不容易让她答应，才有了后来的歌词。我真的很感激她。之后我们成了好朋友，当听到我说"《萤火虫之墓》可把我愁坏了"，她还帮着出谋划策。

常言道好事多磨，千辛万苦请中川写的歌词，竟遭到了作曲家久石让的拒绝。

《龙猫》的内容尚未确定的时候，我和宫先生找他商量过一次，说想要一首孩子们也能传唱的歌曲。久石答应了，说："好吧，我试一试。"但他没写过孩子唱的歌，做了颇多功课，还通过有线广播听了不少儿童歌曲，却迟迟写不出来。就在此时，中川的歌词率先出炉了。久石本就因为写不出来心情烦躁，一看到歌词就说："先有歌词再来谱曲，我可写不出来。"他不太熟悉中川也是原因之一。

为了这首歌，我们也算是历经波折。我只能给久石普及中川是何许人也，还说坂本龙一、矢野显子夫妇都是中川的书迷，请她参加过音乐会。听到这里，久石立刻来了兴趣，我总算是得救了。以《散步》为首的一系列名曲就是这样诞生的。久石一旦找到创作儿童歌曲的窍门，就能一气呵成。听到完工的曲子，宫先生也很开心，大家都沉浸在幸福的状态中。后来那些歌曲也渐渐成了全国小朋友的经典合唱曲目。

《龙猫》是我们自己想做的电影，但票房一点儿都不理想。第一轮放映持续了六个星期，只有四十五万人到场观看。大家可能不知道四十五万是什么概念。要知道《千与千寻》在上映首日就吸引了四十二万名观众。换句话说，《龙猫》的第一轮上映就亏大了，赤字多达数亿日元。这结果正如众人所料。可当时我万万没想到，大家日后会因为《龙猫》收获幸福。

其实，宫崎骏刚开始制作《龙猫》的时候，第一版分镜里龙猫一开篇就登场了。宫先生是个服务精神强烈的人，一心想让观众开心，而且会想方设法去实现这种想法。可我越想越觉得不对劲，就跟宫先生认真谈了一下，把龙猫的登场安排在影片的正中部分。当时宫先生是这样说服自己的——反正还有一部呢。其实我也是这么跟他说的。反正高畑那边还有一部，稍微减少一点儿服务观众的元素也没关系。就这样，《龙猫》的开篇变得风平浪静了。

如果当初只做一部电影，《龙猫》绝不会是现在这个样子。无论是《风之谷》《天空之城》，还是后续的作品，宫先生都做得很辛苦，唯独《龙猫》他是从头到尾边哼歌边做的。也许正因为《龙猫》是这样做出来的电影，它才能在日后斩获各大奖项，电视播出时也拿下了高收视率，上映两年后推出的龙猫玩偶更是大受欢迎。出版物、周边、电视放映、录像带……《龙猫》带来的巨大利润让吉卜力受益颇丰，于是龙猫便成了吉卜力作品的标志。

《龙猫》对吉卜力的贡献是巨大的，我甚至想在将来建一座龙猫神社。

萤火虫之墓
浮现在黑暗中的"政变"计划

聊《萤火虫之墓》对我来说是件痛苦的事情。不仅仅是因为它的内容十分沉重，更是因为从制作到上映，我们一直在走钢丝，现在回忆起来，心里也很难受。

我们遇到的第一个问题是剧本。

在高畑看来，电影大致可以分成两种。一种是"情感代入型"，观众会代入电影主人公的感情，另一种则是"非代入型"。宫崎骏的电影属于前者，从《风之谷》到《起风了》，宫先生的作品始终如一，观众总是为主人公的一举一动捏把汗，喜一阵忧一阵。而高畑勋的作品属于后者，观众和所有登场的角色都保持一定的距离。当时，高畑给我举了《寅次郎的故事》的例子，影片中，渥美清饰演游手好闲的寅次郎。看电影的时候，观众绝不会将自己代入寅次郎，而是客观地观察寅次郎这个"怪人"，并乐在其中。换句话说，这种电影算是一种"理智的娱乐"。听完后，我有种茅塞顿开的感觉，但同时也心生疑问：他准备怎么制作《萤火虫之墓》呢？

原著中，野坂昭如明确地表现出了对妹妹强烈的赎罪意识，如果照着原著拍出来，就会变成"将情感代入清太"的电影。"我不想刻画自怜"——高畑这句喃喃自语的话，我至今记忆犹新。乍一看，他写的剧本似乎和原著一样，内容却变成了"由清太讲述妹妹节子的故事"。

说到野坂昭如，第一次上门拜访他，请他允许我们使用原著时所发生的种种事情给我留下了深刻的印象。那一天是新潮社的初见带着我们去的，还记得当时在野坂家等了一会儿，才等到他起床。结果，他一起来就喝起了啤酒，喝得还特别多。那种喝法真是太令人震撼了。

后来，野坂为电影《萤火虫之墓》写了句寄语——"动画何其可怕"。去神户采风的时候，他还自告奋勇为我们做向导。

入职新潮社两年的新职员村濑拓男也是不得不提的关键人物。虽然现在他已经成了一名律师，但当时他真的为这部电影付出了巨大的努力。要是没有他的鼎力相助，这部作品恐怕就不会问世了。

"请您推迟上映时间吧"

由于《萤火虫之墓》的进度严重滞后，制片人原彻和高畑勋关系紧张到无法交流的地步，眼看着就要决裂了。

高畑完全不听制片人的话。在制作的收尾阶段，原彻为了让影片如期上映，趁高畑勋不在的时候让工作人员给赛璐珞上色。他本来出自一片好心，可谁知高畑回来以后要求大家全部重做。

这个时候，宫先生又跳出来了。不知他纯粹是来看热闹，还是重情重义，或是爱管闲事。他说："铃木啊，你们三个应该好好谈谈。"我觉得他这话说得有理，便与原彻、高畑勋说好去吉祥寺的第一酒店开个房间，碰个头谈一谈。我们刚进房间，正准备开始谈的时候，房间里的电话突然响了。接起来一听，居然是宫先生打来的。他张口就问："怎么样？"我说："还能怎么样啊，都没开始谈呢。"于是挂断电话，重新开始谈话。谈了半天，最后还是谈崩了。

谈话的细节我已经记不清了。原彻是九州人，算是传统的日本男儿，特别注重情义。而高畑最看重"提高作品的质量"，是一个贯彻现代合理主义的人，两个人在价值观上的差异也是发生冲突的原因之一。

"新潮社第一次做电影就没法如期上映，这可是天大的丑闻啊！"——这段时间里，新潮社内部也渐渐冒出了这样的声音。时任新潮社董事的新田敞来找我商量，说："我跟各种各样的作家打过交道，柴炼（柴田炼三郎）啊，（松本）清张啊……可从没见过高畑勋那样的人啊。你有没有什么好办法啊？"我说："事已至此，只能请这部电影的最高负责人佐藤亮一社长点醒他了。"听到这话，新田接着问："那佐藤怎么说才最有效呢？"我灵机一动，告诉新田："就说'希望你在不影响电影质量的前提下赶出来'。"新田把这句话写在了笔记本上，给我留下了深刻的印象。

总之，我们决定先把当时做好的胶片送去新潮社，请社长观看。那天上午，我正在和高畑谈事情。原彻突然现身，向我招手说："你过来一下。"便把我叫到了另一个房间。一进屋，原先生就跪了下来，用九州方言对我说："我现在没法跟高畑待在一起。铃木，求你了，你替我去好不好！"

别人都跪下了，我怎么能装聋作哑呢。于是我就代替他陪高畑走了一趟。在前往新潮社的电车上，高畑不停地嘟囔："怎么办啊……"我就说："佐藤社长应该会说'高畑，我只有一个请求'。至于怎么回答，您拿主意就好。"

到了新潮社后，佐藤社长、我和高畑先看了当时已经做好的影片，完成度大概只有七八成吧，声音也还没加进去。然后我们就开始讨论了。佐藤社长说出了设计好的那句台词："高畑先生，希望你在不影响质量的前提下赶出来。"结果高畑如此回答："请您推迟上映时间吧。"

佐藤社长一听就蒙了。即便是我也做梦都没想到他会这么回答。

总之，高畑翻来覆去只有一句话："请推迟上映时间。"对此佐藤社长说道："这件事不是我一个人说了算的。我们以公司的名义做这个项目，所以必须要跟大家商量。我个人觉得（推迟上映）恐怕很难。"

说白了就是谈崩了。其实我个人在旁观这场对话的过程中产生了"围观群众"的心态。我自然是有当事人意识的，却也想站在目击者的角度好好见证一下高畑会怎么说，佐藤社长又会如何回应。插句题外话，实际上在电影完成之后，过了很长一段时间，佐藤社长问过我："要不要来我们这儿（新潮社）？"他的邀约让我非常感动，事到如今我才敢说出来，当时我是真的为此认真苦恼过一阵呢。

在不上色的状态下上映

为什么进度会滞后这么多呢？在我看来，也许高畑心底有"只要能把电影好好做出来，就算我死了也没关系"的念头，所以他才会无所畏惧。我不知道他是如何看待电影能否如期上映这个问题的。

电影里不是有 B-29 战机空袭神户的场景吗？在《萤火虫之墓》的制作现场，最先让我大开眼界的就是这一幕的制作过程。高畑调查了当时 B-29 是从哪个方向飞来的，再结合清太家的玄关和院子的朝向，决定他仰起头时脸部的朝向。还记得他不知从哪里找来了一个没用过的燃烧弹，带到了工作室，研究燃烧弹是如何爆炸的。总之，无论他准备画什么，都会好好研究一通，直到自己满意为止。这样进度不慢才怪呢。

在《萤火虫之墓》的制作过程中，还有一件事让我记忆犹新。

就在决定电影能否如期上映的关键时刻，宫先生又在半夜一点多打电话到新桥的编辑部找我了。

"铃木，我有个好主意，你快来！"

我只觉得莫名其妙，但还是去了吉祥寺，到那儿已经凌晨两点了。然后，宫先生带我去了一家奇奇怪怪的小店，像是家小酒馆。在一片昏暗中，他慢慢掏出一张纸。上面写着"《萤火虫之墓》政变计划"。下面还贴心地配了引语："只要这样做，《萤火虫之墓》就能完成了！"具体内容包括"可以这样把完成的原画做成动画""要这样上色"等技术层面的建议。宫先生就是这样爱多管闲事，不过他又压低嗓门说："这个计划我自己是做不了的。只有铃木你才能付诸实践，你来做吧！"可我也无能为力啊。我们从大半夜一直谈到第二天早上，简直没完没了。我现在还保存着那张纸呢。

到了最后关头，我发现再这么下去肯定是赶不上了，想要再劝最后一次，就在高畑家附近的大泉学园站打电话到他家，说我这就过去。结果他太太说："高畑让您在站前的咖啡馆等着。"于是我在中午十二点进了咖啡馆，等了好久好久，他都没捎个信给我，直到晚上八点，高畑才姗姗来迟。他一碰到不开心的事情，就不愿意出来。然后高畑一见到我就说:"你知道保罗·古里莫的《通烟囱工人与牧羊女》的情节吗?"

我对此一无所知,只能默默听他讲。事情大概是这样的:这部名为《通烟囱工人与牧羊女》的法国电影本该用两年时间做完,结果三年过去了,连一半都没做好。制片人又延长了两年,还是没能完成。制片人一气之下,想把做好的片子抽出来,强行上映。导演保罗·古里莫就把他告上了法庭。法国的法院理解制片人的立场,但也理解导演的心情,所以给出的判决是"必须在影片开头解释作品以未完成状态上映的前因后果"。

举完这个例子,高畑说道:"《萤火虫之墓》能不能也这么处理?"我立刻严词拒绝:"不行。"没想到高畑接受得很干脆,说:"好吧。"

最后,高畑提出一个方案。"铃木,你看这样行不行?"——片中的两个场景以不上色的状态上映。我回答道:"好,就这么办吧。"然后把这个决定传达给了所有相关人员。

由于这部电影经历的波折实在太多,听说能上映,大家都松了口气。

第一次试映会的事情我现在还记得很清楚。试映会一般在中午举行,但《萤火虫之墓》安排在早上八点左右。因为我们通宵达旦,忙到把胶片交给发行公司的最后一刻,所以试映会才安排在这样一个不寻常的时刻。新潮社的合作伙伴也来观看了试映。电影放完后,谁都没有发表感想。按理好歹会说一句"挺好的",可见会场的气氛非常凝重。

《萤火虫之墓》给吉卜力带来了什么

到头来，在一九八八年四月电影正式上映时，还是有两处地方没来得及上色。作为当事人之一，我对此深感愧疚。不过对外我们绝口不提作品尚未完成，当时也有人说应该如实公布，可这种事总归是越描越黑的，我下定决心告诉自己说："这种时候，把嘴闭上就是了。"

由于未上色的那场戏讲述的是清太去地里偷菜，气氛比较壮烈，所以很多观众以为我们是故意没有上色，并没有察觉到自己看了一部未完成的电影。

可我最害怕的事情还是发生了。一天，我带着家人去涩谷的电影院看《萤火虫之墓》，却碰巧遇到了宫崎骏的弟弟，参与了《风之谷》等项目的宫崎至郎。他也是带着家人来的。结果在电影结束的一刹那，至郎猛地站起来，大声冲我喊道："阿敏，这部电影是不是没做完啊？"

在场的每个人都听到了这句话，真是让我困窘不堪。

《萤火虫之墓》上映后制作工作仍在继续进行，差不多到了五月中旬，也就是上映一个多月后才彻底完工。

最终，《萤火虫之墓》斩获各类电影奖项，在海外更是广受好评。在法国，这部电影被放映了大约二十年，每年都要连着放好几天。这也能证明高畑的电影的确有着符合现代合理主义的品位。

在吉祥寺的伊势家餐厅举行《萤火虫之墓》的庆功宴时，主持人点名让我讲讲电影的幕后故事。于是，我讲了自己十八岁时读到原著的一些轶事。之后站起来发言的高畑特地说了一句"可惜我没能满足铃木先生的（多愁善感的）期望"。在这种喜庆的场合还要讲究这些，所谓创作者，大概都会在这方面有些小执着吧。

那么，高度关注《萤火虫之墓》的宫崎骏对这部电影又有怎样的看法呢？这个问题就复杂了。他还是不愿意坦诚地夸奖人家。所以净挑些奇怪的角度嘟嘟囔囔，说什么"日本的军队可没那么靠谱。军人的儿子怎么会吃那种苦呢，太不符合现实了"。但他后来给出了明确的认可，说："高畑的代表作终究还是《萤火虫之墓》啊。"

另一方面，高畑对《龙猫》则是赞不绝口，说："《龙猫》是我和阿宫这些年一起努力追求的东西的顶点。"而"这些年一起努力追求的东西"是什么呢？也许就是从普通人所遇到的平凡点滴、喜怒哀乐中挖掘出故事吧。例如，阿·林格伦写过一本关于一家人搬家的作品，它的剧情是完完全全站得住脚的。高畑想做的便是这样的故事。宫先生比较擅长《风之谷》《天空之城》这类背景宏大的故事，但在《龙猫》中，他细致地刻画了皋月一家搬到乡下的场景。熟悉他们的人看了《龙猫》，都觉得前半部分像是高畑的作品。正因如此，宫先生才更在乎高畑的评价。而高畑对他说："这不就是我们这些年一起培育出来的作品吗！"宫先生真是打从心底感到高兴。

现在回想起来，《龙猫》和《萤火虫之墓》着实为吉卜力打下了坚实的基础。要是在《风之谷》和《天空之城》后再做一部"热血沸腾、上蹿下跳的冒险大戏"，将自己限定在了这样的路线上，路肯定会越走越窄的。但吉卜力通过《龙猫》和《萤火虫之墓》挑战了用动画打造文艺作品的难关，而且还得到了广泛的认可，这无疑为吉卜力拓宽了道路。

后来，宫先生在制作《魔女宅急便》时强迫我当吉卜力的专职制片人，之前已经提到过，当时我既是杂志的总编，又是吉卜力的幕后工作人员。拜这种身兼两职的状态所赐，我忙得没日没夜，但从某种角度看当时的立场却是较为轻松的。能站在这种立场上和宫崎骏、高畑勋两位天才交流到身心俱疲，也实属侥幸。有时也有人对我说："铃木先生简直是驯兽师啊！"听到这话我才回过神来，心想："我到底在干什么啊……"

ジブリの
初挑戦

吉卜力的

初挑战

魔女宅急便
宫崎骏挑战"青春期"

《魔女宅急便》是吉卜力工作室的第一个外部引进项目。

1987年的春天，合作方通过广告代理公司找到了我们，当时我们刚开始制作《龙猫》和《萤火虫之墓》。日本电影业伴随着泡沫经济的发展正日渐红火，"制作电影时与企业展开跨界合作"便是始于这一时期。从这个意义上来看，《魔女宅急便》或许称得上首开先河之作。毕竟原著名里就有"宅急便"三个字，广告代理公司大概觉得没有比这更直截了当的企划了。

实际上合作方原本属意让高畑执导，但遭到了他的拒绝，我便问宫先生："有人找我们做这个项目，你有兴趣吗？"宫先生说："我没时间看书，你帮我看看吧。"

遇到这种情况，宫先生总会在第二天早上问我有什么感想。因此，工作结束后，我熬夜一口气看完了这本书。在我看来，《魔女宅急便》自然是一部出色的儿童文学作品，可要用什么样的切入点将其改编成电影呢？问题到这里就复杂了。

那晚，我带着烦恼睡着了。第二天早上，宫先生果然来问我："怎么样？"那时的我大概已经被他锻炼出来了，只要他一问，我就能条件反射般给出回答。

"这部作品表面上来看是儿童文学，但我认为读者大概以年轻女性居多吧。"

"为什么啊？"

"它讲的是从乡下去城里工作的女性。她们想买什么就买什么，想去哪里旅行就去哪里旅行，享受着自由自在的恋爱。可是回到空无一人的家里，心里又空落落的。要是能填平这份空虚，就能拍成电影。"

其实那是我随口胡说的，但宫先生一听就表现出了兴趣："很有意思嘛！"话虽是我说的，可直到最后，我还在为应不应该拍成那样的主题而烦恼……

宫崎骏的剧本创作风格

话虽如此，当时宫先生正忙着制作《龙猫》，不能亲自上阵，同时他也觉得"一直让我们这些老家伙做电影不行啊，给年轻人一个机会吧"，于是决定自己出任制片人和编剧，提拔随他学习多年的片渊须直为导演。顺便说一句，片渊后来执导了《在这世界的角落》。

《龙猫》制作完成后，宫先生立刻投入了剧本创作，然而他看完原著后的第一句话就是"我在书里根本找不到你说的"。呃，人家的确不会直接写出来啊……我们讨论了一下，最终决定由我全程陪着他写剧本。

在剧本完成之前，我每天都得去宫先生设在阿佐谷的办公室。为了能在他有问题，或是有事情商量的时候迅速给出答复，我得从

宮崎 駿 監督作品

魔女の宅急便

角野栄子「魔女の宅急便」（福音館書店刊）より ● 徳間書店・ヤマト運輸・日本テレビ放送網提携作品 ● 配給／東映

'89年夏、全国洋画系ロードショー

おちこんだりもしたけれど、私はげんきです。

早到晚一直待在他的身边。

宫先生的写作风格非常独特。他会一边和我说话,一边用铅笔奋笔疾书。每当写完一个段落,他就立刻拿稿子给我看,问怎么样,我便发表感想,说些"这里再改一下比较好"之类的话,他听完后会立刻修改。这么创作剧本的作家肯定找不到第二个了,按理说都是将自己关在书房里,集中注意力写出来的才对。

除了写法独特,宫先生拼接场景的技巧之高也让我佩服不已。在故事的开头,年满十三岁的魔女必须离家独立修行,于是琪琪离开了故乡。原著中,这段剧情占了不小的篇幅,换作平庸的导演,可能要花上二十分钟,可宫先生只用了五分钟就交代清楚了剧情。他不仅将基础设定归纳得简单易懂,还做出了令观众印象深刻的场景。还记得看完稿子的时候,我不禁脱口而出:"宫先生,这段写得太妙啦!"

接着,琪琪一到克里克小镇,就邂逅了名叫蜻蜓的男孩。"男女主角在故事开头邂逅"是宫崎骏电影的一大特征,但是我觉得这一回好像不太一样。我问宫先生:"按理说,应该先和女孩子交朋友,安定下来以后再接触异性吧?"他却说:"世界本就是由男人和女人组成的,这样没事的。"只有宫先生才说得出这种话吧。

剧情发展到后面,琪琪在森林里遇到了一个叫乌露丝拉的女生。宫先生把她的年龄设定成了二十七岁,可我觉得和琪琪同龄更好。我们为这个问题讨论了很久,最后取平均数,设定成了十八岁。

说起乌露丝拉,还有一件事让我难以忘怀,就是她在片中画的一幅画。其实这幅画的原型,是宫先生的岳父任教的一所特教学校的学生作品。老爷子在二战期间因反战运动坐过牢,是个很有骨气的人,后来为残障儿童回归社会付出了许多心血。正是因为这层缘分，我们才在电影中用了学生的作品。连一个小道具都能用得令人印象深刻，宫先生在这方面真是太厉害了。

至于琪琪和蜻蜓的关系，剧情发展到中间时，有一场戏是蜻蜓邀请琪琪参加宴会。谁知琪琪为了送"夫人"做的鲱鱼派耽误了时间，又因为淋雨患了感冒，病倒了。当他们再次相遇时，两人的距离迅速拉近。不过我建议在那之前加上一段温馨的斗嘴戏，在此基础上加深两人的感情也许更好。

宫先生接受了我的建议并尝试修改，但最后还是放弃了，说："这种东西我写不出来啊！"他是个很主观的人，不太擅长站在客观角度审视男女关系。故意要求这样一个人写这种剧情会怎么样呢？其实我心里也存了点作弄他的心思。

历经种种风波，剧本渐渐成型，写到了最成问题的最后一幕。琪琪从乌露丝拉的小屋回来，意外收到委托人夫人的礼物，感动得眼泪汪汪。宫先生本想让影片到此结束，如此的确算是一个非常圆满的故事。可我总觉得缺了点什么，便提出这毕竟是娱乐片，还是在结尾处加一些壮观的场景吧，以便服务观众，这才有了将蜻蜓救出飞船的大场面。只不过到了后面的作画阶段，工作人员围绕那场戏的好坏对错展开了激烈的讨论……

忍痛更换导演

剧本完成后，我听说原著作者角野荣子一直在担心自己的作品会被改编成什么样的电影。

我将这件事告诉了宫先生。他说："铃木，我们一起去拜访她吧。"遇到这种情况，宫先生总能迅速做出反应。

我们驱车前往角野的家，想邀请她去吉卜力坐坐，便带她一起回到了吉祥寺的工作室。途中有一段路平时只需要十五分钟左右，可宫先生愣是花了一个多小时慢慢开，有心让角野看一看武藏野的风景。他对这一带的每条路都了如指掌，哪里有绿树青草都清楚得很。

角野非常高兴，说："原来还有这么美的地方啊！"等车开到吉卜力的时候，她已经完全卸下了心防。

宫先生做这些事并非是工于心计，这一切都出于本能。其实，我后来也借鉴了这招。那次我负责接待一位名叫弗雷德里克·贝克的加拿大动画作家，要把他从吉卜力美术馆带到工作室。一路上，我带他观赏了各种花草树木，他也高兴地说道："原来东京也有这么美的地方啊！"

在宫先生执笔写剧本的同时，导演片渊须直、人物设计兼作画监督近藤胜也和其他主要工作人员一同前往了瑞典的斯德哥尔摩和哥特兰岛采风。

宫先生也曾去那里见过阿·林格伦，那是他第一次出国旅行。据同行的人说，他紧张得走路都同手同脚了。也许正因为是在高度紧张的状态下看到的景色，印象才会更为深刻吧。他肯定是想让年轻人也看看自己第一次出国时看到的欧洲美景。

大家从欧洲采风归来，剧本也完成了。眼看就要进入正式的制作环节，我们要向德间书店的高层讲解项目内容，并介绍导演的情况。然而刚开完会，我就开始担心这样一套制作班底，真能做出好作品吗？离开德间书店，和大家分别后，我约宫先生去咖啡厅谈了谈。

"就这么推进吗？"我直截了当地问道。

宫先生也坦诚地回答："我也在琢磨这事呢。怎么办啊，铃木？"

"要不还是你来做吧，虽然你刚做完《龙猫》，我也觉得挺过意不去的……"

听到我的请求，宫先生当即答应："知道了。"

几天后，我们召集工作人员宣布了这个决定，片渊改任副导演，继续参与项目。

据我所知，宫先生并不是一位优秀的"老师"。比如，当时吉卜力没有录音棚，只能去外面的，"开车送宫先生去录音棚"就成了一桩苦差事。因为宫先生什么都要管，走哪条路线、何时打转向灯、在哪里刹车等，是个人都要郁闷的啊。也不知道从什么时候开始，接送宫先生就成了我的任务。

宫先生的这种性格在作画时自然也暴露无遗，所以他一露面，大家就没法安心干活了。他不会去发现并培养员工的优点，想要的不过是自己的"分身"。当然，这也是他能做出好电影的原因之一，所以还挺难协调的……

决定更换导演之后，宫先生一反常态，对我说："铃木，我们去散散步吧。"我们在吉祥寺街头和井之头公园走了大约三个小时，几乎一言不发，然后进了一家咖啡馆，点了咖啡。他问："要做什么主题呢？"遇到这种情况，我还是得立即给出一个具体的答案。

"做青春期吧。"我下意识地回答，"之前宫先生做的《柯南》《风之谷》《天空之城》描写的都是少男少女的故事，但不是还没刻画过'青春期'吗？"

"青春期啊……"宫先生沉吟道。

"就是人尚未成型的'宽限期'吧……"听到这里，宫先生突然说"好"，随即在餐巾纸上画起了人物。琪琪的头发上系着巨大的蝴蝶结。我这个人太迟钝了，当时并没有看懂，其实那个蝴蝶结象征的正是"还无法切实守护自我"的青春期啊。

"十三岁的女孩是什么样的啊？"宫先生抛出了这个问题。我女儿当年恰好十三岁，所以我给他讲了很多细节。在思考青春期的过程中，吉吉的作用也越发明确了。它不仅是宠物，更是另一个自己，所以和吉吉对话，就是与自己对话。故事的最后，吉吉变得不会说话了，其中也有"琪琪不再需要分身，可以在克里克镇立足了"的含义。

结尾问题与跨界合作

在推进分镜和作画工作的过程中，关于"如何收尾"的讨论再一次爆发。主创人员大多认为以琪琪收到夫人的蛋糕那一幕结尾更好，而我决定趁宫先生不在的时候，把主创人员召集起来，试图说服他们。

"如果导演不是宫先生，我也觉得没有飞船那场戏更好。可既然宫先生接手了，那场戏一定会做得很有意思。一部电影以沉寂的情绪结尾自然很好，但娱乐片应该让观众产生观影后的满足感不是吗？要实现这个效果，还是要在结尾安排一些大场面才更好。"

渐渐地，原本持反对意见的主创人员也被说服了。

不过，这件事还有下文。影片上映后，《电影旬报》的影评里写道："这是一部好电影，可要是能用送蛋糕那场戏收尾，就更经典了。"

我当时还年轻，没好气地说："胡说八道，你们根本不懂观众的心思。"但在内心深处，我其实是感到佩服的，觉得写这篇文章的人真厉害啊。

从情节设置的角度来看，那样处理确实更好一点儿，但我仍觉得电影的每一幕都要让观众盯着去看，并且为之心潮澎湃。我至今认为，从观众满意度这一点出发的决定是明智的。

制作《魔女宅急便》时，我们首次尝试与企业展开跨界合作。所以自那时起，我担任的制片人工作也发生了巨大的变化。

为了在制作开始前开会碰个头，大和运输公司的社长和高管来到了吉卜力。会上，宫先生张口便说："我不打算拍一部用来给大和运输培训员工的电影。"

他这是在当众宣布，自己的电影是为观众而做的。他在最开始便明确了这一点。听到这句话，我不由得感叹宫先生果然是位伟大的导演。

大和运输的社长都筑干彦是很有器量的人，接受了这句话。听说他是喜剧演员榎健（榎本健一）的外甥，非常体谅电影人，帮了我们不少忙。

项目就这样开了个好头，可等待我们的是接二连三的苦难，估计也是因为我当时对跨界合作的认识还不够透彻吧。

电视本就以广告为前提，所以节目从一开始就建立在与企业合作的基础上。在电影界，原本并没有跨界合作的概念，甚至可以说，电影界的商业主义就是从《魔女宅急便》起步的。

变化最大的莫过于宣传模式。日本电影界一直是松竹、东宝、大映、东映、日活这五个电影巨头的天下，制作、发行、宣传都归他们管。观众去看电影的时候，也会看到下一部电影的预告片，于是过阵子又会前往影院。这一套机制在宣传工作中发挥出了巨大的作用。

然而在二十世纪八十年代，经常去看电影的人已经相当少了。不管再怎么努力制作，也很难让观众知道作品的存在，所以大家才会想到依靠与企业合作的方式展开宣传。

起初我想得太过简单——借助大和运输的电视广告，让更多人知道《魔女宅急便》。可一旦开始与广告公司交涉，便因为对方提出的无理要求，以及我们这边的认识不足，产生了诸多矛盾。到最后，还没来得及和广告公司签订正式合同，项目就启动了。

"宫崎骏也江郎才尽了啊"

与大和运输的合作并非一帆风顺。东映想利用大和运输设在全国各地的办事处卖掉几万张预售票，结果却不尽如人意，害得我被东映的负责人原田宗亲骂了一顿，他说："我们到底是为了什么才合作的！"其实我与原田私交甚笃，没想到他还补充了一句："宫崎骏也江郎才尽了啊。"

我吓了一跳，问道："啊？这话从何说起？"他回答说："这不是票房一部不如一部了嘛。"

我虽然怒上心头，但原田也不过是说出了事实。在电影界，做出好的电影固然重要，但票房成绩也关系重大。现在想想，这也是理所当然的，只怪我当年光顾着享受制作电影的过程。但原田的一句话点醒了我，让我第一次意识到评判电影成功与否的角度有两种。

听到与自己亲近的人说出如此严厉的话，我大为震惊，好像有人给了我迎头一棒。我当即赶往日本电视台，因为我很清楚要想提高上座率，宣传是头等大事，可我对此一窍不通。我想得很简单：要是能通过电视做一做宣传，大概会有效果吧。

就这样，我拜访了电影部门的横山宗喜，和他商量了一下。从《风之谷》开始，横山一直负责在电视上播出吉卜力电影的相关事宜。在讨论过程中，我们匆忙决定让日本电视台也加入出资方。

我心想这样一来，电视台定会帮忙大力宣传。刚松了一口气，横山的下属奥田诚治就联系我说："铃木先生，吉卜力出过很多周边，对不对？能多送一些过来吗？"

我对此感到纳闷，要那么多周边做什么？一问才知道，是台里决定出资了，所有人要立刻全力配合。说白了就是，我们必须拜访各个节目的制片人和导演，发周边、打招呼。于是，我和奥田一起，带着周边跑遍了日本电视台。那一刻我才终于意识到：哦，原来还有这个环节，做好宣传可真不容易。

功夫不负有心人，日本电视台决定制作一档《魔女宅急便》的特别节目。我喜出望外，心想宣传效果肯定会很好，结果听说节目只有三十分钟，还听到奥田说："其实吧，我们连预算都没有。"

"啊？那怎么办？"

"能不能请令爱和她的同学们出镜，演几段真人版《魔女宅急便》啊？"

"这就算特别节目了吗……"

因此，我只好用"能上电视哦"去说服女儿，再请求她的朋友帮忙。真人版《魔女宅急便》中融入了十三岁女生的所思所想，再加上电影的正式片段和在工作室拍摄的画面，终于凑出了一期特别节目。我也算是接受了宣传工作的洗礼。

虽然预售票没卖成，但在宣传方面，与大和运输的合作关系发挥了巨大的作用。他们帮忙在各地办事处张贴了电影海报，也播出了使用《魔女宅急便》画面的电视广告。

在广告制作上，我也在不断摸索和学习中。预告片总共十五秒，以松任谷由实的《若被温柔包围》为背景音乐，一并打上了"原著：角野荣子/福音馆书店"的字幕。结果有人提出，这算电影和书籍的双重赞助，要是把歌也算上，岂不是成了三重？为此我们不得不与各电视台的审查部门讨论。每家电视台都各执一词，有的说提原著可以，但不能放歌，有的则相反，所以广告也不得不根据每家电视台的要求制作若干个版本。

虽说这部作品是电影与企业的跨界合作，但一路走来也难免有磕磕碰碰，一开始并没有制订缜密的机制与战略，全程处于摸着石头过河的状态。

一是当时的我对这方面不太了解，二则我心里有过这样的念头——我明明是想专心做电影的，为什么还得张罗这些事？不过，在我从"专注制作的制片人"转型为"兼顾宣传的制片人"，硬着头皮挑战各种难题的过程中，我着实学到了很多东西。有了这样的经验，自然就会冒出"下次一定要考虑得再周全些，做得再好些"的想法，人就是这样的。

原田的一句话点燃了我的斗志，让我认识到关键所在，也让我第一次产生了"必须让作品大热"的决心。在这一过程中诞生的作品正是《魔女宅急便》。从某种角度来看，那句话彻底改写了我的人生。

吉卜力的"收入倍增计划"

多亏了各方的鼎力相助,电影大获成功。然而与此同时,一个巨大的难题摆在了我们面前——电影制作期间,宫先生竟提出:"暂且关闭这间工作室吧。"

自吉卜力创立之初,宫先生便一直在说:"一间工作室最多只能做三部电影。因为在做三部电影的过程中,人际关系会变得越来越乱,到时就做不出像样的作品了。"可《魔女宅急便》已经是吉卜力工作室的第五部作品了。

但是站在我的角度来看,大家好不容易通过这些作品学到了跨界合作和各种新的知识,岂能不把它们充分利用起来,创作更多的作品呢?于是我便去劝说宫先生。结果他说:"那我问你,眼下的情况该怎么办?"

"眼下的情况",说白了就是"钱"的问题。《魔女宅急便》的制作经费高达四亿日元。 在那个多数电影成本不超过一亿日元的年代,这可真是个大数目。预算已经给到那么高了,可如果按宫崎骏的要求精益求精,向来收入颇丰的动画师每月最多也只能拿到十万日元的报酬。即使将所有的精力都投入工作,一年下来也不过一百二十万日元。即便在当时,这个数字也只有普通工作的一半,所以宫先生特别过意不去。

于是,吉卜力决定将工作人员聘为正式员工,并提出了"收入倍增计划"。问题是,制作成本的九成以上是人力成本,这就意味着原本四亿的成本会变成八亿。上哪儿去筹这么多钱呢?在制作《岁月的童话》时,我们将不得不应对这个全新的挑战。

岁月的童话
两位大师的"分岔口"

"这个让阿朴来做吧。"

那段时间，我们正在讨论《魔女宅急便》完工后要做什么。当看到音响导演斯波重治拿来的企划案《岁月的童话》时，宫先生突然说了这么一句话。

他给出的理由听着特别新鲜：高畑闹出了将未完工的《萤火虫之墓》送上银幕的丑闻，无论他的作品多好，也没人愿意跟这样的导演合作了。但我们不能让他的才华就此埋没啊——于是宫先生心生一计，决心自己当制片人，然后请高畑当导演。这固然是出于他对高畑的真挚友谊，但也有"陶醉于自己的妙计"的成分。

我立刻赶去高畑家，问他对这个项目有没有兴趣。当然，高畑不可能一口答应说"好，做吧"。他会从各种角度研究为什么必须要拍这部电影。说白了就是会百般挑剔，但作为制片人的我还是得耐着性子陪着。我每天都去他家报到，与他促膝长谈，只求他能拿出干劲来。

大约过了半年多吧，见事态迟迟没有进展，宫先生坐不住了，说："铃木，我跟你一起去吧。"一到高畑家，宫先生就激情昂扬地说："阿朴，你就答应吧！"接着还提出各种点子，比如"这么切入怎么样"。其中最让我印象深刻的是，他提议电影用"妙子一家搬走"这一场景开头。就在长大成人的妙子与即将拆除的旧屋告别时，她忽然看到了姐姐的包。她一声惊呼，冲了过去，让人不经意想起小学五年级的自己——这样的剧情设置很有宫先生的味道。

高畑总是专心听他说完，然后再逐一推翻："宫先生，这么拍就成了缅怀过去的电影了。那好像不太对吧。我们从来没有从这个角度拍过电影，不是吗？"听到最后，向来很有耐心的宫先生也气炸了。

"还有完没完了！就知道推翻别人的想法，自己却一个点子都不提！不想做就直说啊！"

宫崎骏是一个认真到极点的人，一旦定下目标就会朝着目标一步一步努力下去。而高畑则是那种每天过得优哉游哉、开开心心就心满意足的类型，有点"在生活的延长线上顺便做做电影"的意思。真是鲜明的对比啊。宫先生一直管高畑叫"大懒虫的后裔"，听说他年轻时真没像样工作过。

毕竟高畑偷懒的历史可以追溯到处女作《太阳王子霍尔斯的大冒险》，原计划一年的制作周期，愣是被他拖成了三年。据说他还经常在作品完成后翘班。宫先生实在没办法，只能杀去他家，把他叫起来说："阿朴，再这么下去不行啊，去上班吧！"然后将他拖去公司。《阿尔卑斯山的少女》（1974 年 电视版）之所以能顺利播完，且一整年间没有闹出停播之类的事故，都是宫先生的功劳。宫先生甚至说过"我一直在照顾高畑呢"，但我总觉得，正是他这种体贴入微的态度，才"惯出"了今天的高畑勋。

言归正传。当时，宫先生气得掀桌子走人了，屋里就剩我和高

私はワタシと旅にでる。

宮崎 駿プロデュース■高畑 勲監督作品

おもひでぽろぽろ

《声の出演》今井美樹・柳葉敏郎 ■《主題歌》都はるみ

原作 岡本 螢／刀根夕子[徳間書店・青林堂刊]■音楽 星 勝[徳間ジャパン]■徳間書店・日本テレビ放送網・博報堂提携作品■制作 スタジオジブリ■配給 東宝

畑。高畑纵然再懒，大概也被宫先生的怒火点燃了斗志，开口说道："既然它叫'回忆点点滴滴'，那肯定有一个陷入回忆的大人，只是原著漫画里没有描写出来吧。那么这个人大概多大年纪呢？"

渐渐地，我们就敲定了以"交替描写长大成人的妙子和小学时代的回忆"为切入点。高畑总算点头了，说："先不管企划案本身的优劣，试试看吧。"虽然当时已经是半夜了，我还是松了一口气，立刻给宫先生打去电话，说："高畑老师总算答应了。"电话那头的宫先生气鼓鼓地说道："就不能早点答应吗，摆什么架子啊……"

史无前例的"27岁的女主角"

历经种种波折，项目终于启动，高畑开始写剧本了。回忆过去的妙子起初被设定成了高中生，但后来突然变成了二十七岁的大人。据我猜测，这可能是因为高畑的女儿当时正好是那个年纪。两位天才的作品中总能找到自家小孩的影子。

决定将主角设定成二十七岁之后，新的问题又出现了——这个年龄究竟意味着什么呢？当时正处于都市爱情剧风靡一时的年代。那些电视剧以女性独立为主题，刻画职业女性与男人们并肩拼搏，在职场上与私生活中都不懈努力的模样。对那样的女性而言，二十七岁是一个分水岭。高畑问我："现实中，这些女生获得理想的工作与地位，在社会上取得成功的概率大概有多少啊？"我回答："可能连5%都不到吧。"高畑就说："也就是说，剩下的足足有95%啊。"既然这样，以这95%中的一人作为主人公，不就能引发更多人的共鸣吗？——妙子的雏形就这样确定了下来。

而"农家青年敏雄"这个角色并不是一开始就有的。看完剧本后，我总觉得少了点什么，于是向高畑提议："女生独自远行，总归还会在路上遇到男生吧。"结果他大吃一惊，问道："还有这种剧情啊？"我说："毕竟是娱乐片，最好还是要有啊。"敏雄这个角色就这样诞生了，还因此被冠上了我的名字。[①]

之所以将旅行的舞台设在山形县，原因之一是高畑想要将负责美术的男鹿和雄的画作发挥到极致。《龙猫》的美术效果给高畑留下了深刻的印象，所以他特别想与男鹿合作一次。

描绘自然的时候，自己出生长大的地方会对作画者产生巨大的影响。北方的空气更加澄净，土壤的颜色也不一样。比如制作《龙猫》的时候，宫先生想要画关东壤土层的红土，但男鹿是秋田人，画出来的土壤颜色难免偏黑一些。考虑到这一点，我们决定把舞台设在秋田旁边的山形，好让男鹿绘制出更好的作品。

另外，为了深入描绘山形这片土地，高畑认为要有个亮点，于是想到了红花。为了弄清楚红花的种植方法，他还特意跑去山形考察了一趟。那时的高畑总是非常大胆。他没做任何准备就去了山形，请市政府观光科帮忙介绍了种红花的农户，然后自己找了过去，详细请教种植红花的方法。

在高畠地区，高畑还参观了一处大规模的农场。名曲《故乡》中有句歌词这样唱道："追过兔子的那座山，钓过小鱼的那条河。"这虽然描写的是山间河水潺潺的景象，但通过那次考察，我们才知道那个地方的农业已是日暮西山了。即使还保留着美丽的传统日本风景，却不适合发展追求经济合理性的现代大规模农业。这样的发

---

① 在日语中，"敏夫"与"敏雄"发音相同。

现也成了电影的重要主题之一。

考察归来后，高畑开始专心写东西了，我本以为他在创作剧本呢……可我完全猜错了。他竟然收集了各种关于红花的书籍，整理出满满一本种植笔记。明明都已经开始画分镜了，导演却还一心扑在红花上。末了他甚至指出考察中了解到的种植方法有问题，说："好像不太对劲啊。根据我的研究，米泽人的种法才是对的。"还提出要再去考察一次。无奈时间已经非常紧迫了，只能让副导演跑一趟，将整个交流的过程拍成录像带。顺带一提，据说种植户一看到高畑写的研究笔记就吃了一惊，忙问："这是哪位专家写的啊？"高畑总是这样，完全超出了电影采访的范畴，一头扎进了专家学者的领域。

还有《突然出现的葫芦岛》的轶事也让我难以忘怀。高畑听过这部作品的好评，但没有看过，便通过杂志的特辑等资料调查片中出现过的歌曲，最后决定用虎须和唐·加巴乔的歌。于是我们就联系 NHK，借来了录像带。

"真有意思啊，没想到它是这么出色的杰作。井上厦老师太厉害了，每天都能写出这样的东西来。"高畑一边看一边感叹。可我们看了半天都没有看到那首歌出现的集数。当年录像带价格昂贵，节目一经播出，录像带就会被用于其他节目，所以 NHK 也几乎没留下多少录像带。

我们又联系了发行唱片的日本哥伦比亚公司，可他们也只有主题曲的原声带。高畑说："也许作曲家手上还留着乐谱。"我便去宇野诚一郎家拜访，可惜一无所获。高畑默默听完我的汇报，只嘟囔了一句："我就是想听一听啊。"

导演话都说到这个份儿上了，制片人自然要再加把劲啊。我当过《Animage》的总编，所以认识很多动画发烧友。我联系上其中一位，在那个没有互联网的年代，他竟然帮忙联系到了全国各地的熟人，还在三天后找到了录下那一集声音的磁带。"原来是这样一首歌啊！"高畑非常高兴，一边听一边将曲调写成乐谱。

我本以为问题终于圆满解决了，谁知高畑又问："舞蹈动作是怎么设计的啊？"于是我又去拜访负责人偶的剧团"人见座"，可毕竟事隔多年，大家都不记得了。接着我找到那部片子的导演，通过他找到编舞师，好不容易问到了舞蹈动作。那短短的一幕的背后，其实是一场凝结了汗水和泪水的大搜索啊。与高畑一起制作电影，虽然总会遇到各种困难，但在这个过程中我也学到了很多，真的很有意思。制作电影本身就好比一部纪录片，是一种知性的娱乐方式。

策划人宫崎骏大声怒骂的日子

在《岁月的童话》中，高畑首次正式向"内容与表现手法契合"发起挑战。这其中最大的难关之一，就是塑造人物面部的立体感。

《群马人》堪称雕塑家佐藤忠良的代表作。当时大多数留学欧洲的日本雕塑家雕刻的都是西方人的面孔，而佐藤忠良是第一个将日本人的立体面孔介绍给欧洲的人，他也因此得到了高度评价。高畑特别想在动画世界中打造出同样的立体感，于是到佐藤的工作室拜访，问了很多问题，还拍了作品的照片，开始研究如何在二维画面中再现日本人的面孔。

就在这时，高畑注意到了女演员今井美树的脸，尤其喜欢她的颧骨形状，说她的脸才是典型的日本面孔。我立刻去请她加盟，可惜她当时人气正高，特别忙，拒绝了我们。听完我的汇报后，高畑还是只嘀咕了一句："我就是想请她啊。"事已至此，任谁都劝不动他。我只能再次前去交涉，好不容易才把人家说动。

至于男主角敏雄，我们邀请了柳叶敏郎。因为他是秋田人，说话时的嘴型等都表现得非常真实。高畑制作电影时，通常先把演员的声音录下来，然后再配画面。他这一次不光录了声音，还录像记录下了演员的表情和演技，供作画时参考。如此一来，不仅保证了音画同步，连嘴型和面部动作都能完美还原。明明是部动画，却营造出人的娇媚。其实"animate"这个词本就是"给画作注入生命"的意思，而高畑在这部作品中体现了这一本质。《辉夜姬物语》也是这样，高畑作品与普通动画的不同之处恰在于此。

从某种意义上来讲，我认为这大概就是高畑勋和宫崎骏的目标开始出现分歧的地方。宫先生的电影是所谓的动画电影，人物有漫画味，动作也有漫画味。在和宫先生搭档的时候，高畑接受了这一点，但既然宫先生已经成为独当一面的导演，那他便不能再和宫先生站在同一片战场上竞争了。因此他才想请近藤喜文负责人物设计和作画监督，打造追求面部立体感的写实型动画。

话虽如此，要从技术上实现这一点可谓难于登天。为了不辜负高畑的期望，近藤喜文不断地试错。可在动画中绘制的颧骨线条怎么看都只像皱纹。由此他得出结论："我明白高畑老师的意图，但这条路是行不通的。"然后他把我叫出来说："确定要画这条线吗？如果坚持要画，那我就画，可我认为这应该由制片人决定。"听到这句话，我下定决心，点了点头。因为我想让高畑梦想成真啊。

近藤喜文是个合理主义者，但他还是接受了我的决定。不过他又说，如果真要走这一步的话，把控所有作画工序的工作量实在太大，光靠他一个人绝对无法完成。因为动画片需要很多工作人员分工作画，将这些画组织起来、收拾干净、统一风格的工作就显得尤为重要了，所以作画监督的担子非常重。于是近藤喜文提出了一个方案："我会准备好原画，希望高畑老师把控一下角色的演绎。"

一开始，我并不明白他想表达什么。因为宫先生总是独自揽下所有工序。真的可以将这部分工作拆分出来，让导演只看角色的演绎吗？我对此毫无把握。

可他们真的开始这样分工了。近藤喜文等人将画绘制出来，然后高畑用一种叫"quick action recorder"的仪器，把原画和动画拍成影像，专注于观察人物的动作。他会从中抽掉几张画，或是调整某些画出现的时间与速度，巧妙地改变一场戏的含义。当然，与此同时也要让提前录好的台词与人物动作保持同步。如此出神入化的导演技术，也只有高畑才有了。

问题是，工作做得如此精细，自然会耽误进度。与《萤火虫之墓》那时一样，我们又一次陷入了危机——再这么下去就来不及上映了！那么，项目的策划人宫崎骏都做了些什么呢？他把所有主创人员叫去会议室，用响彻整间工作室的大音量吼道："不能再这么画下去了！不然永远都画不完！"

那是我第一次，也是最后一次听到宫先生那么说话。而当事人高畑全程垂头丧气。宫先生便将话题抛给他，说："阿朴，你也说句话啊！"可他只说了一句"哦"。谁知宫先生离开之后，高畑悄悄对每个人打了招呼，说"就按原来的画法"。据说听完这句话的工作人员心里都产生了无名的恐惧感，心想："宫崎导演都发了那么大的火，高畑导演还说按原来的画法来，他到底把电影上映当什么了啊？"
自那时起，大家就产生了这样的想法："无论如何，都要靠自己的努力让电影如期上映！"所有人都士气高涨，工作效率也一下子提升了。

三天后，宫先生找到我说："我那天不是吼得特别大声吗？打那以后我就抖个不停，整整三天都没睡着。"可见他当时也是奋不顾身了。不过，宫先生这人真的很有趣，一直趁大家不在的时候偷偷练习颧骨的画法呢。其实在《辉夜姬物语》里，他也暗自挑战了高畑提出的新画法。真是个认真到骨子里的人。

让业内专家大跌眼镜的热门电影

吉卜力工作室从这部电影开始招收研修生，并且定期录用新员工。与此同时，我们将现有的工作人员转为正式员工，薪酬也翻了一番，所以制作成本高达《魔女宅急便》的两倍。我个人对这部作品的前景很乐观，但发行方东宝好像觉得题材本身不太亮眼，恐怕很难像《魔女宅急便》那样大热。实际上我们前往全国各地的影院开展宣传活动时，除了东京的主要影院，好多地方城市的首映影院都是平时放情色片的小剧场呢。

在影片上映的第一天，全国各地发来的观众人数速报却在东宝内部引起了轰动，因为实际数据大大超出了预测值。"这数字是怎么回事？是不是弄错了一位数啊？"甚至还有人激动得大喊大叫。东宝的目标是四亿日元，结果实际的发行收入约为十八亿，换算成票房收入就是三十亿日元，毫无悬念地拿下了当年的日本电影票房冠军。也就是说,这部作品取得了让发行专家大跌眼镜的成绩。所以在很长一段时间里,《岁月的童话》一直是大家讨论的焦点,业内人士都将它视作吉卜力有史以来最成功的作品。每次走访地方城市,电影院的老板都对我们千恩万谢,说那部电影真是太厉害了。

红猪
惊人的决断：由女性制作的飞机电影

《岁月的童话》（1991年）是吉卜力工作室引进长期雇佣制度后制作的第一部电影。要让一间雇有员工的工作室持续运营下去，就意味着工作室必须不间断地制作电影。

换言之，我们必须一边制作《岁月的童话》，一边着手筹备下一部作品。因此，宫先生在策划《岁月的童话》之余也在构想自己要执导的新作。

提出要将工作室改成公司的就是宫先生，为"不间断地制作长篇电影"而倍感重压的不是别人，也是宫先生。决定是他自己做的，可实际操作起来才意识到是何等任重道远。制作长篇动画电影本来就要耗费大量精力，还得想方设法让观众喜欢，取得理想的票房，心理压力之大不言而喻。宫崎骏接连制作了《风之谷》《天空之城》《龙猫》和《魔女宅急便》，早已筋疲力尽了。

毕竟主意是自己出的，新作必须无缝衔接。可做长篇实在太过辛苦——于是宫先生就开始琢磨两全其美的办法。思来想去，他想出来的点子就是拍一部十五分钟左右的短篇电影。

短篇电影的基础源于宫先生在模型杂志上连载的漫画《飞行

艇时代》。他素来酷爱飞机题材，又是短篇，做起来自然有种私房小短片的感觉。但他也给我布置了任务：不能将短篇当作纯粹的消遣，必须以符合经营方针的形式去做。

我想到了一个非常单纯的点子——既然是关于飞机的故事，那就找航空公司合作吧。我想起之前那个面向旅居洛杉矶的日本人放映《魔女宅急便》的项目，当时曾与日本航空公司（JAL）的文化事业中心有过合作，便决定拜访通过那个项目结识的池永清。

"贵司有没有兴趣在飞机上播放吉卜力出品、宫崎骏执导的新作呢？是以飞机为题材的影片。"我直截了当地问道。池永的态度很积极，回答说："这很有意思嘛！"不过他也表示要想促成这件事，还有很多现实问题需要解决。

总之他表示会考虑一下。那么下一步该怎么办呢？正发愁的时候，我的大学同学生江隆之的父亲（生江义男）去世了。他担任过桐朋学园的理事长，所以葬礼足有两千人出席。在排队上香的时候，我竟然遇到了前两天才见过面的池永。

"啊，铃木先生！真没想到会在这里碰到你……"

原来池永与生江家私交甚笃。由于这个巧合，他的态度一下子变得积极起来。不过，池永当时在集团下属的另一家公司，无法直接参与进来。经他介绍，我认识了文化事业中心的川口大三，开始联手推进这个项目。

你要让我一个人做吗？

就这样，《红猪》项目在与 JAL 合作的前提下启动了。可就在

这个节骨眼上，工作室遇到了一大难题。

《岁月的童话》的进度一拖再拖。原计划在一九九〇年十二月完工，结果硬生生拖到了第二年的六月，花了整整两年才做完。

以往的长篇动画大作绝对不会拖这么久，就连《再见了，宇宙战舰大和号·爱的战士们》（1978 年）的作画时间也才不过三个月。押井守导演的《福星小子：只有你》（1983 年）也是三个月。宫先生的《鲁邦三世·卡里奥斯特罗城》（1979 年）原计划三个月完成，虽然稍有延迟，最后也控制在了四个月之内。对比之下，大家应该能明白《岁月的童话》长达两年的制作周期有多反常了。

受其影响，《红猪》的制作开始时间也推迟了，宫先生只好独自成立筹备室。

在《岁月的童话》进入最后冲刺阶段的一天，我发现桌上放着一张纸条，上面写着："红猪，你要让我一个人做吗？"

每个字都写得特别大。可我也没办法啊，所有人都在忙《岁月的童话》。那是工作室引进长期雇佣制度后的第一部电影，现在正处在决定电影能否成功的关键时刻。制作本就让人苦不堪言，上映、宣传等方方面面的工作又让人忙得昏天黑地。我实在是没工夫管《红猪》，所以干脆直接无视了那张纸条。

在《岁月的童话》上映后，大家总算能喘口气了，于是我决定给员工放两个星期的假。可宫先生还没完成《红猪》的分镜，所以他决定一个人来工作室干活。我总不能把他一个人撂下吧，干脆自己也不休假了，陪他一起绘制分镜。

整整两个星期，全公司只有我们两个人。无论是吃午饭还是聊天，都是两个人。画着画着，宫先生喊了一声："铃木——"我凑过去问："怎么了？"他说："我老婆去看《岁月的童话》了。"

"哦？她怎么说？"

"她说那是阿朴最棒的杰作。她可从没有夸过我的作品啊……"他嘴里嘟囔着，手上的动作也没停下来。

毕竟是十五分钟的短篇，绘制分镜的工作进行得很顺利。只不过，宫先生每画好一点儿，都会拿给我看。看着看着，我就开始发愁了。因为主角一开始是以猪的形象登场的，而且他表现得与常人别无二致，镇上的人也没觉得他有什么不对劲。任凭谁都会对此感到纳闷——这个故事算怎么回事啊？

拖着拖着，宫先生说："我画完了，你从头到尾看一遍吧。"我是很想专心看的，但宫先生每次都要在后面盯着。我每翻过一页，他还要啰唆半天，说什么"这里是这么回事"，真是烦死人了。

看到最后一页，我发现故事的结尾是"猪从曼马由特队手里救出了孩子们"。实际上这是后来完成版的开头。那时我脱口而出："啊？这就完啦？还有，它为什么是一头猪呢？"

听到这话，宫先生就发火了。

"日本电影就是这么无聊吧，动不动就想搞清楚前因后果。只有结果有什么不行的！"

"可观众肯定会纳闷它为什么是猪啊。至少得把这一点解释清楚吧？"

在我的强烈要求之下，宫先生添加了吉娜登场的剧情。她说："以前的老伙计就只剩下你了……"然后掏出波鲁克还是人类时拍的照片。就这样分镜变成了三十分钟左右。

宫先生说："到此为止了，铃木。"可是只有这么点剧情，观众肯定不会买账。我接着说道："再加一段剧情来说明他为什么变成猪吧。""你怎么又来了！"宫先生生气地说道，可他是个做事认真的人，抱怨归抱怨，最后还是画了人类模样的波鲁克坐上飞艇的场景。

这样几个来回过后，分镜竟然变成了六十分钟左右。见状，我反过来提议道："宫先生，我起初和 JAL 提的是短篇，可分镜都做到这么长了，那个框架就套不上了。干脆再做长一点儿，做成在剧院上映的长篇电影吧。"

宫先生嘴上说"你现在提这些有什么用……"，却往分镜中补充了更多内容，最后做成了九十三分钟的长篇。

正如大家所知的那样，在电影的结尾，猪和宿敌卡地士放弃了空战，转为肉搏，简直就像约翰·福特的电影一样。不过我觉得也只能这样结尾了，便抱着当宫先生的共犯的心态如此做了下去。

提拔女性员工与建设新办公楼

长假结束后，大家回来上班了。电影终于正式进入作画环节。

就在那个时候，我惊讶地发现宫崎骏这人还有过人的经营能力。在工作室引进员工制度的时候，他说："电影我来做，公司的经营就靠你了。"但其实他也在处处为公司的运营考虑。

选定主创人员就是个很好的例子。由于《岁月的童话》的制作过程旷日持久，作画监督近藤喜文和美术监督男鹿和雄耗费了大量的精力，变得疲惫不堪。为了保证作品质量，我想拜托两位王牌继续参与制作，但是为了维持工作室的顺利运转，从他们的下属中选拔主创人员可能才是明智之选。"怎么办呢……"正当我犹豫不决的时候，宫先生说了这么一番话："铃木，这次我们换全新的制作班底，将所有重要的工作都交给女员工去做吧。"

女性制作的飞机电影——他反过来利用了可能会削弱作品的不利条件，充分调动员工的积极性。这个绝妙的主意让我佩服不已。

于是宫先生就提拔了贺川爱当作画监督。她是个技术高超的动画师，但从没出任过作画监督。担当美术监督的久村佳津是男鹿的徒弟。在制作动画电影的过程中，作画监督和美术监督是导演的左膀右臂，发挥着至关重要的作用。而我们让女员工担任了这两个关键的职位。至于录音指导，也提拔了名叫浅梨直子的女员工。

就这样女员工包揽了制作组的所有关键职位。别说是吉卜力了，这在当时的动画行业都是具有划时代意义的创举。

在电影中，替波鲁克维修飞艇的保可洛飞机公司请的也是清一色的女技师，带头的便是菲奥。那场戏其实是主创人员将自己在工作室所做的事情投射到了电影里。

不过话说回来，宫先生怎么会想到这么好的主意呢？

现在大家都说宫先生是个女权主义者，但他原本是个很传统的日本人，我猜他年轻时也曾有过重男轻女的思想。我听说他工作的第一家公司东映动画有非常多女员工。也就是说，如果不尊重女性，电影就不可能做出来。据我推测，正是这段经历将宫先生变成了女权主义者。

除了选定主创人员，宫先生在电影制作方式上也体现出作为经营者的现实主义。《岁月的童话》做了两年，而《红猪》只用一年就完成了，耗时少了一半。那是因为他所构想的是能用一年做完的内容。

说实话，这个项目提拔的主创人员原本都称不上顶尖好手。所以，我们必须想办法尽可能减轻她们的负担。

举个例子，决定作品格调的是美术。宫先生总喜欢设计复杂的建筑，让主角们进进出出，打造出有趣的场景。可刻画那样的世界需要大量的劳力。而《红猪》充分利用了"飞行艇电影"这个设定优势，背景以天空和大海为主，大大减轻了美术人员的工作量。

在作画方面，我们也尽量减少了需要高难度动作的场景。动画师给角色赋予动作的过程中，最费功夫的其实是日常生活中不经意的动作。比如《侧耳倾听》中，主人公小雯在吃完早餐后站起来，将座椅放回了原处。对观众来说，这一幕肯定是司空见惯的。然而，正因为是日常生活中每个人都很熟悉的动作，要转化成有说服力的画面才格外困难。画些飞上天空或是互相搏斗这种非日常的夸张场景反而更为轻松。

吉卜力作品最大的特征在于充分刻画日常生活。反过来说，只要减少这些对日常生活的描写，就能大大减轻作画人员的负担。

我们勉强接受了美术和作画方面的种种限制的同时，还是最大程度上保证了趣味性。我们勇敢挑战了高难度的电影制作，实际上也出色地完成了任务。这既归功于"导演宫崎骏"的卓越技巧，也归功于"经营者宫崎骏"的现实主义。

眼看着制作工作渐入佳境，我不禁在心中双手合十，感谢宫先生。

让税务员瞠目结舌的设计品位

宫先生还在另一个方面发挥了他的经营头脑，那就是办公楼的新建。他提出，吉卜力不仅要长期雇佣员工，还要买地新建工作室，打造稳固的工作基地。

迄今为止吉卜力确实推出了众多优秀的作品，在票房上也取得了一定的成功。然而，工作人员一直在严苛的工作环境和满满当当的工作日程中疲于奔命——在宫先生看来，那时的工作室简直是一片狼藉。所以，他想一边制作《红猪》，一边新建工作室，重振公司的士气。也许他是想在制作电影的攻坚阶段提出个更大的课题，以此来使自己作为导演的压力显得相对轻一些。

宫先生亲自操刀设计了新办公楼。整栋楼最大的亮点是女厕所面积足有男厕所的两倍。另外，起初女厕所里还放了桌椅，这可不单单是女权主义者的体贴，他还打着让女员工为工作室卖力工作的如意算盘呢。

除此之外，通顶设计的旋梯、铺着联锁装置的停车场、树木的配置等……随处都是极具宫崎骏风格的奇思妙想。

不过最让我佩服的还是他选择建材的方法。他没有把这件事交给承包商去做，从天花板到地板，每一处的建材都是他自己翻看产品目录精挑细选的。

即使是同一种建材，最昂贵的和最便宜的也能相差二十倍，而宫先生总是选择最便宜的材料。为了不让建材显得廉价，他会巧妙地将各种色彩与设计组合起来。每个楼层、房间的边边角角都是精心设计的产物。他发挥了超乎常人的神力，完成了繁重的工作，用低廉的成本做出了正常来说耗资高昂的各种东西。他做电影时也是这样勤勤恳恳，着实令我佩服。

新工作室建成后，税务员喜滋滋地上门了。为了估算固定资产税，他们甚至带上了建设途中拍的照片。税务员笑嘻嘻地说："之前只能看到外观，今天请让我们进去看看吧。"一副胸有成竹的样子。

谁知，我带领他们参观内部的时候，税务员一行人的脸色越来越苍白。看完所有楼层，回到一楼时，他们连话都说不出。过了好一会儿，才憋出一句话来。

"我们都是计算资产价值的专家，一看建筑就知道值多少钱。可我从没见过花心思将造价压得那么便宜的建筑……这到底是谁设计的啊？"

我告诉他："这是宫崎骏亲自设计的。"听到这话，税务员们惊讶得目瞪口呆。

顺便说一句，新办公楼的大部分楼层用了最便宜的建材，但宫先生接受了我的提议，只在一处用了最好的材料。那就是被我们称为酒吧的一楼休息区的地板。宫先生本来也想选最便宜的材料，但当时我建议："那是大家放松身心、接待客人的地方。别的地方已经这么省了，这里就多花点，小小地奢侈一把。"

可宫先生直到最后都很担心，嚷嚷着："铃木啊，花那么多钱要出事的啊！"

日本航空张口结舌——"啊？猪吗？"

从"飞机上放映的短篇"起步的项目逐渐变成了六十分钟，最后竟然做成了九十三分钟，还要在影院上映。参与项目的人都非常高兴。

不过，这件事在日本航空公司内部引起了轩然大波。好不容易为"制作一部在机上放映的短篇电影"扫清了障碍，可要是投资正式上映的电影，就得从公司章程改起了。最终还是要请社长定夺。

除了之前提到的川口，这个项目的主要负责人还有木内则明和堀米次雄。他们也在烦恼，不知该如何让公司高层批准。一天，他们三个上门拜访，说："我们想确认一些问题，确保公司内部的反对者不管攻击哪方面我们都能妥善应对。"

他们张口便问："最多会亏多少钱？"从某种意义上来看，电影票房是赌徒的世界，我也从未算过这笔账，一边暗暗惊叹正经的大公司就是不一样，一边决定出份报告给他们。

另一个问题是电影名。听说最终敲定的电影名是《红猪》，堀米先生张口结舌了好一会儿才说："啊……猪吗？"

据说他们回公司后征求了女同事们的意见。结果大家都很满意，说："哎，叫《红歌》？这个名字不错啊。"①大家肯定觉得毕竟是做过《龙猫》的公司，质量上有保障。据说看到海报的设计方案，意识到是红"猪"的时候，所有人都大吃一惊。

这暂且能当笑话来听，可当他们把电影名上报给董事会的时候，有人表示强烈反对："JAL参与制作的首部电影讲的是猪，这太不像话了！"加上看到这样的电影名，宣传部也不乐意出力了。于是他们三个人又满面愁容地找到了我。

我决定见一见JAL宣传部的木村建部长。他们三人带我回了总公司的一个房间，然后迅速撤退了。屋里只剩部长和我。我们促膝长谈，各抒己见。多亏了这次会谈，后来我们也成了好朋友。

报纸上刊登的广告惹出了不少是非。在机上提前放映的事情敲定之后，JAL决定刊登一共十五段的大幅广告，宣传文案是："只要你飞，就能看到。全球首创，云端首映。"我万万没想到，事情都发展到了这个阶段，他们竟然还没把《红猪》这个电影名汇报给社长。

这也是广告初稿中没有提及电影名的原因。波鲁克也没露脸，

---

① 在日语中，"猪"与"歌"发音相近。这里指女同事们都听错了。

只是客机窗外有飞艇飞过。我们觉得这样宣传的效果肯定不会理想，协商后最终决定放一张波鲁克的大头照，但影片标题用小字写在了不起眼的地方。

历经艰险，终于来到了最后一道关卡——该请利光松男社长参加试映会了。据说直到试映会当天，社长都不知道片名。现在回想起来可以一笑了之，但当时心里那叫一个紧张啊，我们在影院外捏了一把冷汗。就在这时，社长出来了，张口就说："不错啊。"一切才算是尘埃落定了。

与大和运输公司合作《魔女宅急便》时，在中间负责协调的是电通。而《红猪》的中间方换成了博报堂。项目负责人铃木伸子夹在我们和日本航空之间，吃了不少苦头。

不过多亏了这部作品，吉卜力与日本航空在影片上映后也保持着良好的关系。他们赞助了我的广播节目《吉卜力大汗淋漓》，植木义晴社长还做过嘉宾。

说句题外话，植木社长的父亲正是昭和巨星片冈千惠藏。我从小就很崇拜他，听社长说了他的很多趣事，宫先生当时也在场，聊得特别尽兴。

首次全国宣传活动

影片顺利完成了，也得到了 JAL 的认可，然而在上映之际，我们还得攻克另一个难关。

《红猪》已经确定要通过东宝的外国电影系统发行了，但该系统旗下有两种影院，容纳观众人数较多的大影院都被斯皮尔伯格的

《铁钩船长》占了。如果我们不想想办法，《红猪》就只能被分到小影院了。如此下去，就算后期进展顺利，观众数也不过是《铁钩船长》的一半。

为了尽可能挽回劣势，我们首次策划了全国性的宣传活动。东宝起初是非常反对的，因为从未有人尝试过这类活动。

就在这时，东宝的常务西野文男伸出了援手。我和他曾因为《龙猫》和《萤火虫之墓》的发行问题大吵一架，结果不打不相识，反而成了好朋友。看到我想通过全国性的宣传活动来拉开观众数，他便对我说："铃木，你是动真格的吧？"然后配合我们发动了史无前例的作战计划。

我们当时用了个狠招。反正时效也过了，就透露给大家吧。毕竟签了合同，大影院第一天还是放映了《铁钩船长》。但工作人员连夜赶工，换掉招牌等各种宣传物料，从第二天起改放《红猪》。要是没有深受全日本影院老板信赖的西野鼎力相助，这样的壮举是不可能实现的。只不过这招只能在地方城市用，用在关东地区就太惹眼了。

这个时候，全国性的宣传活动起到了至关重要的作用。如果将一部电影的票房收入分为"关东地区"和"其他地区"，前者通常占总票房的六成到七成。我们试图扭转这个局面，挖掘能去大影院观影的地方城市的观众。

我带着宫先生和声优们跑了全国十八个地方，接受当地报纸杂志、电视台和广播台的采访，还举办了试映会。

其实关键在于试映会。它能让观众亲眼看到电影，通过口碑发酵宣传电影的魅力，同时"在电视上播报募集试映会观众的通知"这一行为本身也能让人们知道有这样一部电影存在。与日本电视台的合作关系在此时发挥出巨大的作用。我们在全国各地的附属电视台举办了试映会，还请他们帮忙发了好几十条通告。

宣传、发行、跨界广告……就这样所有的元素实现了有机结合。最终，《红猪》的发行收入高达二十八亿日元，超过了《铁钩船长》的二十三亿，反败为胜。

对一部电影来说，策划、制作、宣传乃至最后的发行都非常重要。拍电影、卖电影、让观众去看电影，这三件事如果没有合为一体，热门电影就不会诞生。通过《红猪》，我掌握了将这三种元素有意识地结合起来的方法，它也是一部值得我纪念的作品。

百变狸猫——全天然彩色动画电影
"让高畑老师做个狸猫吧"

"既然我做了猪，那就让高畑老师做个狸猫吧！"

制作《红猪》时，宫先生突然说了这么一句话。

吉卜力起初是专门制作宫崎骏作品的工作室。后来，工作室开始长期雇佣工作人员，建设新办公楼，规模不断扩大。在此过程中，我们认识到"以稳定的速度推出新作"的必要性。这就意味着在宫先生制作新片的时候，我们必须用其他电影作品填补空白。这么说也许不太礼貌，从最后的结果来看，负责填空的一直都是高畑。所以不知不觉中，大家都理所当然地认为"下一部轮到高畑导演了"。

就在这时，宫先生提出要做"狸猫"。我觉得这个主意未免荒唐，与此同时又觉得也不是完全没可能。

高畑从很久之前就在说："狸猫是日本的本土动物，有很多关于狸猫的有趣故事。应该有人把它们拍成电影啊。"之前有过《狸御殿》（木村惠吾导演 1939 年）等真人电影，但还从未有过正经的动画电影。《辉夜姬物语》也是如此，高畑在这个时候总会说："应该有人去做啊。"

高畑本就是那种不太会主动提出"我想拍这部作品"的导演。就算提了，也是朴实无华的作品居多。所以《萤火虫之墓》和《岁月的童话》起初都是我们"强加"于他的。他还有一个特征，就是最开始会没完没了地说"为什么我做不了"，可一旦接下了，就会做出精彩到让人震惊的作品。他就是这样一位导演。

据我和高畑至今为止打交道的经验，这次与其又啰唆半天，还不如打开天窗说亮话。于是我决定将宫先生说的话原原本本地转达给高畑。

"高畑老师，宫先生又胡闹了。他说：'我以自己为主人公，做了一部关于猪的电影，这次轮到高畑老师做狸猫了。'"

高畑一听就发火了："你在想什么啊！"明明是宫先生说的，不是我啊。

"可您不是说过，应该要有人来拍一部关于狸猫的作品。您来做那个人也没什么问题嘛。"

然而，高畑的抵触情绪超乎了我的预想。自那天起，我几乎每天都要往他家跑，花好几个小时和他谈。

宫先生和我都喜欢漫画家杉浦茂，他有一部叫《八百八狸》的作品。所以宫先生建议道："做《八百八狸》怎么样？"但我感觉高畑大概不会轻易接受。有没有其他以狸猫传说为题材的小说或漫画呢……在调查的过程中，我找到了井上厦的《腹鼓记》。从某种意义上讲，这是一部非常方便的小说，它网罗了古今东西所有关于狸猫的故事。将这本书推荐给我的不是别人，正是高畑。

走到这一步就已经花了好几个月，我自然想一鼓作气把事情定下来，于是提议说："不管项目能不能做，我们先去见一见井上老师，找他商量一下如何？"

其实在制作《岁月的童话》时，我们在查找《突然出现的葫芦岛》的过程中结识了井上的左膀右臂渡边昭夫。我试着联系了他，对方一口答应，说："既然这样，那我安排一下时间吧。"

与井上厦的"高手过招"

我与高畑一起来到约好见面的青山的咖啡厅。等了一会儿，渡边就带着井上现身了。那是我们第一次见到井上厦。没想到草草寒暄过后，他就突然抛出了非常具体的剧情方案："做成这样的故事怎么样？"而且他还准备了不止一套方案。A方案、B方案、C方案……一个接着一个，着实让我吃了一惊。

更令人惊讶的是高畑的反应。井上每提出一套方案，他都要指摘一番。当然，有趣的地方他会表示认可，但也会明明白白指出弱点，告诉对方为什么这套方案不行。

高畑说："可这不就只是把龙猫换成了狸猫吗？"井上也坦诚地接受了他的意见，说："这么说起来，好像也是。"然后他就会抛出下一套方案。我在旁边听着他们的对话，只觉得既提心吊胆，又心潮澎湃。井上的确厉害，提出了这么多想法，但高畑也毫不逊色，将这些方案全都否决了。换做普通人，肯定是发火的发火，沮丧的沮丧，井上却不以为然，坦然接受，真的是宽宏大量。

这样的对话大概持续了四个多小时吧。最后，我们聊到了《腹鼓记》。

"我写过一本小说，叫《腹鼓记》。"

"嗯，我们拜读过。"

"这样啊！那想必二位也知道，那本书网罗了日本所有的狸猫传说。"

"可《腹鼓记》作为一部作品的话……"

见高畑支支吾吾，井上主动说道："并不成功。"高畑表示："我认为您最能大展拳脚的领域也许并不是小说，而是戏剧的戏曲。"井上也承认了这一点。

也许这就是所谓的高手过招吧。无论是说出那句话的高畑，还是接下那句话的井上，都让我佩服得五体投地。

临走时，井上提议："我在米泽开了一间'迟笔堂文库'。将为了写《腹鼓记》所搜集的狸猫传说的资料都放在那里，二位要不要去看一看？说不定会有收获呢。"

于是我和高畑决定去一趟米泽。只是高畑并不是很积极。他说："急急忙忙看狸猫的书有什么用啊，又不是直接与电影有关系。"我劝道："难得井上老师盛情相邀，您就当出去旅游好啦。"就这样我们坐上了新干线。

来到迟笔堂文库一看，屋里存放了大量的书籍和杂志，仿佛一间小型图书馆。其中确有一个狸猫专区。高畑拿起几本书随意翻看，一副无动于衷的样子。我心生一计，问道："如果让您挑三本借阅，您会挑哪三本呢？"高畑顿时来了兴致，说："三本？唔……"然后就开始认真挑选了。

在我看来，能不能通过那些书有所收获并不重要。见见井上厦，或者借本书……只要用心创造这样的契机，积累到一定的程度，也许高畑就会对作品积极一些了——这才是我的真正用意。

"这是值得做成电影的主题啊"

拖着拖着，眼看着半年多过去了。从米泽回来后过了一阵子，高畑突然对我说："要做自然题材吗？"

"自然？"我大惑不解，反过来问他。

"你听说过多摩新城吗？那是开垦山地建起来的住宅区，把整座山劈开，改造成了城镇。回顾整个世界的历史，你能找到这么无法无天的行径吗？这就是值得做成电影的主题啊。"

见我默默听着，高畑先补充了一个前提："如果要做的话……"然后继续说道，"画动物的时候将动物拟人化不是日本人的特色吗？我们能不能做一部电影，让狸猫以狸猫的形态登场呢？"

高畑本就喜欢动物，也经常看关于动物的纪实片，所以他有这方面的基础。狸猫被开地建房的人类赶出了赖以为生的后山，等待着它们的将是怎样的命运？会不会有些狸猫也试图对人类做出反抗呢？不能把这个题材塑造成一种架空的纪实片吗？

这就是高畑的点子。

当然，狸猫没有武器，不可能真刀真枪地与人战斗。它们唯一能做的，就是重振"变身学"，竭尽全力用幻术威胁人类，甚至拙劣到称不上"战斗"。到头来，这些狸猫还是渐渐失去了家园。于是观众们一边将感情代入狸猫，一边反省我们人类的所作所为。如果是这种电影的话，只要你想拍，还是可以拍出来的。

故事已经很完整了啊！我一方面感到佩服，一方面又觉得既然您都想得那么全面了，为什么不早点告诉我呢？

终于可以着手制作了。虽然是架空的，但本质上还是纪实片，所以必须做足功课。

首先是观察狸猫的生活状态。实际上我们走访了很多在多摩捕捉狸猫和在家中饲养狸猫的人。通过观察和交流，我们了解到狸猫小时候很温顺，但到了一定的年龄就会突然变得凶暴起来。

接下来是采访研究狸猫的专家，以及了解多摩新城的开发过程。我们还去采访了开辟山地的时候提出反对意见的人。高畑制作电影时，这样的采访是少不了的。在我看来，正是这些采访为作品赋予了深度。

根据采访结果创作剧本的同时，我们必须把片名定下来。经过反复讨论，我们锁定了日本民间传说中提及的"狸合战"一词。高畑还建议"在片名里加上'平成'二字，增添点荒诞感"。于是片名暂定成了"平成狸合战"。

谁知，日本电视台的奥田诚治一看到这个片名就嘟囔道："高畑老师之前的作品都带个'ほ'字，这次没有嘛。"

为此高畑又动了一番脑筋，加上"ぽんぽこ"。这便是正式片名[1]的由来。

"中止制作吧"

我之前也提到过，宫崎骏不仅是电影导演，也是非常优秀的公司经营者。优秀的经营者都会仔细搜集公司上上下下各种情报。其实宫先生也在公司各处安插了"眼线"，一有风吹草动，他都知道得

---

[1] 即"平成狸合戦ぽんぽこ"，中文一般译为"百变狸猫"。"ぽんぽこ"是拟声词，模拟鼓声、拍肚子声。

清清楚楚。所以，我即便一句话不说，他也能知道《狸猫》的剧本会在哪一天完成。

当天，宫先生信步来到我的办公室。

"剧本完成了对吧，铃木？"

"对，托你的福，总算写完了。"

"听说故事的舞台是多摩新城？"

"对，做出来一定很有意思。"

可他说出的下一句话，让我一瞬间惊得目瞪口呆。

"中止制作吧。"看宫先生的表情，显然没在开玩笑。他是认真的。

——我的作品都是在一年内完成的，可阿朴却要花上两年。再这么下去，吉卜力的主流就成了阿朴，而我只能退居二线了。你知道我现在怀着何种心情做《红猪》吗？阿朴那部《岁月的童话》把员工们搞得身心俱疲，为了让他们重振士气，我付出了多少心血，没人比你更清楚了！所以我不许你们做《百变狸猫》！

当然，我特别理解宫先生的痛苦心情。可要是不趁现在让高畑做一部电影，吉卜力就撑不下去了，这也是不争的事实。

我劝说道："吉卜力的情况你不是也很清楚吗？"可他态度坚决："我不管！反正不许做！"

宫先生本就是个很有激情的人，《红猪》的制作又渐入佳境，当时他正处于压力最大的阶段。最关键的是，经过多年的积累，他对高畑那种爱恨交织的感情像岩浆一样不断蓄积，最终因为这件事而爆发了。

吉卜力有间透明的玻璃房，大家称之为"金鱼缸"。我们两个窝在里面，不吃不喝聊了整整八个小时。

"你们不停，我就退出吉卜力！"宫先生这种油盐不进的态度持续了一天、两天……转眼间，一个多月过去了。一天，他呻吟着捂住胸口，扑通一声瘫倒在地。大家乱作一团，不知该不该叫救护车，所幸并无大碍。

电影导演也好，作家也罢，创作者们往往承受着超乎想象的压力。也许，当时的宫先生已经快被压力逼疯了。

虽然我十分想体恤宫先生的心情，可要是不拍《狸猫》，吉卜力就完了，当时已是走投无路了。所以我决定拼死赌一把，故意旷工，也不联系公司。就这样，我打破了从初中以来一直保持的全勤纪录。

所有的事情都发生在那一天。

那天早上宫先生来到公司，发现我不在，便一下醒悟过来。另一方面，高畑肯定也察觉到我和宫先生之间出了什么问题，就去了一趟宫先生的办公室。我不知道他们在那里谈了些什么，但十有八九只是随便聊一聊，问句"阿宫，最近还好吗？"之类的话。可他们两个见面聊天这件事本身就很有意义，就这样两人解开了各种陈年心结，总算没有闹出大问题。

自那以后，两人又开始重新专注于各自的作品。

不过，这件事还有下文。刚好在那个时候，一本名为《周刊星期五》的杂志问世了，井上厦是编辑委员之一，所以我们也应邀参加了创刊纪念晚会。在会场见到井上时，我向他道谢，说："感谢您的多方关照。"他已经看了我发去的剧本，夸赞道："不愧是吉卜力啊，剧本很有意思。"可又补充道："我只想提一个小意见。那个片名不太好。"

听到这句话，站在一旁的宫先生立刻插嘴道："您也这么想吗！"这个人又来劲了，就好像一直在等着这个机会似的。而这一次他还是和井上老师联手。他俩顾不上享受晚会，将我逼到墙角，没完没了地说片名这样不好，那样不好，把我折磨得够呛。

第二天，我收到了井上特意发来的传真。他说戏剧界有种职业叫"剧本医生"，专门评判其他人写的剧本优劣，还能帮忙修改。那张传真上写道："站在剧本医生的角度，这部作品的内容非常好，唯独片名不太好，最好还是改一改。"我心怀感激地看完了，在回信中告诉他还是准备用原来的片名。

上映时间攻防战

历经种种波折，制作终于走上了正轨……要是这样就好了，可那是高畑啊。所以和以往一样，项目的进度又开始滞后了。

只不过，有了那么多次"为能不能赶上放映捏把冷汗"的经历，我也算是学乖了。这次我耍了点小心机。电影原计划在一九九四年夏天上映，可我对高畑谎报军情，说"定在春天上映"。为了确保万无一失，我甚至做了一张印有"春季上映"字样的海报，又与发行方东宝方面的人统一好口径。

果不其然，项目进度滞后了。我看准时机，向高畑报告了上映时间的事："这下没办法了。事已至此，我就横下心去跟东宝求情，想办法让他们改到夏天上映吧。"

到这一步，事态完全如我所料。太棒了！这下应该没问题了吧。谁知还没开心几天，我便意识到延出来的这三个月也不够用，就算延到夏天上映也来不及了。

按吉卜力的制作速度，无论再怎么努力，一个月最多只能做五分钟。这么算下来，要到九月才能完成。我决定再和高畑推心置腹地谈一次。根据以往的经验，我这样对他说道："现在有个严肃的问题摆在我们面前。上映时间已经从春天推迟到夏天了，可是再这么下去，连夏天都赶不上了。这一点您也很清楚吧，高畑老师？事已至此，干脆推迟到冬天吧？"

其实我已经做好了冬天上映的思想准备，可万万没想到，高畑老师竟然嘟囔道：

"呃，那……还是夏天上映吧……"

"可赶不及也没办法啊。还是推迟到冬天吧。"

"呃，还是夏天吧……"

许是因为上映时间已经从春天推迟到了夏天，高畑心里过意不去，也可能是那时的高畑还残留着一丝"严守制作计划"的意识。

那么，具体该如何缩短工期呢？为此我提议道："如果在现有分镜的基础上删掉十分钟的戏份，说不定能勉强赶上。"

"可我自己也不知道该怎么删啊。铃木，你能不能帮着想一想？"

"但这毕竟是您的作品，我上手改总归是不好吧……"

我嘴上这么说，心里却高兴着呢。只要删掉十分钟，就有希望赶上原定的放映时间了。殊不知，一步错，步步错……

我提议大胆削减结尾的戏份，与高畑讨论"这段可以删""那段不能动"，终于成功删减掉了十分钟。高畑也说，"这样好歹能把故事说通了"。

谁知从第二天起，他每天要和我唠叨两个多小时——"删去这些戏份，作品的主题就裸露在外了。"

诚如高畑所说，缩短结尾，可能会让观众认为电影想要表达的是老一套的"保护自然"。但高畑原来的方案也包括了"把保护自然挂在嘴边是不是也有问题"的疑问。这个世界没有那么简单，人类背负着更为复杂的使命活着——按他的思路制作，观众可以思考到这一深层。

高畑终究还是想要打造能对现实产生影响的电影。我觉得这也是高畑勋的电影能在海外得到高度评价的原因。狸猫是日本本土的动物，外国人对它并不熟悉，可只要看过《百变狸猫》，外国人也能毫不费力地想象出"日本这个国家还发生过那样的事情啊"。不仅日本的年轻人看得懂，外国人看了也叫好。"导演高畑勋"拍出来的电影就是这么精妙。每次看到他的作品，我都打从心底里佩服不已。

当然，如果按他的原计划制作，作品的完成度肯定会更高。这一点上我也觉得高畑是对的。可当初同意删减的也是高畑。于是这份进退维谷的怨气，只能发泄到我身上了。

正当我苦思焦虑的时候，博报堂的吉卜力负责人藤卷直哉忽然来到工作室，他后来还为《崖上的波妞》演唱了主题曲。藤卷在工作上一无是处，眼光却特别好。他也看过《百变狸猫》的原版分镜。而且他好巧不巧偏偏对高畑说："我觉得最后那段特别好。"可谓正中高畑下怀。

"因为赶不及上映，只好把那段删了。"

"哎呀，那多可惜啊！"

我在一旁听得火冒三丈，心想："浑小子，你知不知道我为此吃了多少苦头啊！"

就这样，有宫先生天天念叨还不够，连高畑也开始了，就算是我也快被逼疯了。项目进行到中途的时候，我还觉得自己的策略很妙呢，未曾想不是不报，时候未到啊……

从头哭到尾的宫先生

距离电影完工只差最后一口气的时候，决定生死的问题又来了。

那一天我要去市中心办事，所以不在工作室。宫先生趁机来到《百变狸猫》的制作现场，把五位主要的原画师喊来，说："你们被开除了！"大家都蒙了，奈何宫先生气势汹汹，他们只能老老实实开始收拾东西。

宫先生警告他们"不许联系铃木"，当时我的下属高桥刚好在场，想方设法溜出来给我打电话报信。我赶忙折回吉卜力所在的东小金井，留住了五位原画师。当然，我从未对宫先生说过这些。

跨越种种艰难困苦，电影终于完成了，我这辈子都忘不了那一天。高畑、宫先生和我并排观看了首次试映，宫先生更是从头哭到尾。

这是因为片中出现的狸猫原型，正是当年和高畑、宫先生一起在东映动画奋斗的老同事们。发动特攻的权太便是宫先生吧，而主人公正吉是高畑。其他角色身上也有那些老同事的影子，而且画成了当事人一看就知道的样子。

宫先生肯定是在电影中看到了自己的青春啊。

宫崎骏对高畑勋的感情非常复杂，绝不是第三方能揣摩出来的。用一个词来概括的话，只能是"爱恨交加"，但其中也有很多不能用这个词去表现的东西。关于高畑宫先生说过这么一番话：

"在阿朴手下活下来的就我一个。其他人都走了。只有我撑下来了。"

这也是宫先生最引以为豪的一件事。明明早已年过古稀，却不忘把这句话挂在嘴边。不过，他也这样说过：

"有资格说阿朴坏话的人，只有我跟铃木。其他人敢说一个字，我决不轻饶。"

可见宫先生是多么敬爱高畑勋这个人。别扭的感情有时也会爆发出来——就是这么回事。

即便如此，我依然觉得宫先生是个彻头彻尾的好人。因为他全身心投入了《百变狸猫》的宣传工作，还跟我们一起去地方城市办活动。毕竟这个项目始于宫先生的一句话，所以他也产生了一定的责任感吧。但考虑到制作过程中的风风雨雨，他能全程参与进来实属不易。

虽然风波不断，但宫先生到头来还是为高畑做了一切力所能及的事情。我只能说一句，他真的是个大好人。

高畑有时也会说："宫先生就是天生的劳碌命啊。他明明可以随心所欲的……"这两个人的关系，究竟算怎么回事呢……

侧耳倾听
"四十五岁的新人导演"近藤喜文流泪的夜晚

宫先生的岳父在信州有间工作室，每到夏天，宫崎一家就会去那里度假消暑。创办吉卜力之后，每年暑假去宫崎家的山中小屋做客便成了我们的固定节目。宫先生的儿子吾郎自不必说，有一阵子就连押井守、庵野秀明也会跟着一起来。大家东拉西扯、热热闹闹，好不愉快。

工作室如今被宫先生改建成了圆木小屋，但原本这是一栋传统的日本民宅，坐落在远离人烟的地方，没有拉电话线，也没有订报纸，几乎与世隔绝。

白天去周边的村落、森林逛一逛，傍晚泡澡吃饭。到了晚上，四周寂静无声，宫先生就说："有什么好玩的吗？"然后去房间的角落翻找一通，拿来几本少女漫画杂志。他太太的亲戚也经常来木屋玩，侄子侄女们会买些漫画，看完就放在木屋了。宫先生偶尔也会拿出来啪啦啪啦地翻看。

他抽出其中一本递给我说："铃木，你看看这个。"那便是在《Ribon》上连载的《侧耳倾听》。还记得他给我看的好像是第二回吧。不光是我，押井导演和庵野也看了。宫先生说："这个故事是怎么开始的呢？"我们各自发挥想象力，热烈讨论起来。这样一来，自然对之后的剧情发展产生了兴趣，就开始这样那样地往下编，这逐渐成了每晚的消遣。

度假归来后，宫先生好像一直很好奇后面的情节。有一次，他跑来制作部问："有没有人听说过一部叫《侧耳倾听》的漫画啊？"一个叫田中千义的工作人员说："我有单行本！"他忙说："赶紧拿来！"

宫先生很快就看完了，还发了火，嚷嚷道："怎么和我想的不一样呢！"这不是理所当然的事吗？宫先生作此反应是因为脑子里全是他们自己编造出来的情节啊。

宫先生平时就是这么看书的，不管是漫画还是小说，绝对不会将作者写的东西照单全收，而是一边看，一边在脑海里打造出另一个世界，然后在里面闲庭信步，尽情享受。如果他荐书给我，说"铃木，这本书很有意思"，书名中往往会带个"庭"字。他会按自己的想法构思书中的庭园，并且充分享受那个过程。

近藤喜文的才能

当时，工作室正在紧锣密鼓地制作《百变狸猫》。与此同时，我们也在讨论下一部电影要做什么。这时，宫先生说："铃木，那个怎么样？"他口中的"那个"正是《侧耳倾听》。他还提议道："要不让阿近来做导演吧。他适合做这种。"

阿近是近藤喜文的昵称。他是位非常有才华的动画师，在高畑勋和宫崎骏的作品制作中，近藤一直起到不可或缺的作用。

近藤原本是新潟人，高中毕业后来到东京，进了东京设计学院的动画系。当时，高畑和宫先生在东映动画工作时认识的前辈——大塚康生导演在那里任教。据大塚导演说，近藤并不是那种特别引人注目的学生，却总会在下课后一脸凝重地找到自己，磕磕巴巴地说："请让我加入 A 制作公司。"一说就是好几遍。

A 制作公司（即现在的 SHIN-EI 动画）的创始人楠部大吉郎也是东映动画出身。当时大塚导演还是那边的员工，制作了《姆明》《鲁邦三世》等作品。

见近藤一个劲儿地说："请让我加入吧……"大塚导演被他的执着打动了，向楠部社长打了招呼，便让他入职了。谁知，他一开工就展现出过人的实力，以至于楠部社长还跟大塚导演道了谢，说："大塚导演啊，下次再发现这样的人才，你可得赶紧告诉我啊！"

不久，高畑、宫先生他们也进入了 A 制作公司。就在这时，宫先生注意到了近藤的才能。所以在宫先生的导演处女作《未来少年柯南》中，近藤发挥了至关重要的作用。他尤其擅长绘制滑稽的场面，为这部作品增色不少。

这些都被高畑看在眼里，近藤的才华同样深深打动了他。因此，在制作《红发少女安妮》的时候，近藤便成了作画工作的中流砥柱。

只是宫先生觉得自己发掘的人才被抢走了，心里颇为不痛快。他想把近藤抢回来，这才引发了之前讲过的《龙猫》VS《萤火虫之墓》事件。

在那之后，宫先生也一直想和近藤合作。然而，在工作室轮流制作高畑作品和宫崎作品的时候，近藤往往会被排到高畑那边去。据我猜测，宫先生之所以推荐近藤执导《侧耳倾听》，可能就是想要打破这种"轮流制"。

但近藤也有自己的想法，他从乡下来到大城市，在高畑和宫先生手下努力工作了那么多年，其实心里一直怀揣着"无论如何都要自己当回导演"的念头。

宫先生是这么想的：让近藤当回导演，尽情发挥他的才华，然后等自己的新作启动了，再让他担任作画监督——制作《幽灵公主》时，近藤的确是作画监督之一，只可惜因为自发性气胸等健康问题一直反复住院……

项目中心主义与佳作小品路线

虽然项目的大体框架已经敲定了，但这毕竟是近藤执导的第一部作品。我们都知道他是一位优秀的动画师，但有没有导演天赋又是另一回事。动画导演与作画监督的关系，就好像真人电影中导演与摄影师的关系，出色的摄影师不一定能成为出色的导演。而宫先生恰恰在这两方面都出类拔萃，那么近藤呢？

于是，宫先生想了一个办法——制片方准备好项目方案，然后交给导演。

在此之前，吉卜力向来完全倚赖高畑勋和宫崎骏两位导演的创意，即所谓的"导演中心主义"。与此相对，这一次从剧本到分镜的工作都由制片人宫崎骏完成，然后导演近藤喜文再负责制作成电影。也就是说，这次要改用"项目中心主义"。

宫先生很擅长做搭建框架、构思宣传口号之类的事，他说："这次不做'大片'，要做'佳片小品'！"毕竟我们之前一直投入大量的时间和金钱制作"大片"，工作条件很严苛，员工们也疲惫不堪。

的确该趁现在做一部"佳作小品"，重振公司的士气。

明确方针后，宫先生提出了两项具体的计划。

其一是调整分镜的尺寸。吉卜力原来用的分镜精度很高，可以直接用作 Layout①，但这也意味着每帧的尺寸都稍大于其他动画公司。宫先生想要切换成电视上用的小尺寸分镜，这样就没法画太细，后期作画便会轻松不少。"既然是小品，作画上的耗时也应该缩短"——这完全是经营者的思路嘛。

其二是改变发行方式。宫先生的意思是，既然是小品，上映时也应选择与之相符的发行规模。吉卜力之前的作品都是通过东宝发行，主要在全国的大型影院放映，而这次则想试着转战小型影院——这个人不光构思好了作品的内容，就连这些后续的事情都考虑到了啊！我再一次对宫崎骏佩服得五体投地。

在宫崎骏的一声号令之下，项目按照新的方针正式启动了。可谁知带头违背方针的就是宫先生自己。开始画分镜前倒还好，问题是宫先生已经很长时间没用过面向电视的小尺寸分镜了，所以画起来觉得特别难受。不过我记得他还是硬着头皮画到了 B-part②，但后来就嚷嚷着"这么小的格子怎么画啊"，又切换回了"在大分镜上画得很细"的模式。

与此同时，我也在摸索全新的发行方式。

当时，有一家叫"Herald Ace"的公司（即现在的 Asmik Ace），专门面向小型影院发行小而精的作品。我有一个因《Animage》结缘的熟人在那工作过，所以试着联系了一下。负责与我对接的正是

---

① 动画制作中的关键流程。与分镜简略表现画面不同，Layout 更加精细，且常标出画面之外的要素，如角色台词、运镜方式、空间关系等。
②A-part 与 B-part 分别指正片的前半部分与后半部分，电视动画一般以广告为分界点。

公司创始人兼制片人原正人。

我大致讲了项目的内容，说"这次是佳作小品，所以发行方面也要费点心思"。他理解我的用意，但他表示这件事存在一个障碍。

"我很理解你的意图。但吉卜力的背后不是有德间康快吗？所以我们不能擅自接手。不如让德间旗下的大映和我们联合发行，怎么样？"

他给出了这样的提议，可我总觉得这种半吊子的做法是行不通的。

那么制作进度呢？一如既往地滞后于计划。说起原因，我们本来打算做小品，可做着做着就又变成了大作。

看着提交上来的样片，我陷入了沉思。面向小型影院发行似乎存在各种障碍，作品本身也正朝着"大片"发展。看来还是得找东宝啊，可现在再开口还来得及吗……

总之，我决定先找东宝坦诚地谈一谈，于是去拜访了时任东宝协调负责人的高井英幸。后来他升任了社长，现在担任顾问一职。

见到高井一问，一九九五年的档期果然已经排满了。他说："现在插队肯定来不及了。"可我无论如何都想再试试。

"能不能请您帮个忙，想办法把我们排进夏天的档期啊？"

"电影院都排满了啊，你应该也很清楚吧？换成黄金周怎么样？这样就能赶在夏天前上映了。"

"不行啊，我们肯定来不及做完的。"

"那冬天呢？冬天上映的话，现在就可以把影院定下来。"

"要是拖到冬天，制作成本也会水涨船高，我们想避免这种情况，无论如何都希望赶在夏天上映。"

"安排到九月也行啊。吉卜力的作品不是已经大众化了吗，在九月放也没问题啊。"

高井提出了很多替代方案，但我说什么都要拿下夏天的档期。毕竟和夏天相比，黄金周和秋天的观影人数都要少一半左右。

就这样，我又找他谈了好几次，这才听到了真心话。

"这部电影讲的不是初中生的爱情故事吗？这种题材在夏天很难火起来的。"

这的确是电影界的常识。毕竟是初中男女生的爱情故事，观众群比较有限。在大片云集的夏季档放这样的电影，无论哪家大型发行公司都会犹豫。要想吸引成年观众，就得把人物年龄设定得再大一点儿，或者走冒险动作大戏的路线，这都是电影界的惯用手法，我心里也有数。可即便是这样，我还是希望电影能在夏天上映。在我的苦苦坚持之下，高井终于松口了。

"真拿你没办法，那就夏天放吧。可影院档期的安排是个大问题啊，毕竟这次不可能像平时那样拿下所有的好影院，票房成绩恐怕也会受影响，你们不介意吗？"

"事到如今也没有别的办法了。要怪就怪项目启动时定下了那样的构架，也许这就是这部作品的宿命吧。麻烦您了，就这么办！"

谁知实际上映后，观影人数超出预料，一举拿下了当年的日本电影票房冠军。我的坚持是值得的，当然也要感谢高井同意了我的无理要求。

宫崎骏和近藤喜文的差异

在我为发行问题东奔西走的时候，作画工作全面启动了。

决定剧情走向的剧本敲定了，有了分镜，导演的基本计划也明确了。大家肯定会纳闷——那么作为导演的近藤喜文做了些什么呢？他让角色演绎出不同于宫先生的东西，打造出了属于他自己的电影。

我想举最具代表性的两场戏为例。第一个场景是小雯去老师办公室，看到借书卡，发现她在意的天泽圣司原来是同班同学。在宫先生的分镜中，小雯心烦意乱，和朋友一同慌忙冲下楼梯。但近藤把这一幕改成了"慢慢走下楼梯"。两位导演的差异在这一幕体现得淋漓尽致。宫崎骏塑造的是"身体先动"的女生。而近藤喜文却让角色消化了慌乱的情绪，成为一个"会思考"的女生。

另一个场景是消沉的小雯来到地球屋。见店门紧闭，她就一边靠墙坐在地上，一边和猫说话。当时周围没有别人。可近藤喜文让小雯在坐下的时候用手按住裙子，免得走光。而宫崎骏笔下的小雯在坐下时不会顾忌旁人，裙子飘了起来，自然就走光了。

换句话说，近藤刻画的小雯变成了一个时刻在意他人看法、举手投足都很优雅的乖乖女。这样的描写方式反而让这一幕多了几分性感。近藤可能是无意识这么做的，但两位导演的风格在这里形成了鲜明的对比。

看到这几个场景时，宫先生大发雷霆道："不对！"如果完全按照他的分镜来画，小雯的确会变成一个更加开朗活泼的女孩。但近藤塑造的小雯多了些优雅，更有当代女孩的感觉。而毋庸置疑的是，这一点正是这部作品的魅力所在。

那么，宫先生画的是他理想中的女孩，是不是意味着近藤对当代初中女生的观察更为真实呢？其实恰恰相反。片中有一场戏是小雯一边跟合唱队的朋友们吃便当，一边讨论《Country Road》翻译过来的日语歌词。在宫先生的分镜里，对应的语速更快，可近藤却让她们慢慢说，所用的时间几乎是宫先生分镜的两倍。

在绘制分镜之前，我碰巧跟宫先生一起坐电车，有五六个初中女生在我们跟前聊天，只见宫先生一边听一边掐表，根据观察的结果设计了那场戏。所以这么看来，宫先生的构思反而更写实些。

即使用相同的分镜，只要导演一换，最后呈现出来的作品也会大为不同。

反过来说，画了分镜的宫先生肯定会忍不住插手导演的工作。在小雯创作的戏中戏《男爵的故事》中，这一点体现得格外明显。宫先生说："反正进度落后了这么多，我也来帮忙吧。"表示要亲自执导这一部分。他肯定是克制不住"自己做一半"的冲动了。

这时，宫先生掏出了参考资料——插画家井上直久的系列画集《依巴拉度》。他把画集拿给美术人员看，想让他们照着画背景。可我觉得既然要做，还不如弄个大手笔，那样更容易出效果。

"宫先生，与其模仿井上老师的画，不如直接请他本人画吧？"

宫先生似乎完全没考虑过这一点，起初还吃了一惊，说："啊？"井上当时住在大阪的茨木市，听我说完来龙去脉后，欣然同意来东京参与绘制。多亏了井上，《侧耳倾听》收获了吉卜力从未有过的梦幻背景。

另外，井上这位"第三者"的参与，在某种程度上好像也平衡了宫先生和近藤的关系，大家都能心平气和地投入工作了。

歌词之争

话虽如此，一部作品有两位导演难免会出现种种分歧，这也是无可奈何的事情。除了角色的演绎，两人还因为《Country Road》的日语歌词起了冲突。

宫先生一开始就决定把《Country Road》作为本片的主题曲，还表示日语版的歌词非常关键。因此他本打算自己写，可惜忙着画分镜，分身乏术。问题是，小雯在地球屋唱《Country Road》那场戏需要配合提前录好的音乐来制作。为了在作画前完成录音，必须尽快写好歌词。宫先生走投无路，提了个特别离谱的主意。

"我知道了！让铃木的女儿来写吧！"

当时我直接傻了眼，心想："这可怎么办啊……"可是时间紧迫，也顾不了那么多了。我回到家，对女儿说："事情就是这样，你要不要试试看？"

当时我女儿应该是十九岁吧，正是初生牛犊不怕虎的时候。

"给多少钱？什么时候交？"说话的口吻像个专业作词人似的。

我做梦也没想到还得跟自家女儿谈合同，但她好歹答应了下来。虽然有点对不起女儿，但我心里也是有小算盘的——就算她写得再烂，也要拿给宫先生看，说不定他一看就会发愤图强自己动手写了。

交稿日很快到了，可是我左等右等，我家那位不良少女就是不见人影，到了半夜才回来。我说："今天必须交稿了，你心里有没有数啊？"她说："我现在开始写啦。"然后拿来一本字典。谁知，她连字典都没有打开，下笔如有神助，五分多钟的功夫就写完了。而且，宫先生还特别中意她写的歌词，说："好极了！"稍加修改，歌词的定稿就这么出炉了。

不料，宫先生和近藤竟然因为一处修改的歌词吵了起来。

我女儿写的是"决心独自生活／两手空空地／离开了故乡"。而宫先生将其改成了"梦想着／即使一个人／也要活得／无所畏惧"。

其实约翰·丹佛的原版歌词主要表达的是"回到那令人怀念的故乡吧"。可我女儿偏偏改成了"当年毅然决然离家出走，现在想回却回不去"。宫先生觉得这么改很好，只是太过直白，所以他把"离家出走"的意味处理得稍微模糊了一点。

近藤却认为改之前的歌词更好。两个人就这样争论起来，嗓门越来越大，几乎要吵起来了。最后，近藤无奈让步，歌词选用了宫先生的版本。

不过话说回来，向来木讷的近藤为什么不惜与宫先生大吼大叫也要用原来的歌词呢？我百思不得其解。

在影片完成后，谜底终于揭晓。

去仙台举办宣传活动时，我跟近藤单独吃过一次饭。"我直到现在还是觉得原版歌词更好。"在饭桌上他小声地说了这么一句话。

"当年为了成为漫画家，我也像离家出走一般来了东京，两手空空，什么都没带……"

他边说边掉眼泪。虽然是巧合，可女儿的歌词分明写的是近藤喜文的人生啊。他像离家出走一般告别故乡，努力当上了动画师，可仅凭这一点，他是想回也回不去的。要想抬头挺胸地回到故乡，就必须当上导演。而他没想到在自己导演的处女作中，邂逅了这样一段遥寄心绪的歌词。对他而言，这一定有很重要的意义，所以他才不想改歌词吧。

近藤虽然寡言少语，不太会把内心的想法表露出来，可他的内心深处肯定也有某种炙热的东西在熊熊燃烧吧。那一晚的谈话在我心中留下了不可磨灭的印记。

宫崎骏以外的导演拍得出"宫崎骏动画"吗？

《侧耳倾听》究竟是宫崎骏的作品还是近藤喜文的作品？我也不知道答案。他们的确在各方面产生了分歧。开展宣传活动时还发生过这样的事情：近藤刚回答完记者的提问，宫先生立刻全盘否定，说："不对，导演什么都不懂。"

即便是这样，近藤还是在庆功宴上向宫先生鞠躬道谢。

"感谢您给我这个机会。"

近藤毕竟是第一次做导演，在某些时候没能充分理解剧本和分镜的意图，但他以某种至纯之心克服了这些困难。说得极端点，即便是他理解不了的场景，他也能靠本能画出来。正因为导演是近藤，小雯才变成了一个魅力四射的女孩。我一直认为，这部电影大热的原因正是在于近藤刻画的小雯。所以我觉得让近藤执导《侧耳倾听》是一个明智的决定。

这部作品既是"近藤喜文执导的电影"，又是"宫崎骏动画"。我意识到，只要让宫先生画分镜，近藤做导演，也许就能打造出另一种"宫崎骏动画"了。可这到底是好事还是坏事呢？我为此苦恼了很长时间。

尽管如此，吉卜力并没有停止对"另一种宫崎骏动画"的摸索，所以才有了米林宏昌执导的《借东西的小人阿莉埃蒂》、宫崎吾郎执导的《地海战记》和《虞美人盛开的山坡》。不过在那几个项目中，我们充分借鉴了《侧耳倾听》的经验，制片方只负责剧本，分镜则让导演担纲。所以《阿莉埃蒂》和《虞美人》的成功也有近藤的功劳。

可惜《侧耳倾听》也成了近藤喜文执导的最后一部作品。在《幽灵公主》上映后，近藤在一九九七年底因主动脉夹层瘤病倒，次年一月永远离开了我们。那年他才四十七岁，走得实在太早了。

映画作りは
大搏打

做电影就是
一场豪赌

幽灵公主
前所未闻！挑战智慧与胆量的"幽灵大作战"

为什么会在那个时候回归"动作大戏"呢？实不相瞒，当时我心里非常烦闷。

一方面是因为吉卜力作品的整体趋势。我们连着出了《岁月的童话》《百变狸猫》《侧耳倾听》这几部相对平和的作品。期间虽然穿插了《红猪》，但已经很多年没有出过像样的动作大戏了。

这时，宫崎骏提议做《毛毛虫波罗》，用九十分钟仔细刻画毛毛虫在行道树之间旅行时遇到的种种事情。宫先生将这个想法说给太太听，结果太太夸了一句"这个项目听起来不错嘛"。他太太曾做过动画师，所以看待作品的眼光向来严苛。在宫先生策划的所有项目里，唯一被太太夸过的就是《毛毛虫波罗》。所以宫先生有了干劲，心想"这次为老婆做部电影吧"。

《毛毛虫波罗》的视角确实很有意思，可作为项目来说太朴实无华了，我实在提不起劲来。

另一方面，我当时也遇到了一个大问题。正是泡沫经济破灭的时候，坏账问题闹得满城风雨。吉卜力的母公司德间书店也不例外。用一个词来形容当时的社长德间康快就是"怪物"。他把业务从出版拓展到音乐、电影，创办了一家又一家新公司。每开一家公司，债务就会变多，但他说"银行里有的是钱"，将集团越做越大。泡沫经济的破灭，使得散漫经营带来的种种问题一下子暴露了出来。

公司内部也是危机感高涨，在一线工作的总编、局长们决定开会讨论一下。我当时已经是吉卜力的专职人员了，可还是被叫去参加会议。这也许是因为吉卜力在德间集团里做得最为风生水起吧。开会讨论的结果居然是让我带头处理坏账问题。说实话，我是真不想把时间浪费在这种事情上。奈何大家都推举我，弄得我拉不下脸来拒绝。

公司内部争得不可开交，一筹莫展的银行也来找我说快想想办法。我向德间康快汇报了情况，与他促膝长谈。

当我垂头丧气地回到工作室，宫先生又跑来和我唠叨毛毛虫，可我哪有那个心情啊，处理坏账时的冲突让我心中烦躁不已。

于是，我反过来向宫先生提议："下一部做《幽灵公主》怎么样？"他手里永远都有各种各样的点子，《幽灵公主》的原始创意也是多年前就有了。这些年攒下来的 Image Board① 都是现成的，所以我决定先将它们整合成画册的形式出版。不过，宫先生对改编成电影这件事还有些犹豫，迟迟不肯点头。

为了说服他，我给出了三个冠冕堂皇的理由。

一是年龄。宫先生当时已经五十五六岁了，花甲近在眼前。想靠蛮力制作正统的动作大戏，这恐怕是最后一次机会了。

二是员工。吉卜力长期雇佣工作人员，还引进培训制度，致力于培养年轻的动画师。他们不断成长，正是年富力强的时候，是时

---

① 指用绘画的方式探讨出作品的印象与世界观，一般会挑选故事中数个情节预先绘制出印象画面，除了传达故事的形象概念之外，也能掌握作品的方向。

候让他们大展拳脚了。

三是预算。多亏大家的努力，吉卜力之前推出的每部电影都获得了成功。在这个时候推出新作，应该能争取到相关各企业的全力支持。

我向宫先生建议道："将预算涨一倍吧。"此前吉卜力电影的基本预算是十亿日元，这次要上调到二十亿。作画时间也延长一倍，平时用一年，这次花两年。只不过，最后实际花了足足二十五亿。

摆出这三个理由后，宫先生终于同意了。除了这些冠冕堂皇的理由，我心里其实还有个小算盘——心里憋得慌，真想放开手脚做部动作大戏啊！

最后时刻改分镜

项目就这样定下来了。宫先生开始根据自己之前写的大纲构思剧情，然而进展并不顺利。毕竟时隔许久，当时的心境已经找不回来了。最后他说"我觉得这个故事在当下的时代是行不通的"，就这样陷入了大概半年的低潮。

就在这时，CHAGE&ASKA乐团的工作人员联系我们说："能不能请吉卜力为新歌《On Your Mark》做个宣传片？"其实我没听说过他们，但还是一口答应下来。因为直觉告诉我对于陷入低潮的宫先生来说，这将会是个调节心态的好机会。

在制作七分多钟短片的过程中，宫先生大概找到了构思《幽灵公主》的新角度。制作完《On Your Mark》之后，宫先生表示剧情还是得大改。就这样，以少年阿席达卡为主人公的剧情逐渐成形了。

制作电影时，宫先生总会先喊出一句口号，大概也是为了振奋自己吧。这一次的口号是"打造以日本为背景的新式武打片，制作出媲美《七武士》、足以载入史册的电影"。

有了新构想，宫先生立即着手绘制分镜。可我一看完开头就感到头疼了。

首先想到的就是——这不是日本版的《吉尔伽美什史诗》吗？我跑去问宫先生，谁知他说："啊？你在说什么？"大概在他的脑海中，各种元素已经混杂在一起，自成一体了。我们当然也可以说《吉尔伽美什史诗》给了他灵感，可这样真的好吗？

另一个让我烦恼的点在于"杀死森林之神"。

我心想，杀死森林之神的故事在日本能站得住脚吗？日本总体上是个土壤肥沃、雨水充沛的国家，无论砍掉多少树木，很快都能又长出来。所以从严格意义上来讲是不可能"杀死森林"的。虽说是电影，可也不能在这种地方作假吧。我找机会和高畑谈了这个问题，他果然也深有同感。

为此我跑去找宫先生，直截了当地问："故事的舞台非得设在日本不可吗？"

因为我觉得只要将"故事发生在日本"这个设定处理得稍微模糊一点儿，使之更具普遍性，就不用对观众撒谎了。遇到这种情况，宫先生的态度反而干脆，一口答应下来："好啊。改一下这个部分就好了。"

然而，分镜的制作并不顺利。宫先生制作长篇电影的节奏一般是年初着手画分镜，花上一年左右，到十二月完成。这样就能赶在第二年夏天上映了。

可制作《幽灵公主》的时候，眼看着一年时间过去了，分镜却只完成了一半左右。最开始定下的制作周期是两年，进度自然是慢了。画画分镜，做点别的，然后再回到分镜上……如此三心二意，速度就越拖越慢。宫先生自己好像也越画越没底，跑来找我商量说："铃木，这样下去真的没问题吗？"于是我决定这样对他说："在杂志上连载漫画基本都是这样的。你就当自己在画连载的漫画呗。"

宫先生似乎松了口气，高兴地说："对哦！当它是连载漫画就行了！"从那时起，他便采用了这种全新的制作方式，直到收尾阶段还纠结着分镜，在不知道最后一幕是什么的情况下制作电影。而《幽灵公主》就是这种方式的起点。

到了第二年冬天，分镜总算完成了。可这么一个复杂元素错综交织的故事该如何收尾呢？我对故事的结局非常好奇，不过在初版分镜中，既没有艾伯西被扯断一只胳膊，也没有铁工场起火的场面。故事的结局是非常简单的。

我在两种心境之间摇摆不定。按这个分镜做下去的话，电影时长刚好是两小时，应该可以顺利做完，赶在一九九七年夏季上映。可这个结局好像缺了点什么。如果我提出要改，势必会推迟上映时间。到时候，也许就赶不及在夏天放映了——

我在矛盾与烦恼中迎来了新年。

我只休了元旦一天。新年伊始，为了确认电影配乐，我立刻前往位于代代木的久石让工作室。我还在纠结故事的结局，便决定在电车上和宫先生谈一谈。遇到这种情况时，我都会用尽量简短的语句表述问题，不添加任何非必要的理由。

"宫先生，我重看了分镜，觉得艾伯西还是得杀啊。"

"你也这么觉得？"

宫先生肯定也在琢磨这个问题呢。在电车到站之前，他滔滔不绝地讲述了新方案。而且由于情绪激动，嗓门特别大。周围的乘客都认出他是宫崎骏了，可他完全不在乎。一旦进入那个状态，就没人拦得住他了。

几天后，新的分镜出炉了。宫先生的分镜向来细致，唯独那次画得比较粗略。我接过稿子看了起来，这时宫先生神情凝重地说："铃木，对不起，我还是杀不了艾伯西。"看到后面才发现他将结尾替换为艾伯西手臂被扯掉的场景。

于是我又提了一个建议："建筑物着火不也是你电影的一大特征嘛，片尾加上那样的场景会不会更好？"

宫先生接受了这个建议，添加了铁工场着火的场景。

如此一来故事便完整了。可新的问题又出现了，那就是电影时长。由于分镜的改动，时长变成了两小时十三分钟。按吉卜力的制作速度，一个月的作画产量大约是五分钟。这就意味着制作周期要延长足足三个月，照这个速度肯定来不及在夏天上映。

我决定把这件事告诉工作人员。听完之后，大家脸色铁青。雪上加霜的是，负责把控进度的制作部门出了些差错，将有些尚未画好的场景标记成了"已完成"。

明明留出了两年的制作时间，进度却还是落后了，又加了十三分钟的内容，日程管理也出了问题……真是屋漏偏逢连夜雨啊。

我们别无选择，只能从头梳理一遍。我决定让西桐共昭接手日程管理工作，因为他对数字比较敏感。这个人真的很能干，如果没有他，恐怕《幽灵公主》就不能如期与观众见面了。经他一整理，我们才发现除了追加的十三分钟，还有大量的场景有待制作。

这下真的走投无路了，该怎么办啊……就在这时，援军出现了。

那就是制作了《鲁邦三世：卡里奥斯特罗城》的 Telecom 工作

室。宫先生和高畑都曾是那的雇员。竹内孝次社长联系我们说："工作室最近没活做了，有什么需要我们帮忙的吗？"真是雪中送炭啊，我们决定把 Telecom 的员工投入动画部门，采取人海战术。

至于动画之后的上色工序，我们引进了数码技术。在那之前，吉卜力一直沿用人工给赛璐珞上色的传统方式。而这一次，我们决定在手工上色的同时也使用电脑上色。没有时间从容不迫地讨论"试试新技术"了。我们选定了工作室一楼的酒吧区，急忙摆上一排电脑，开始上色。这招收效显著。

多亏了援军和数码技术，我们用一个月就搞定了原本需要三个月完成的工作量。制作现场好运连连，电影朝着完工大步迈进。

史无前例的宣发大作战

与此同时，宣发上的巨大挑战也在等待着我们。

两年周期，预算翻倍——虽然我们定下了这样大的方针，但其实并非每个参与方都举双手赞成。与吉卜力长期合作的日本电视台、从这次开始作为投资方加入的电通以及负责发行的东宝，都对《幽灵公主》这个项目持怀疑态度。因为当时的日本电影界存在一种论调——动作片的时代已经结束了，这样的电影不会卖座的。"即便让宫崎骏来做，风险也太大了"，抱有这种意见的人占了大多数。

更糟糕的是，来自美国的超级大片《侏罗纪公园：失落的世界》也在那年夏天上映。"和好莱坞大片正面交锋，你们赢得了吗？"参与方个个愁容满面。

事到如今，我才敢告诉大家，其实当时电通里的某个人召集相关人员开了一场秘密会议。他是这么想的："将所有的事情都交给吉卜力和铃木真的好吗？很多人都觉得动作片的前景不乐观，我们是不是应该提议改一改项目内容呢？"

日本电视台的奥田诚治先生也参加了秘密会议。散会后，他立刻给我通风报信。当年我毕竟年轻，一听就火了，第二天就打电话叫来电通的负责人，狠狠地说道："偷偷摸摸做什么手脚！你们那么不乐意，干脆退出好了！"

不过平心而论，那次会上讨论的内容还是很合理的。因为按制作、宣传的成本计算，要想实现收支平衡，就必须刷新《南极物语》创下的日本电影纪录，发行收入超过五十九亿日元。他们把这个事实摆在了我的面前。《幽灵公主》真能带来那么高的收入吗？

论发行收入，以往的吉卜力电影一般是二十亿左右。也就是说，我们必须把这个数字一下子提高到原来的三倍。到底该怎么办呢？起初我也没有想好具体的计划，当时还要处理德间集团的问题，心中烦闷不已。所以就像是听信了恶魔的谗言，心想着"船到桥头自然直"。

当然，我也参与制作了多部电影，深知电影界并非"酒香不怕巷子深"那么简单。可卖力宣传就代表电影能火吗？宣传固然重要，但还远远不够。

要说什么才是重要的？电影最终得看"发行"，就是把胶片卖到全国各地的影院去。从以往的经验来看，我意识到这个环节的销售活动至关重要。

当时在东宝负责发行工作的是常务西野文雄先生。我们的交情可以追溯到《龙猫》和《萤火虫之墓》。讨论影片发行时，我常因不知天高地厚的言论挨他的训。周围的人都怕他，但我每次都和他正面交锋，也算是不打不相识了。

那一次，我也拜访了他的办公室，开门见山地告诉他：

"这次的发行收入必须达到六十亿。"

就算是西野先生也不由得沉声道："简直胡来！"

"西野先生，虽然我这样说不太合适，但归根结底不还是影院的问题吗？平均观影人数我们都知道，只要拿下优质影院并好好安排，就不是不可能实现的数字啊。只要您一声令下，全国各地的影院老板都会行动起来，能不能帮帮忙呢？"我低头恳求。

西野先生盯着我的眼睛，说："我考虑一下，但没法立刻给你回复。回头再谈吧。"

后来，我又数次拜访东宝，和他反复讨论这件事。

目前日本约有三千四百块电影屏幕，其中能吸引到大量观众的屏幕最多三百块。可就是这三百块屏幕所贡献的票房，占了总票房收入的一半左右。反过来说，只要能拿下观众最为集中的三百块屏幕，票房就有了保障。

问题是，当时那些影院已经被《侏罗纪公园：失落的世界》拿下了。而我的请求便是希望西野出面协调，把《幽灵公主》安排进去。

经过三四个月的协商，西野说道："铃木先生，你是认真的吧？那就试试看吧。"不过，他也开出了条件："要实现这个计划，我们必须做好各方面的协调。我想请你帮忙联系东宝内部的相关负责人，召集他们开一次会。"

"啊？为什么要我去联系呢？"

"因为东宝的各部门向来都是自扫门前雪，协调起来非常麻烦。只要你能把人召集起来，之后的事情就交给我吧。"

虽然不了解东宝的内情，但我还是上上下下跑了个遍，请求高管们出席会议。我本来也想参加，谁知西野说："谢谢，你忙到这里就可以了。"都张罗到这儿了，我当然想参加会议听听西野讲什么，但他都开口了，我别无选择，只能老实等着。

后来，我听一位与会者说，时任东宝专务的堀内实三反对西野的提议。当年，堀内与西野被并称为东宝的两大巨头，对我也多有关照。堀内行事谨慎，表示："将宝押在《幽灵公主》上会不会有问题？这部电影的内容很艰深，要拿下高票房绝非易事。"

就在这时，西野撂下一句名言：

"电影不是用脑子看的！要用心看！"

据说此话一出，会议室的气氛完全变了。连我这个外人都能感觉到，当时的东宝氛围很好，大家可以各抒己见。

就这样，东宝痛下决心，为《幽灵公主》搭建了特别的发行体系。之前的确有过"市场反应好的话就逐渐扩大放映范围"的情况，但"一开始就拿下所有好影院"几乎是一场前所未有的豪赌。

哲学的时代

电影在六月完工，只比原计划晚了一点儿。不过我没有立刻通知东宝。因为我很清楚，如果在这个时候拿给他们，一定会引发各种关于内容的讨论。要是负面意见占了上风，说不定千辛万苦搭建起来的发行体系也会被彻底推翻。所以我告诉相关人员影片还没完成，连试映会都是拖到最后一刻才办。

果不其然，看完试映的相关人员的反应并不理想。

东宝内部也有这样的声音："这部电影对孩子来说太难理解了。票房可能不会超过十亿。"

还有人对宣传文案"活下去"提出质疑——情节已经很复杂了，还配上这种哲学味很浓的文案，不仅孩子提不起兴趣，女性观众、成年观众也不会买账的。但我打定主意宣传文案不作他想。因为我觉得，我们已经迎来了"电影也需要具备哲学内涵的时代"。

我脑海中一直萦绕着从高畑那里听说的加里·库尔茨（《星球大战》的制片人）的观点。加里认为，以往好莱坞电影的首要主题是爱情。而《星球大战》的问世改写了历史，哲学也成了电影主题。如果能推出一部呈现哲学的大众化作品，就会开启一个"哲学为王"的时代。

既然如此，在宣传电影时提及哲学，也就是"生与死"的主题应该是没问题的。

除此之外，还有许多其他的小问题。

比如预告片中"很久以前，人类杀死了森林之神"这句话也引发了争论。据说在东宝的电影史上，宣传文案里从未出现过"杀"字。

预告片里还有一个"武士的头颅被砍飞"的镜头，也遭到了批评。宫先生对此很生气，说"电影会被人误解的"。但我的思路恰恰相反，先让观众看到这些镜头，他们便能带着一定的思想准备来看电影了。这就相当于给大家打一剂预防针。

电影中还出现了会让观众联想到麻风病人的角色，这也成了问题。站在反歧视的角度来看，这样的作品是不能在电视上播出的。

我早就料到会有人提出诸如此类的问题了。当然，只要认真看完这部电影，就会明白它绝不宣扬暴力，也没有涉及歧视。但确实有可能引发抗议活动，因此我认为有必要提前用理论武装自己，便请历史学家纲野善彦参加了试映会。看完电影后，纲野不仅没有表现出担忧，反而非常高兴。

"过去的日本就是这样一个世界。我们这些学者再怎么呼吁都无济于事，但这部电影一旦上映，我们的研究一定也会受到关注！"

因为这个缘故，我们请纲野为电影宣传册写了解说。

我觉得这部电影之所以会引来种种反对意见，肯定是因为我们做了很多前所未有的尝试，每个参与其中的人心里都没有把握。我理解大家的心情，但与此同时，这样的逆境反而让心情烦躁的我燃起了斗志。

要想打破困境，唯一的办法就是让电影大热。只要《幽灵公主》卖座，所有的琐碎问题自然会迎刃而解。眼下最要紧的就是搭建强大的发行体系。

为此，我们在地方城市展开了空前的宣传攻势。特别是平时不太去的地方，我们跑得格外勤快。也有人提出质疑，说"这样做有什么意义"，但从结果来看，我们去了哪儿，《幽灵公主》就火到哪儿。

不过，大规模的宣传令宫先生疲惫不堪，最后在高知县倒下了。还记得他躺在床上说："拿纸和记号笔来……"我赶紧拿给他，只见他在纸上画了自己的脸。"铃木，你套上这个，明天代替我上台致辞吧……"他真的是个认真到骨子里的人。

东宝各地发行公司的高层也是鼎力相助，尤其令我难忘的，是东宝中部发行公司的常务虎岩美胜和关西发行公司的常务前田幸恒。西野先生一声令下，地方发行公司的高管们立刻行动起来，想方设法帮我们安排影院。实际上，他们的指挥调配的确对票房成绩产生了极大的影响。

因此，去地方城市开展宣传活动的时候，我们不仅要接受媒体的采访，拜访当地的发行负责人，还要走访当地的影院。这样才能让电影院挂满吉卜力的海报和宣传板。

一部电影能否取得成功，绝不是听天由命的，要尽的人事实在太多了。

最后，电影上映后不但刷新了吉卜力迄今为止的票房纪录，一眨眼的工夫，连既定目标《南极物语》的纪录也超过了。观影人数与日俱增，眼看着就超过了日本票房纪录——《E.T.外星人》创下的九十六亿日元。饶是我也没想到《幽灵公主》能交出如此出色的答卷。

也许正因为它是一部"不成熟"的电影，才更吸引人吧。有人将其称为"宫崎骏动画的集大成之作"，可我不这么认为。真正的集大成之作必然会有"空中飞行"等宫崎骏最擅长的元素。但宫先生封印了他所有的拿手好戏，向从未尝试过的表现手法发起了挑战。或许正因如此，电影才会透出几分没能把宏大的主题完美呈现出来的挫败感。论完成度，《幽灵公主》并不出色。但它无比纯真，气势如虹到了狂野的地步，仿佛是新人导演的作品。

携手迪士尼

通过《幽灵公主》与迪士尼开展合作是吉卜力发展历程中一个极其重要的里程碑。

当时，体育界的野茂英雄进入美国职业棒球大联盟，表现十分抢眼，在日本掀起了一股狂潮。看到这个现象，我心生一个想法：为活跃在世界舞台上的同胞摇旗呐喊是日本人的天性。而这种天性应该也适用于电影。如果《幽灵公主》能远渡重洋，挑战美国市场，肯定会发挥出绝佳的宣传效果。

那时我们恰好在推进将吉卜力作品录像带销售业务外包的事宜。许多公司向我们抛来了橄榄枝，日本迪士尼也是其中之一。

当时日本迪士尼的负责人是星野康二，他如今已经成了吉卜力工作室的董事长。第一次见到他时，我着实吃了一惊，因为其他公司提出的条件还算不错，星野先生却给出了最为苛刻的条件。版权使用费不及其他公司的一半，而且没有最低保证额。

"我们在日本成立了迪士尼录像部门，目前业绩非常好，只是销售额已经到顶了。我们想通过引进吉卜力的作品继续提升销售额。"

别人都一个劲儿夸吉卜力的作品有多好，星野先生却只谈生意，态度又非常坦诚，这让我觉得他是值得信赖的人。经过多方打听，我得知迪士尼有上百位销售专员，销售团队比其他公司强大得多。

"野茂英雄""《幽灵公主》的宣传""和迪士尼签约"等这些事在我脑海中连缀成线，于是我也提了个交换条件："我们愿意把录像带的销售工作委托给贵司，但希望贵司能促成《幽灵公主》在美国上映。"

听到这话，星野先生竟然一口答应，说："好，没问题。"换作其他跨国公司，碰到这种情况肯定要征求总部的意见，可星野先生没有说"我去问问美国那边"，而是当场拍板说"好"。一九九六年，吉卜力和迪士尼正式签约，《幽灵公主》在全美上映一事也尘埃落定，这条新闻在日本国内也发挥了极大的宣传效果。

吉卜力通过星野先生的牵线和迪士尼携起手来，不过我当时还完全没有"进军世界"的念头，合作的起点只是一个拉动国内票房的宣传策略。毕竟那时的我甚至不知道迪士尼在全球有七十家分公司，和迪士尼签约就等于可以在那些国家发行吉卜力的电影。

没想到，与迪士尼的合作让《幽灵公主》在全球声名大噪，回过神来才发现，东小金井的小动画工作室已经变成了"举世闻名的吉卜力"。

我的邻居山田君
源自四格漫画的超五小时剧本

我非常喜欢石井寿一的漫画，他在《朝日新闻》上连载的《我的邻居山田君》是我每天的必看作品。毕竟标题里有"となりの"这几个字呀。吉卜力的《龙猫》标题里也有这几个字，这让我感觉到了冥冥之中的缘分。[①] 我时常琢磨："要是把这部漫画改编成电影会怎么样？"

其实这个项目是在制作《幽灵公主》的时候启动的。《幽灵公主》是重量级大片，主题也偏严肃。所以，我觉得下部作品要做截然不同的内容，再加上描写人类内心世界的作品都烂大街了，我也的确有点腻了。在和高畑聊天的时候，我们也聊到了这个话题。想看看重点刻画人类外部世界、主人公上蹿下跳、轻松愉快的电影。在这种背景下，我们将视线投向了《我的邻居山田君》。

高畑的作品有个始终贯彻的显著特征，就是作品中不会出现所谓的"英雄"，主人公都是些市井凡人，故事中发生的也不是什么大事件。在他人看来，这都是些鸡毛蒜皮的小事，但对当事人来说

---

① 《龙猫》的日文名为"となりのトトロ"，漫画《我的邻居山田君》则为"となりのやまだ君"。"となりの"意为隔壁的、邻家的。

却是头等大事，能让人涌现出喜怒哀乐等各种情绪，而高畑会将这些情绪细致地刻画出来。我心想，如果这就是高畑电影的精髓，那《我的邻居山田君》简直就是为他量身定做的项目。

我列举出这些理由，试图说服高畑，无奈他就是不肯点头。高畑在对话中总是从否定对方所说的话开始，跟他说话像是在实践辩证法似的。

"你凭什么这么说？"

"呃，就像我刚才说的，只要能做好它，表面看起来是《我的邻居山田君》，本质上却是小津安二郎风格的电影啊。"我脱口而出。

高畑却怒道："别说梦话了！"

但这一次，他没有说"不做"，而是决定考虑一下，于是我们就开始筹备了。我坚信，高畑一定会想办法把它拍成电影的。

从令人捧腹的情节删起

高畑在准备阶段说了这么一句话："原作的精髓终究在于四格漫画的趣味啊。"他的意思是，如果为了将漫画改编成长篇电影而添加其他元素，那作品的世界观就乱了，到时候做出来的就不是《我的邻居山田君》了。

为此高畑走的第一步是"从原作中提炼有趣的情节"。这个环节花了相当多的时间，他根据提取出来的内容完成了第一版剧本。我本以为他会写成九十分钟的片长，再长也不会超过两个小时。谁知拿到剧本一看，竟然是超过五小时的大长篇。高畑硬是根据四格漫画创作出了这样的剧本，我不由得感叹他着实是个令人惊叹的天才。

下一步就是精简剧本了。在这个过程中，高畑说了一句很有意思的话。

"把太过有趣的情节删了吧。"

起初我不明白他的用意，精简剧本已经颇为痛苦，如果可能的话，当然要留下最有趣的部分。谁知高畑偏偏从令人捧腹的情节删起。

最后，当我拿到剧本定稿，从头到尾通读一遍后，才理解了他的良苦用心。

如果观众因为某段剧情捧腹大笑，便无法立刻全情投入下一段剧情。漫画的话，读者可以尽情欢笑后再去翻页，可电影不等人啊。所以需要把故事情节控制在让人扑哧一笑的程度，从而使得观众可以迅速进入下一段剧情——这正是高畑的意图。

在缩减篇幅的同时，我们还把每段剧情的内容整理成章，比如"我家的夫妇道""亲子对话""山田家的岁时记"等，期间穿插"背影也随急雨去""欢笑喧闹声 打破静寂深秋夜"等种田山头火、松尾芭蕉的俳句。

这样精简下来，五个多小时变成了四个小时，然后又变成了三个小时……剧本就这样逐步成型了，最终片长为一小时四十四分钟。

电影的最后，月光假面也登场了，据说这是考虑到了我们这样的"团块世代"[①]。爸爸山田隆那代人小时候崇拜的偶像就是月光假面。正义使者总能惩恶扬善，迎来大团圆结局。可在那之后，英雄去了哪里、变得怎么样了呢？高畑一直对此抱有疑问，所以他在电影中加入了人到中年的隆遥想儿时崇拜过的正义英雄的剧情。这不

[①] 第二次世界大战结束后，日本于1947年至1949年间出现了生育高峰。"团块世代"即指出生在该时期的一代人。

仅让观众生出了怀旧感，也升华了电影，促使观众去思考时代和自己的人生。

在那段剧情的前半部分，山田隆跑去叱骂暴走族。就在这时，人物形象突然从三头身切换成了写实的形象。观众本以为电影讲的是漫画的世界，这一幕瞬间让他们意识到银幕上存在着一个真实的世界，不禁为之惊讶。这也是高畑的精心设计。

观众用肉眼去看屏幕上的二维画面，但脑海中浮现的是画面背后的真实——这就是高畑的动画观。通过"从三头身的漫画形象变化为写实的形象"，他让观众们认识到了这一点，并暗示这些形象后面还有更真实的东西。换句话说，我认为他这一设计的深层意图是想让观众理解动画的本质。

包括这些巧思在内，高畑对情节的取舍与精巧的组织只能用绝妙来形容。看完电影成片后，原作者石井寿一也赞不绝口："真没想到自己的四格漫画会以这样的形式登上大银幕啊！"

制作期间，日本电视台的奥田诚治来过一次工作室，冷不丁问了一句："这次的片名没有'ほ'字吗？"

奥田发现了一条法则：宫崎骏的作品标题里总有个"の"，而高畑勋的作品标题都带个"ほ"。高畑听说后斟酌了一番，决定加上"ホーホケキョ"。他笑着说："加都加了，那就加两个吧。"①

顺便一提，原著漫画的标题写成"やまだ君"，电影标题却写成了"山田くん"。真是够乱的。②

---

①电影《我的邻居山田君》的日文名为"ホーホケキョとなりの山田くん"。"ホ"为"ほ"的另一种写法。"ホーホケキョ"本用于形容鸟叫声。
②"やまだ君"和"山田くん"均指"山田君"，只是在日文中有不同的写法。

无赖画师云集的"第四工作室"

片名决定好之后，我们必须在推进剧本和分镜的同时启动作画工作了。这一次，高畑提出了一种全新的表现手法——充分利用原画的粗糙线条，打造水彩画的色调。考虑到若是采用这样的手法，作画环节至少需要两年，等剧本完全敲定再动手就来不及了，所以我决定先把作画人员召集起来。只要把人凑齐了，高畑总得下达指示。说不定工作速度也能提高——我心里还打着这样的小算盘。

作画工作的核心人物是田边修和百濑义行。田边参与制作了《岁月的童话》，表现亮眼，作画技术也是有口皆碑。而百濑参与过第一批用 CG 制作的电视动画，比如《子鹿物语》，经验丰富，所以我们希望他能在 CG 方面大展拳脚。

因为高畑自己不画画，所以我无比希望动画师大塚伸治能够加盟。他在《百变狸猫》的制作过程中担任了非常重要的角色，但也是出了名的"不轻易接活"。

高水平的动画师往往性格古怪，不想做的工作是绝对不肯接的。其实大塚和田边都是吉卜力的员工，却还是满不在乎地拒绝了。我总觉得："你们好歹是工作室的员工啊，出点力吧！"可他们要是不想接，我也毫无办法。每次遇到这种情况，我都得拼命劝说。

田边这次倒是很积极，我们便一起跑去劝大塚。我把电影的内容和高畑的想法讲给他听，表示无论如何都希望他能加入。可他小声嘟哝道："以我现在的实力是做不出来的。"田边也是左劝右劝，说"希望您能来助我们一臂之力"，但他就是不肯点头。听着听着，他打开一个包袱，拿出厚厚的一捆纸。

"听说您这次要做《我的邻居山田君》，我就订了《朝日新闻》，每天剪报备用。我反复翻看这些剪报，琢磨如何用自己的方式表现这些故事，结果我意识到以我的水平是做不出来的。"

万万没想到他会来这一出，我和田边想尽了办法，可他一口咬定"不行"。到头来，我们还是没能说服他。不过在最后关头，两位动画师有过一段精彩的对话。

《我的邻居山田君》中的人物都是三头身，让这样的人物动起来存在很多难点，其中之一就是如何呈现"走"这个基本动作。毕竟腿很短，要表现动作自然就难了。

"你怎么考虑这个问题？"大塚问道。田边回答："我是这么想的……"

他将食指和中指立在桌上，动了几下给大塚看，说："就是这样。"我一头雾水地呆呆看着，结果大塚喃喃自语道："我研究了一下，觉得只有这个法子了。"我是没看明白，但这两位专家能理解对方的意思。简直像是侠客小说的世界。顺便说一下，大塚最后帮忙画了些原画。

说实话，吉卜力也有几位不太合群的动画师。技术水平自不必言，只是有的早上不来上班，有的特别任性，有的不听导演的安排……把他们安排在作画现场可能会引起各种问题，所以在《山田君》之后，我在和吉卜力工作室隔着一条铁轨的地方租了一间房子，将"大侠"们专门养在那里。而且我明确规定，能入住的不限于员工，大侠们想带谁来就带谁来，于是身怀绝技的无赖豪侠们纷至沓来。我们将那栋房子正式命名为"第四工作室（四工）"，专门用于处理需要优秀画师完成的高难度工作。后来，大塚和田边也开始在那边工作了，只是他们在关键时刻也会拒绝出手相助，弄得我这个制片人头疼不已。

四工有位画师叫桥本晋治，水平也是出类拔萃的，最初那章"秋夜漫漫 铜锣烧与香蕉"就是他画的。还记得那一段讲的是阿隆醉醺醺地回到家说："我饿了，有吃的吗？"松子给了他一根香蕉，还泡了茶。我看到桥本绘制出来的画稿，佩服得一塌糊涂，因为他将人物动作画得行云流水一般流畅，好比落语名家在讲故事。

尤其让我印象深刻的是他对三头身的处理方法。让三头身的人物走起来已经很难了，再加上他们的脚太短，无法弯曲，"坐"的动作就更难画了。可在桥本的笔下，松子走到矮桌前坐下这一整套动作极其自然，到底是怎么回事啊？仔细一看才发现，在"坐"的前一帧松子一下子长高了，然后她再把脚一弯，坐了下来。桥本把全套动作处理得非常自然。动画是每秒二十四帧，他巧妙利用其中一两帧使出了障眼法。

我觉得这场戏能为今后的作画工作起到很好的示范作用，就把员工召集起来，放给大家看。宫先生也来了，一看完就问道："这是谁画的？"我回答说："是桥本晋治。"他撂下一句"哦，是嘛"就走了。后来制作《千与千寻》的时候，宫先生就找了桥本，这个人一眼就看出了桥本的才能。不过能力强的人终究不好驾驭，因为桥本不肯服从安排，宫先生中途撤掉了他，还召集工作人员说："比起才能，我更需要你们拿出对作品诚实的态度。"

制作电影最讲究的就是团队合作，四工的豪侠们一直都是吉卜力的中流砥柱，这一点毋庸置疑。宫先生对此也是心知肚明，但为了拍出电影不得不撤掉桥本。想必他心里也是很矛盾的。

顺便说一下，桥本晋治后来为《辉夜姬物语》绘制了辉夜姬一边脱下和服一边飞奔的场景，再次名声大噪。

改写日本动画史的"技术狂魔"

多亏了才华横溢的画师们，我们克服了表现动作的难题。至于另一个难题——如何呈现水彩画风格，靠的则是高畑自主开拓的新手法。

从《幽灵公主》开始，吉卜力将电脑运用于上色和CG制作中。有了新的工具与技术，高畑想到了前所未有的点子。

传统的赛璐珞动画几乎与填色图无异。原画师绘制粗略的草图，动画师将草图整理成平整的线条，最后上色师用赛璐珞颜料给线条切分出来的各区域上色。

高畑的目标之一，就是"将原画气势十足的笔触发挥到极致"。要是整部作品从头到尾能统一成一位画师的风格，那就再理想不过了。另一个目标是效仿水彩画，把颜色涂到线条之外，或是反过来故意留出些许空白。为了实现这些目标，我们需要准备三张画：①正常的原画；②绘有用于上色的线条的画；③指定了溢出或留白范围的画。这样以后，再在电脑上进行合成。做个简单的乘法就知道，这道工序耗费的精力足有平时的三倍。工作量太大了。

高畑在CG方面也非常考究，他不单单要"用"CG，还要追求只有CG才能呈现出来的效果。比如《百变狸猫》里描写图书馆的那场戏，不仔细看很难注意到，它其实采用了传统动画不可能实现的摄影技术。

高畑给我举过一个例子，就是迪士尼的《美女与野兽》（1992

年）中使用的 CG。刚刚上映时，人们讨论的焦点是舞蹈场面的 CG，但那场戏其实没什么技术含量。最厉害的反倒是电影的开头，主人公唱着歌走出房子，来到镜头跟前，过桥进到后面的小镇。这场戏是一镜到底，迪士尼利用电脑技术打造出了"用一台摄影机跟拍有纵深感的一系列动作"的效果。如果用传统的多平面摄影机来拍摄，搞不好要搭建长达数十米的拍摄台。

换句话说，原本不可能拍出来的镜头，都可以通过 CG 来实现，可见迪士尼拥有一批理解 CG 技术价值的优秀员工。不愧是高畑，光看成品就完全理解了迪士尼的拍摄方法和它背后的意义。在制作《山田君》的时候，迪士尼的负责人还曾来工作室参观过。人家一看到高畑正在做的工作就佩服不已。

高畑向来求知若渴，不断追求新技术，颇有些技术狂魔的意味。比如为了表现下雨，他想出了用小刀划伤赛璐珞画稿的办法，这样的巧思层出不穷。宫崎骏也说过："日本的赛璐珞动画技术大多是高畑老师发明的。"

需要花费三倍时间与精力的作画工作在不断推进。与此同时，先期录音工作也启动了。松子由朝丘雪路饰演，阿隆则请到了益冈彻。最令我和高畑雀跃的是日向铃子也加盟了这部电影。可惜她在《山田君》上映后的第二年去世了，不过她的加盟也成就了一段美好的回忆。

柳家小三治接受了朗诵俳句的重任。高畑和我都是落语的忠实爱好者。《百变狸猫》那次请到了古今亭志朝，这次又请到了小三治。这两位是我非常喜欢的落语家，我发自内心地感到高兴。

音乐是矢野显子女士负责的。高畑的音乐造诣颇深，一直纠结把音乐交给谁做，我给他推荐了一个人选："矢野显子怎么样？"高畑听后显得十分惊讶。

"真没想到你会报出这个名字……"

"啊？怎么了？"

"因为矢野女士的音乐很高尚啊。"他竟然这么说，多过分啊。

当时矢野女士住在纽约，每做完一首曲子，便通过网络发给我们。可当年不比现在，交换数据谈何容易啊。我们要大老远跑去涩谷的工作室，因为那里有高速网络。矢野把曲子发到工作室，然后我们再听，不断重复这一过程。

我们还请矢野给片中的藤原老师配音。我觉得这个角色简直非她莫属。从那时起，我和矢野就成了好友，后来她还参演了《崖上的波妞》。

从"活下去"到"随便"

我们引进了全新的表现手法与技术，不过这也导致了工作进展缓慢。前进三步，后退两步，反反复复，况且高畑对于如期上映这件事本就不太积极。

许是自《萤火虫之墓》以来，我经历了太多，以至于几乎不记得自己当时有没有为"能不能赶上"焦心过。大概一开始我就做好了思想准备，告诉自己"晚了就晚了，那也是没有办法的事情"。

记忆缺失的另一个原因是我当时实在太忙了。讲述《幽灵公主》时我也曾提过，吉卜力的母公司德间集团出现了严重的坏账问题，而解决问题的重任竟落到了我的头上。早上去住友银行所在的大手町，下午待在德间书店所在的新桥，晚上还要去吉卜力所在的东小金井，每天穿梭奔跑于这一块三角地带。

这导致我无法全身心地投入到电影制作中，结果挨了高畑的训斥。

"制片人不好好待在工作室算怎么回事！"

我跟他解释了事情的来龙去脉，可他还是咽不下这口气。

"为什么非要掺和那种事呢？你不是这部电影的制片人吗？头等大事难道不是把电影做好吗？"这话说得我无言以对。高畑的情绪越发烦躁，我却无能为力。

就在这时，宣传工作启动了。我清楚《山田君》与以往的吉卜力电影有所不同，但就宣传而言，我还是想沿用之前的方针。换句话说，虽然这是一部喜剧作品，但我想在宣传时强调它的严肃性，因为日本人骨子里还是偏爱严肃型电影。即便是喜剧，也更喜欢明朗、健康的笑点。黑色幽默的受众并不广。考虑到这一点，系井重里构思的宣传文案是"家宅安全是全天下的愿望"。我本想配合这句宣传文案力推"欢笑、泪水和感动"，告诉大家这是一部严肃正经的电影，它会透过"家庭"这一贴近生活的元素剖析探讨当今社会以及世界的问题。

谁知，喊停的竟是高畑。他认为这句宣传文案过分正经，不符合电影内容，他希望多宣传一下这部电影的本质。这让我一筹莫展。

高畑本就觉得宣传很危险，会把人们狂热地引向某个方向。我为《红猪》构思的次版宣传文案是"一个男人用魔法让自己变成猪的故事"，高畑看了很生气，说不该提及片中没有讲到的东西。至于《幽灵公主》的"活下去"，他的评价是"莫名其妙"。我能感觉到这些文案多少带点政治宣传的味道，但我也觉得为了让电影大热，这样的宣传文案是必不可少的。

高畑认为，我们不需要用这种方式炒作出来的热门电影。《岁月的童话》也好，《百变狸猫》也罢，为了让工作室生存下去，我想尽办法让电影火遍全国，可高畑对这个结果一直抱有疑问。

于是我采纳高畑的意见，毅然调整了宣传方针。说句可能会被误会的话，观众看到我们的宣传之后做何感想，电影能否大热都是次要的。我决定做一场能让高畑信服的宣传。站在这个角度重新构思宣传文案时，我在作品中找到了藤原老师说过的一个词——随便。

——日本大师级导演高畑勋的最高杰作诞生！主题不是"活下去"，而是"随便"。

——五口人，一条狗，交织着欢笑、泪水与感动的每一天，还有……什么来着？

——超越《幽灵公主》的吉卜力工作室第二部国民电影！

——为全国人民送去"幸福"和"活力"的名导高畑勋的可能是最棒的作品。

——明日全面上映。请大家随便找个时间光临影院。

简直是胡闹。看到这样的文案，正经的观众肯定不会来啊。在上映后的广告中，我们还引用了片中的台词，传达出我们的用意。

——人生，要学会放弃。

——Que Sera Sera ～ 世事不可强求～顺其自然吧～我们不能预见未来～

大家别误会，这真不是破罐子破摔。其实我很喜欢《Que Sera Sera》这首歌，用它作为正片结尾正是我的主意。

我很擅长这种谐模文，只要用心去做，那就是信手拈来。仔细琢磨一下还挺有意思，吉卜力拍了《龙猫》，又拍了《我的邻居山田君》——这个项目本就是从模仿精神出发的，不是吗？

调整宣传方针之后，高畑再也没有提出过异议。倒是一位资深女动画师看完一系列广告后来找我严正抗议了。"《幽灵公主》里反复强调'活下去',现在却改口说'随便点就行',这算怎么回事啊?你们到底在想什么啊!"

我理解她的感受,想必与她有同感的人不在少数。我也清楚,一旦做了不该做的事,观众就不会来了。但我当时别无选择,那是我第一次,也是最后一次在宣传时就做好了观众会减少的思想准备。

在德间集团全体员工面前汇报业绩

与此同时,发行方面也出了大问题。

一切都源于德间康快的一句话。他总想让世人大吃一惊,真不知是心血来潮惯了,还是热衷于恶作剧。《幽灵公主》的成功令他十分得意,于是说:"这次把发行公司从东宝换成松竹,再创辉煌吧!"然而,以往的成功都离不开东宝的全面配合。我拼命劝说社长沿用以往的发行机制,可他就是不听。

说到日本的电影发行,东宝是当仁不让的龙头老大,松竹和东映一直都难以望其项背。除了基本水准上的差距,松竹当时还和地方影院闹出了合约问题,以至于大阪以西到九州都没有影院可用,我对此也束手无策。

坏账问题压在肩头,高畑的责骂还在耳边,宣传方针被迫更改,最后连电影院都拿不下来……真是祸不单行啊。这就是所谓的人生吧。

最终的发行收入为八点二亿日元,成绩惨淡。不过我早有心理准备,所以并未受到太大的打击。后来,一位发行业内人士告诉我:

"要是正常发行的话，应该能有三四十亿的。"但这都是假设，多说也没什么意义。

电影上映一段时间后，票房惨淡的事实摆在眼前。德间康快把我叫了过去，让我在德间集团的员工大会上汇报《山田君》的成绩。

"敏夫，这次《山田君》之所以没成功，是因为发行公司改成了松竹吧，都怪我。发行电影可真不容易啊。"社长老老实实地承认了自己的错误。

谁知在大会上，他刚上讲台就大放厥词："大家都知道，《我的邻居山田君》票房惨淡。但这完全要归咎于铃木敏夫。"

我本以为自己早已习惯了德间康快不讲道理的行事风格，但还是万万没想到他会来这一出，不由得大吃一惊。

"下面就请铃木敏夫讲一讲他的失败心得吧。我也很期待他的发言呢。"

真被他坑死了！我横下心来，走上了讲台。

"一切正如社长所说！"

我大声说出这句话，瞄了社长一眼，只见他一脸坏笑。我顿时火冒三丈，继续说道："失败的原因在于我们把发行公司从东宝换成了松竹。吃了这次亏，我以后就学乖了，一定会谨慎选择发行公司！"

我在员工大会上出了大丑，高畑却在庆功宴上当着大家的面发表了精彩的演讲。

"就算这部电影没有火，我们也要以参与了它的制作为荣！"

这也太酷了吧。

MoMA 和氏家齐一郎的至爱之作

虽然波折不断，但我还是要强调一下，《山田君》是一部非常好的作品。诚然，宣发环节出了些问题，可它绝对是值得载入影史的电影。

一九九九年九月，为配合英文版《幽灵公主》在美国上映，MoMA（纽约现代艺术博物馆）举办了放映会，播放了吉卜力工作室的所有作品。在放映会的最后一天，所有活动结束后，MoMA 的电影部门负责人把我叫了过去。

"非常感谢吉卜力对本次放映会的支持。所有的电影我都看了，其中有一部尤其精彩，就是《我的邻居山田君》。能不能将它纳入MoMA 的永久展品呢？"

多么荣幸的提议啊。我当下就欣然同意了，后来还跟那位负责人保持通信了一段时间。

还有一个人也无比喜欢《山田君》，就是出资方日本电视台的董事长氏家齐一郎先生。他在世的时候对我照顾有加。有一次，他对我说："阿敏，你知道吗？在吉卜力的那些电影里，我最喜欢《山田君》了。可惜没能大卖啊。但我还是很喜欢高畑老师。"

还有一次，我们为庆祝《千与千寻》的热映办了一场餐会。氏家先生借机向高畑提了这样一个问题："世界之后会变成什么样呢？"

高畑岿然不动，沉思片刻。氏家先生也耐心等他开口。难耐的沉默持续了片刻，高畑如此回答道："名称可能会变吧，既然地球的资源是有限的，那这个世界最终会走向共产主义吧。"

氏家先生深深点头说："我也是这样想的。"

我也曾问过氏家先生："您为什么对高畑老师如此着迷呢？"

氏家先生遥望远方，回答道："高畑老师身上还留有马克思主义者的味道。"

他也经历过那个时代，肯定对此颇有些感触。

"真想再看一部高畑老师做的电影啊。能让他再做一部吗？"

氏家先生挂在嘴边的这句话，为《辉夜姬物语》埋下了伏笔。

千与千寻
让这部电影热映真的好吗？我没有信心

在《我的邻居山田君》的制作渐入佳境时，宫先生来到我的办公室说："铃木，我想到一个新企划，叫《画烟囱的小玲》。"

他说故事发生在大地震后的东京，主角是名二十岁的女生，专门在澡堂的烟囱上画画。女生被卷入一场阴谋，闹得天翻地覆。敌对势力的头领是个六十岁的老头。我越听越觉得，那个老头的原型就是宫崎骏自己。最惊人的是，原本处于敌对关系的两个人竟然突破了年龄的差异，坠入爱河——这是何种异想天开的爱情故事啊！该拿这项目怎么办呢？我当时一心扑在《我的邻居山田君》上，根本顾不上其他，只能随口敷衍道："那你就试着做下去吧。"这样便把他打发走了。

接下来的一年，宫先生便窝在自己的工作室二马力埋头绘制《画烟囱的小玲》的 Image Board。

一九九九年，《山田君》的制作工作终于熬过了最艰难的时期，我也稍微有了些闲暇。一天，我信步逛到吉祥寺的电影院，在那里看了当时非常火爆的《跳跃大搜查线》。

"天哪，这是什么玩意！"那部电影彻底震撼了我。表面上是一部喜剧风格的刑侦片，却将当今年轻人的心境、三观和行为模式刻画得淋漓尽致。我不由得感叹这才是"现代"啊。

就在这时，《画烟囱的小玲》浮现在我的脑海中。宫先生都快六十岁了，这样一个老人真能刻画出一个真实鲜活的二十岁的女孩吗？

我径直赶往二马力。那是我在宫先生开始筹备《小玲》之后第一次到访他的工作室。走进十二张榻榻米大的房间，只见墙壁上贴满了 Image Board，没人知道总共有多少张。之前的作品做得都很匆忙，一部结束立刻投入下一部，所以他没有时间静下心来画 Image Board。但这次有将近一年的准备时间，于是他画了一张又一张。画了这么多，一定很辛苦吧……可我没有多看这些画稿，直接跟他说了《跳跃大搜查线》。

"其实我今天看了一部电影，把当代年轻人的心思刻画得特别好。它让我深刻地意识到，只要是年轻导演拍的，无论他是否有意为之，都会在其作品中体现出时代性。"

宫先生一边听我说，一边迅速起身，开始一张接一张地揭下墙上的 Image Board。然后，他把画纸摞在一起，当着我的面咚一声扔进了垃圾桶。我至今都忘不了那一幕。

"你的意思是这个项目行不通，对吧铃木？"

我没有直说，但他一定读懂了我的神情。接着，他突然说道："为千晶拍一部电影吧。"

千晶是日本电视台电影部的吉卜力负责人奥田诚治的女儿，那一年恰好十岁。每年夏天，她都会来宫先生在信州的木屋玩，已经成了固定节目。我们几家人相处融洽，宫先生和我都很疼爱她。

"如果把千晶交给那样的父母培养，谁知道她以后会变成什么样

子。难道我们不应该为千晶拍一部电影吗？"

代替她的父母为她指明前路——说是多管闲事吧也没错，但这确实是宫先生的行事风格。

他还提出，要将"江户东京建筑园"设为故事的舞台。那是一座露天博物馆，收藏了江户时代以来的历史建筑，和吉卜力一样坐落在小金井市。我特别喜欢那座博物馆，去参观过几十次了。

《小玲》遭到了我的反对，宫先生心里憋着一股气，于是发动了精彩的反击。他料定，只要搬出千晶和江户东京建筑园，我就绝对不会提出反对。他毫不犹豫地抛弃了酝酿了整整一年的项目，从零开始构思新的项目。并且，这一过程只花了五分钟。他的爽快和专注，真让我佩服得五体投地。

因剧情调整而崭露头角的无脸男

项目敲定之后，宫先生就开始构思情节了。

千寻和父母一起穿过隧道，到了一处貌似游乐园的荒凉之地，误入了一个神秘的世界。那里有一座"汤屋"，是八百万神灵泡汤治病的地方——

灵感来自 NHK 播出的纪实节目《故乡的传承》。节目中介绍了日本各地的传统节日和祭礼，宫先生和我每周都会看，还会热烈讨论。其中就提到了"神仙泡温泉来消除疲劳"的传说。

宫先生小时候总觉得澡堂是个神奇的地方。他说那时候偶尔才能去一次澡堂，天天盼望着大人带他去。泡在浴池里，看着墙上富士山的画，怎么都不觉得腻。

宫先生是那种凡事都从具体形象出发的人。大概在他的脑海里，《故乡的传承》中的神仙、江户东京建筑园里的澡堂和他童年的记忆都串起来了。汤屋的形象瞬间便丰满起来。

　　一年后，他完成了大约四十分钟的分镜。还记得当时恰逢黄金周，其他员工不上班，正是跟宫先生详谈的好机会。我一到工作室，宫先生就走过来说："铃木，等你好久了！"他说后半段的情节已经构思得差不多了，要讲给我听。美术监督武重洋二和作画监督安藤雅司也在场。宫先生一边在白板上画图，一边说明后续的情节。

　　被汤婆婆夺走了名字的千寻努力工作，为了夺回名字而英勇战斗，并打倒了汤婆婆。然而，汤婆婆背后还有更强大的魔女，也就是她的姐姐钱婆婆。千寻一个人无力应对，好在有小白帮忙，两人合力打倒了钱婆婆。千寻夺回了名字，让变成猪的父母恢复了原样——

　　宫先生讲得激情昂扬，我却不为所动。不，说实话，我甚至觉得这剧情有点荒唐。但我不能直接说出来。在我犹豫不决的时候，宫先生看懂了我的表情。

　　"怎么了，铃木，你不满意吗？"

　　遇到这种情况时，我必须立刻说点什么。于是我说道："打完汤婆婆再打钱婆婆，故事就变长了。现在完成的部分已经有四十分钟了，按这个剧情的话，总共得要三个小时吧。"

　　我不过随口说说，却击中了宫先生的要害，他顿时慌了。宫先生不想像高畑那样，没完没了地做长篇电影。我于是乘势追击："做成三小时也没关系吧。你的电影基本都是两小时左右，这次干脆做长点。现在决定的话，还可以延后上映时间。"

　　"我才不要呢。你知不知道这得做多少年啊？我要累死了！"

沉默片刻后，宫先生说："啊！铃木，你记得这个吗？"说完，他画了一个戴着面具的神秘角色，既不像妖怪，也不像神仙。

"就是在桥栏杆上的那家伙嘛。"

"啊……就是那一大群神仙里的……"

这就是无脸男的雏形。接着，他滔滔不绝地讲起了无脸男大闹汤屋的情节。构思时间也才不过三分钟，这份专注力真是太厉害了。

能火的是"无脸男版"

听完宫先生的叙述，我的脑海中浮现出了两种相互矛盾的想法。

新提案的确有趣。只不过，会不会有小观众透过无脸男看到心灵的阴暗面呢？甚至说不定有的孩子潜意识里总也忘不了这部电影，人格发展的过程中也会受到影响。在一部想拍给十岁孩子看的电影里安排这样的情节，是不是有点不妥呢……

另一种方案则是，千寻先打倒汤婆婆，再和小白联手打倒钱婆婆，这么一来便是通俗易懂的奇幻动作大片。观众看完后的感想就是："啊，真有趣。"仅此而已。之后的一两天里，观众也许还会想起电影中的场景，沉浸在电影的余韵里，但不久就会忘得一干二净，活力充沛地去上学。也许娱乐电影本就应该这么简单明了……

就在我陷入沉思的时候，宫先生催促我拿主意："铃木，选哪个？你定吧！"选打倒汤婆婆的——话都到了嘴边了，可我最后还是下意识说了"选无脸男"。简简单单的一句话，却能彻底改变一部电影的走向，真让人心里七上八下啊。

宫先生说"好"，当场决定调整剧情。"这样就能控制在两小时左右了吧？"他又确认了一下，然后立刻着手绘制后续的分镜。

之后我一直在为应不应该制作这样一部电影而苦恼。说实话，我认为能卖座的是"无脸男版"。早在制作《幽灵公主》的时候，我就察觉到，单纯讲述惩恶扬善的故事已经吸引不了观众，娱乐电影也需要有哲学思想的时代已经到来了。

回顾过去，直到战后的某个时期，日本电影的主题几乎都是贫穷与战胜贫穷。比如黑泽明导演的电影。类型虽多种多样，有武打片、刑侦片、爱情片等，但根本的主题都是贫穷。然而，日本经历了经济高速发展期，进入了全民中产的时代，贫穷已经不足以成为主题了。之后，日本又经历了泡沫经济的崩塌，很多人出现了心理问题。从二十世纪末开始，电影主题逐渐转变成了心理问题与如何克服心理问题。而《千与千寻》就诞生于这样的大环境下。

宫崎骏在潜意识中也察觉到了时代的深层次变化，也许优秀的电影导演都是如此敏感，所以他才构思出了无脸男这种象征内心阴暗面的角色。观众看到它时会感觉莫名其妙，但同时又会在意识深处感受到自身与无脸男的联系，越看越着迷。

电影导演宫崎骏的过人之处，在于他的作品既有"积极向上"的一面，又有"少儿不宜"的元素。也许正因为《千与千寻》兼具娱乐性和哲理性，它才能得到社会各界的支持。

导演和作画监督激烈交锋

与《幽灵公主》一样，《千与千寻》的作画工作由安藤雅司负责。制作《幽灵公主》时，宫先生将当时年仅二十六岁的安藤提拔为作画监督。《幽灵公主》是在影院放映的重量级长篇大作，导演又是宫崎骏。对一个二十多岁的年轻人来说，担子着实很重，但安藤交出了令人满意的答卷。

制作工作结束后，安藤却找到我说："我想辞职。"我问他为什么，回答不是"我累了"，而是宫崎骏的动画风格和他的理想不一致。所以他想去别处尝试一下自己的方法。

我理解他的感受，可身为制片人，我不能放走这样的优秀人才。尤其在宫先生制作下一部电影的时候，他的存在是不可或缺的。为了挽留安藤，我许下了一个承诺。制作《幽灵公主》的时候，角色的举手投足都由宫先生决定，安藤只负责统一线条、梳理人物。但我允许他在下一部电影中按自己的方式来处理。

安藤于是怀着超乎寻常的决心投入了《千与千寻》的作画工作。宫先生也毫不逊色，作业量大到让人不敢相信这是一个快到花甲之年的人。他每天晚上忙着修改原画师交上来的稿子，一直改到半夜十二点。但安藤毕竟才三十岁，体力上占据优势，宫先生回去后他还能继续修改到第二天早晨。

安藤雅司是那种将"准确"置于"趣味"之上的动画师。在漫画与动画中，为了提升冲击力而舍弃准确的设计是常态。特别是宫先生，人物身高一个镜头一变也是常有的事，有时甚至会无视透视法的原则。当然，宫先生的画也因此多了几分魅力。但这是追求准确的安藤无法容忍的，所以他会在接受宫先生的指示之余融入自己的"准确型"风格。

看到完工的样片，宫先生岂会察觉不到安藤做了什么。起初他还能忍住，可渐渐地两人开始针锋相对了。年近花甲的前辈导演和年轻的动画师展开了火花四射的激烈交锋。作为制片人的我自然是忐忑不安，但又有种旁观大侠过招的感觉，颇为有趣。多亏了这场龙争虎斗，《千与千寻》的画面洋溢着某种魄力。

也许宫先生就是在那时察觉到了自己的衰老。而安藤也没能全身而退，由于身心长期处于压力巨大的极限状态，作画工作结束时他的头发都掉光了。竭尽全力拼到底了——他带着这份成就感离开了吉卜力。

"让它比《幽灵公主》火上一倍吧"

到了启动宣传工作的时候，我又一次陷入了烦恼。到底该不该让这部电影热映呢？我对此有几分犹豫。

众所周知，当年《幽灵公主》大获成功，刷新了日本电影票房纪录。它不仅在全社会引起轰动，也让"宫崎骏"这个名字成了一块金字招牌。所以我非常担心，如果这样的事情再次发生，宫先生会不会发疯啊……

于是我决定找宫先生的长子宫崎吾郎商量一下。当时我们刚好在酝酿建设"三鹰之森吉卜力美术馆"，而吾郎恰好从事绿地设计方面的工作，所以我就把包括设计在内的所有事情都交给他了。

我说出自己的顾虑，直截了当地问道："我觉得吧，现在有三个选项。第一，让它火到《幽灵公主》的一半。第二，让它跟《幽灵公主》差不多火。第三，让它比《幽灵公主》火一倍。你觉得哪个更好？"

他斩钉截铁道："让它比《幽灵公主》火上一倍吧。"

"为什么啊？万一宫先生想不开，弄到妻离子散可怎么办。"

"没关系，我想让美术馆开得更成功。"

我心想，这孩子真不得了……为了工作，连家人都不顾。这一点大概也是从宫先生那儿遗传来的。

吾郎都说到这个地步了，可我心里还在犹豫要不要让《千与千寻》火。最终是博报堂的藤卷直哉点燃了我的斗志。他后来还为《崖上的波妞》献唱了主题曲。

一天，我在赤坂散步的时候碰巧遇到他，便问要不要一起去喝杯茶。当时，电通和博报堂加入了制作委员会，轮流参与制作，他没能参与到这部作品中。也许是心里憋着一股气吧，他一落座，便大放厥词道："真羡慕电通啊。大家都在议论说《千与千寻》的票房大概能有《幽灵公主》的一半吧。"

我一听这话就有种热血上涌的感觉。看来大家对《千与千寻》的评价并不高啊，那我就让它火给你们看看！

要达到这个目的，具体该怎么做呢？我积累了很多经验，要宣传到何种地步、搭建怎样的发行体系才能让电影大热，我心里还是有点数的。大体方针上，宣传物料、放映影院接待观众的能力都得比《幽灵公主》强上一倍。

在宣传方面，我决定主推象征影片主题的无脸男。我将宣发人员召集起来，传达了这一方针，谁知大家都一脸惊讶。于是我逐个问过去："你觉得这部电影讲的是什么？"大家异口同声地回答："千寻和小白的爱情故事。"真让人百思不得其解。我知道他们的确互有好感，可只要认真通读一遍分镜，你就会发现这显然不是故事的重点。

我决定掐表计算每个角色的登场秒数，为此仔细统计了写在分镜上的每个镜头的秒数。毋庸置疑千寻遥遥领先，问题是第二名呢？如果电影讲的是爱情，那第二名理应是小白啊。可统计结果一目了然，第二名是无脸男。

我本以为只要拿出明确的数字，大家就会心服口服了。可电影的主题是爱情这一概念深入人心，我费了好大工夫才说服大家。我不是不能理解大家的心情，拿这样一个莫名其妙的角色去做宣传，换谁都会觉得困惑。但我觉察到了时代的变迁，秒数更是不争的事实。只要在宣传时力推无脸男，这部电影就能火。不，它不单单会"火"，我甚至有点担心它会火过头，吸引过多的观众。这话听起来也许有些狂妄，但我当时确有这么大的把握。

主推无脸男的方针也对宣传文案产生了影响。主文案原本是系井重里构思的"隧道的另一头，是一座不可思议的小镇"。但东宝的广告制作人市川南表示："只用这段文案真的没问题吗？"

他向来沉着冷静，总能站在客观角度看待事物，而且会把我在开会、洽谈时说过的话全部记在笔记本上。每当我产生犹豫的时候，他都会打开笔记本指出："你在某月某日是这么说的哦。"着实给了我很多帮助。

"你不是说过吗？'好的文案往往诞生于偶然，并且大多数情况下都是最先说出来的那句话。但在反复锤炼中大家也许会忘记最初的表述。遇到这种情况，我们必须回归原点'。你还说'让这部电影热映的关键在于哲学'。我也不知道这话对不对，但如果《幽灵公主》的大热归功于'活下去'这句文案，那这次是不是也应该用更具哲学色彩的文案呢？"

于是我们决定再配一句副文案。市川建议用"唤醒活下去的力量"。我们在千寻和无脸男的素材里加了这句文案后展开了宣传工作，反响远超预期。广告行业就不用说了，"活下去的力量"甚至被应用在了教育和其他领域。

这次的宣传无论从质量还是数量上来看都是前所未有的。就在这时，一向对宣传不太感兴趣的宫先生一反常态，来办公室找我说："铃木，你为什么要用无脸男做宣传啊？"

"呃……这不是千寻和无脸男的故事吗？"

"啊！"宫先生震惊道，"难道不是千寻和小白的故事吗……"

不久后电影基本完工了，看过完整样片的宫先生感慨道："铃木，我懂了。这的确是千寻和无脸男的故事。"

不光负责宣传的人，连导演自己都没意识到这一点。制作电影的当事人都是无知无觉的。我心想，这就是作品的神奇之处吧。

复合型影院的普及所带来的后果

当时，电影发行的机制也发生了巨大的变化，因为日本出现了复合型影院（Cinema Complex）。早在《幽灵公主》那会儿，复合型影院就已经开始普及了。等到《千与千寻》上映时，复合型影院早已遍布全国。

在"一个影院只有一块银幕"的传统影院占据主流的年代，电影发行采用的是所谓的护航制。如果发行方是东宝，那么东宝的发行专家就会预估电影大概的票房，然后选定东京的核心影院，再根据这些影院的规模确定地方城市的小型影院。放映时间也在合同里明确规定好，所以票房收入几乎可以在电影上映前计算出来。供应量是按计划决定的，从这个角度看，这套机制颇有社会主义的色彩。

与此相对，来自美国的"黑船"华纳与日本超市Mycal合作，成立了"华纳 Mycal 院线",引入了"复合型影院"这种新设施和自由竞争的理念。

这些变化产生了怎样的影响呢?《千与千寻》一上映就占领了复合型影院的好几块银幕。因为观众们蜂拥而入,原计划放映其他电影的银幕也被《千与千寻》占了,银幕数量直线上升,观影人数也加速增长。

我们还开展了史无前例的全国性宣传活动,这也起到了一定的效果。当时的状态简直和拉选票一样,我们去了很多一般的电影宣传不会去的小城镇,挖掘当地的观众。这都是通过《幽灵公主》的宣发工作积累下来的经验。

最终,《千与千寻》称霸了全日本的银幕。刚上映的两三周势头惊人,票房高达《幽灵公主》的两倍。

周围的人欣喜若狂,我心中却五味杂陈。上映首日的观影人数多达四十二万人,《萤火虫之墓》和《龙猫》的首轮上映(四周)的总观影人数也不过四十五万人,《千与千寻》却在短短一天里夺下了与之匹敌的成绩。我太心疼《萤火虫》和《龙猫》了。

长达一年的放映过后,《千与千寻》刷新了日本影史的纪录,观影人数达到两千三百八十万人,票房收入高达三百八十亿日元。

这一结果有其两面性。由于《千与千寻》垄断了银幕,其他有可能热映的影片都吃了大亏。日本电影发行界认识到了问题的严重性,"决不让《千与千寻》这样的超级热门大作再次出现"的氛围笼罩了业界。回过头来想想,真正的自由竞争只存在于那短暂的一瞬。《千与千寻》能热映的原因之一也是碰巧遇到了时代的更迭期。

比金熊奖、奥斯卡奖更令人高兴的是——

吉卜力与迪士尼从《幽灵公主》开始合作，面向全球发行。听说《千与千寻》在日本拿下了三百四十亿日元的票房，美国电影界一片哗然。毕竟三亿美元放在美国市场也是一个了不起的数字。

于是，我们把影片拿到迪士尼，请时任CEO的迈克尔·艾斯纳看一看。在迪士尼，艾斯纳亲审作品可是一桩大事。在豪华的放映室里，高层人士齐聚一堂，放映会在紧张的气氛中进行。放映结束后，迪士尼的工作人员屏住呼吸，静候艾斯纳发话。

"为什么这部电影会那么火？我不懂啊。"

我心想，这位先生好诚实啊。对美国人来说，它的确是一部难懂的电影。看看《千与千寻》的海外票房，你就会发现在与日本价值观相近的韩国，以及较了解日本文化的法国，《千与千寻》大受欢迎，在北美却反响不佳。

不过我没有因为海外的票房时喜时忧，只要能靠日本的票房收回制作成本，继续制作下一部作品，我就心满意足了。起初，宫先生和我根本没有考虑过《千与千寻》会在世界舞台获得怎样的评价。《千与千寻》在柏林国际电影节获得金熊奖的时候也好，拿下奥斯卡最佳动画长片奖的时候也罢，我都是惊讶多过高兴。

奥斯卡奖尤其让人意外，因为迪士尼的《星际宝贝》是夺奖热门，大家都觉得《千与千寻》能拿到提名就很了不起了。时任吉卜力宣传部长的西冈纯一更过分，做客广播节目的时候，主持人问："奥斯卡的各大奖项马上就要揭晓了。西冈先生，您觉得《千与千寻》能拿奖吗？"

"啊，绝对没戏啦。应该会颁给《星际宝贝》吧。"

"为什么呢？"

"站在作品的角度来看，《星际宝贝》确实更出色啊。"

堂堂宣传部长竟然说出这种话……我逮住他问道："西冈，你为什么要说《星际宝贝》啊！"

"因为《星际宝贝》真的很棒啊！"

吉卜力真是一家好公司，多自由啊。

后来，我们决定让千晶的父亲奥田诚治去参加奥斯卡颁奖典礼。也不知道为什么，在制作委员会的所有成员里，只有他一直盯着奥斯卡奖。他甚至说过："只要能走上那条红毯，让我死都行！"我便问道："奥田，你要去死一死吗？"他一口答应说："要！"然后满心欢喜地飞去了洛杉矶。

我看的是电视上的颁奖礼直播。听到颁奖嘉宾卡梅隆·迪亚兹报出"Spirited Away，Hayao Miyazaki！"的时候，我惊得目瞪口呆，暗暗感叹道："竟然会发生这种事……"仿佛自己是个局外人似的。

我很难客观评价这次获奖的意义，不过说《千与千寻》拉近了日本电影与世界的距离应该是没问题的。它也让日本电影人意识到，远在大洋彼岸的奥斯卡奖其实近在咫尺。

除此之外，《千与千寻》还囊括了国内外的各大奖项，热潮持续了数年之久。最让我高兴的并不是奖项本身，而是每一个为《千与千寻》付出了心血的人都因获奖而备感欣喜。

宫先生对电影奖项不感兴趣，既没有参加柏林国际电影节，也没有去奥斯卡颁奖礼。后来获得国际交流基金奖的时候，他却一反常态，出席了颁奖典礼。来休息室拜访的人络绎不绝，宫先生忙前忙后地不停接待。忙了一阵子之后，客人突然走光了，屋里只剩我和宫先生两个人，骤然陷入沉默。在静悄悄的房间里，宫先生幽幽地说道："怎么会变成这样啊，铃木……"

"都是你努力拼出来的啊。"

"你不也很努力吗？"

宫先生受不了一个人独占功劳，所以想尽可能地和他人分享，让自己轻松一点儿。每次听说电影刷新了票房纪录，或是拿了奖项，他都会惊慌失措，嚷嚷着"怎么办啊"。但是，他从来没有因为这些事情浮躁过，电影观念也从未因此动摇。我真心佩服他，本来还担心他会为作品接连热卖而发疯呢，看来是我杞人忧天了。

颁奖典礼结束后，我们回到二马力一起喝了会儿茶，直到心情平复。

"全都结束了吧？"

"结束了。可以休息一阵子啦。"

"这部电影始自你的一句话。"

"啊？我说什么了？"

"你不记得啦？就是夜店啊！"

我早就忘得一干二净了。

有个熟人喜欢泡夜店。在构思这个项目的时候，我将他告诉我的一件事讲给了宫先生听。

在夜店工作的女孩中，也有不少人性格内向腼腆，不擅与人沟通。但她们受生活所迫，不得不拼命跟各种各样的客人聊天。渐渐地，她们变得越来越活泼了——

宫先生说这便是他的创作灵感，故事中的汤屋就是夜店。千寻在汤屋接待无脸男等各路神仙的过程中，渐渐重拾活力。

我们常说"创意诞生在半径三米内"，电影的题材往往就在触手可及的地方。正因为距离近，我们才会不容分辩地说这其中带有"现代性"。我热衷于和这类题材正面交锋，也许这也是吉卜力电影如此受欢迎的原因之一。

对我们来说，还有一件事比票房和奖项更为重要。促使我们制作这部电影的千晶看完后会做何感想呢？宫先生最盼望的观众就是她。

首映会当天，宫先生格外紧张。放映结束后，我们送走了各路宾客。千晶是最后出来的。宫先生战战兢兢地问："怎么样？"千晶笑了笑，说："真有意思。"

这一句话，让宫先生和我们如释重负。

听说千晶回家后对父亲说："只有一个地方不太对。"

"在电影最后打出'完'字的时候，画面上不是有一只鞋子吗？那只鞋子画得不太对。"

有一次，千晶在木屋的河边玩耍时不小心把运动鞋掉进了河里，大家追着鞋子跑了一路。宫先生肯定是想起了那件事，所以才画了这幅画。千晶也是个很敏感的孩子，一看就意识到画的是那次的事情。只是鞋子的图案好像画错了。

"应该是美少女战士的鞋子。"

宫先生听说后，笑得可开心了。

哈尔的移动城堡
"它看上去像城堡吗?" 最为坎坷的宫崎骏作品

"铃木,你看过这本书吗?"

宫先生拿着一本《魔法师哈尔与火之恶魔》走进我的办公室,一脸兴奋的样子。这本书是英国作家黛安娜·W·琼斯创作的奇幻小说。德间书店负责童书的编辑每个月都会给我和宫先生寄当月的新书,那就是其中之一。

"你看啊!这本书原来叫'Howl's Moving Castle'哎!多棒啊,会动的城堡!"

《哈尔的移动城堡》就是从宫先生的这句话开始的。不过他虽然提议改编这部作品,但并没有亲自执导的打算。就在我们讨论该让谁来做的时候,我朋友刚巧陪同那时还在东映动画工作的细田守来玩。

当时,细田因为执导了《数码宝贝大冒险》(1999年)等作品逐渐受到了业界的瞩目。只是在那时候,东映动画制作的作品大多是根据《少年JUMP》的漫画改编的,所以他一直想拍一部打破这个框架的电影。我们将《哈尔的移动城堡》的企划案拿给他看,他立刻表示"请一定让我试试"。于是,我们借调他来吉卜力,正式启

スタジオジブリ作品
STUDIO GHIBLI
ふたりが暮らした。
宮崎 駿 監督作品
ハウルの動く城
HOWL'S MOVING CASTLE
ソフィー／倍賞千恵子 ● ハウル／木村拓哉 ● 荒地の魔女／美輪明宏
原作 ダイアナ・ウィン・ジョーンズ「魔法使いハウルと火の悪魔」（徳間書店刊）／脚本・監督 宮崎駿／音楽 久石譲／主題歌 「世界の約束」歌·倍賞千恵子

动了这个项目。

可在推进剧本、人设和美术设定等各项准备工作的过程中，细田陷入了烦恼。一方面是东映动画与吉卜力在制作风格上存在差异。另一方面则是"宫崎骏"的存在带来了重压。

宫先生不是那种项目敲定后就在一旁静观事态发展的人。无论是剧情还是作画，他都会给出各种建议，告诉大家怎样更好。更让人头疼的是，他的观点一天一个样子。

细田非常崇拜宫崎骏，甚至参加过吉卜力的研修生招考。所以他总会认真听取宫先生的意见并按其推进下去。谁知到了第二天，宫先生就改变了主意。这种情况持续了一个星期，一个月……时间一长，他便承受不住了。我也开导过他，但他还是越陷越深，工作也陷入了停滞。

制片人对调

其实那个时候，吉卜力还在同步推进另一个项目。事情的契机是某主题乐园委托吉卜力设计一个猫的角色。几经波折后这个角色发展成了电影《猫的报恩》（2002 年）。这个项目的主创人员都是年轻人，制片人是我的得力助手高桥望，导演则是从《我的邻居山田君》开始就在吉卜力担任动画师的森田宏幸。没想到我与高桥一聊才发现他们的项目也不太顺利。

我们商量后决定将制片人对调。我来主导《猫的报恩》，高桥接手《哈尔》，就这样两个项目都走上了正轨，大概是契合度比较高吧。没过多久，《哈尔》却再次触礁了。我们决定搁置《哈尔》，专心完成《猫的报恩》。

宫先生也参与了《猫的报恩》，一如既往地不停提意见。这部电影的导演森田是个性格有点奇怪的人，他竟然很享受这一过程，只见他每天都探出身子听宫先生发表高见，还不停地提问。由于他问得太过起劲，宫先生受不了了，渐渐地便不往作画间跑了。结果森田主动找到宫先生，想要征求他的意见。最后变成宫先生成天躲着他了。

吉卜力的年轻人向来对宫崎骏避之不及，森田却是极少数喜欢跟宫崎骏合作的人之一。

顺便一提，还有一位"例外"是编剧丹羽圭子。在创作《借东西的小人阿莉埃蒂》的剧本时，宫先生也是想法日日变，她却说："这样能了解天才的思考过程啊，还有比这更有意思的吗！"跟着宫先生一遍又一遍地修改稿子。说到《阿莉埃蒂》的时候，我再详细介绍一下她的事迹。

另一方面，《幽灵公主》和《千与千寻》的作画监督安藤雅司则非常享受和宫先生的激烈交锋。他会在和宫先生相抗衡的过程中追寻自己理想中的动画。美术专家男鹿和雄老师也有这样的倾向。

要么积极接受并乐在其中，要么拿出匠人精神对抗到底——要和宫崎骏这位特殊的天才打交道，也许只有这两条路可走。

誉为"当代毕加索"的城堡设计

推动《猫的报恩》的制作的同时，我们也该考虑宫先生亲自导演的电影了。

一天，我走进厕所，宫先生碰巧也在，我们便一起"办事"了。他问我："铃木，下一部怎么办啊？"应付这种情况的诀窍在于"立刻回答"。

"阿宫，你不是一直在嚷嚷'会动的城堡有趣'吗？机会难得，干脆就做《哈尔》吧！"

宫先生应了声好，说到这儿，事情也办完了，《哈尔》就这样重启了。谁也不知道这个决定是在厕所做的，工作人员都吃了一惊呢。

别人做电影的时候，宫先生总是滔滔不绝地提意见，一会儿说这样更好，一会儿说那样更合适。可轮到他自己做了，却什么都不管，一门心思设计起了城堡。

他试着画了许多幅西式城堡图，却怎么都不满意。一天，他跑来我的办公室商量，问："怎么办啊？"宫先生有一个习惯，就是在开会、洽谈的时候随手涂鸦。我们谈话途中，他的手也没停下。先画大炮，然后加上屋顶，再装上烟囱……添加了各种元素。可能是他说话时下意识画出来的吧，回过神来才发现城堡已经大功告成了。看到"完工"的城堡，他自己都吃了一惊。

"它看上去像城堡吗？"

说实话，确实不像。可要是这么说，项目又要停摆了。于是我便说："这不是挺好的吗，很像城堡啊。"我觉得不管怎样，先往前走再说。

"可是铃木啊，"宫先生继续说道，"问题是脚啊。"说完，他又画了两张不可思议的图。一张是"鸡脚"，另一张则是"战国时代步兵的脚"。他拿给我看，一脸严肃地问："哪个好？"其实我是无所谓的，可他认真啊。我只好正经回答道："还是鸡比较好吧。"

那座奇妙的城堡就这样诞生了，但说起建筑的设计思路，这次一反既往。宫先生向来是从内部装潢着手，先画出一个房间的内观，接着把另一个房间附在上面，之后再决定外观。唯独这一次是从外观入手的。后来构思内观的时候，他费了很多心思琢磨里面有多少层，房间又是什么样的布局，想方设法去与外观匹配。

后来《哈尔》在法国上映时，城堡的设计引来了关注。评论褒贬不一，否定派看不惯故事的舞台设在欧洲这一点。毕竟欧洲人希望通过宫崎骏的作品看到日本啊。而肯定派对城堡的设计赞不绝口，《解放报》甚至为宫崎骏送上了"当代毕加索"的美誉。

城堡的外观确定之后，作画工作就全面启动了。宫先生本就擅长画老婆婆，所以苏菲、荒野女巫等角色的形象也迅速敲定了。

至于美术设定，我们决定参考法德边境的阿尔萨斯地区。因制作《千与千寻》而身心俱疲的宫先生曾去当地休养过一段时间。阿尔萨斯作为阿尔丰斯·都德的经典小说《最后一课》的舞台曾广为人知。每次爆发战争，阿尔萨斯的归属都会在法德之间来回变动，当地还留有两国文化碰撞的余韵。宫先生尤其中意一座叫里克维尔的古镇，当时便想将其设为《哈尔》的舞台。回国后，宫先生建议美术人员也去里克维尔走一走。于是大家前往阿尔萨斯采风，后来将其反映在了作品中。

舞台的基本框架成型了，最关键的主题却迟迟未定。到底要拍一部怎样的电影呢？宫先生想用一句明确的口号来告诉工作人员这次做的是关于什么的电影。经过一番讨论，我们决定这次要拍一部"真正的爱情片"。在作品说明会上，我们需要对全体员工阐明作品的主题。

"我拍过很多电影，每次都会讲到异性关系。这次我决定重点刻画这方面的内容，拍一部真正的爱情片。"

宫先生慷慨激昂地发表宣言，但说到"爱情片这个东西啊……"他突然卡住了。

"要怎么做来着，铃木？"

现场一片沉默。我实在没办法，只能接着往下说："一般都要先有邂逅，对吧？"

"对对对，先有邂逅。"

"然后关系会渐渐加深。"

"嗯，加深。"

"如果这算起承转合的'承'，那在'转'的部分则会出现一些分歧。"

"苏菲变成老婆婆就是分歧，所以这次在座的各位一定要把老婆婆画好。"

话虽如此，可《哈尔》真的拍成了起承转合一目了然的爱情片吗？并非如此。开始画分镜之后，宫先生还在纠结。

我第一次看到交上来的分镜就觉得不太对劲了，宫先生以往的作品都是一个镜头四五秒，可我隐约觉得这次好像变长了。我吩咐工作人员计算了一下平均秒数，竟然有足足八秒，是平时的两倍。这导致故事前半部分的节奏非常缓慢。随着故事的发展，镜头还越拉越长了。

照这个架势，两小时肯定不够用，一不留神又会拍成四小时。如果不及时指出这一点，后果不堪设想。

"宫先生，这次的镜头好像变长了？"

"啊？没有啊。"

"我们算过了，平均一个镜头八秒左右哦。"

"是吗？"他竟然自己都没意识到。迫不得已之下，他找了这样一个借口："因为主人公是个老婆婆，所以动作比较慢！"

不过，宫崎骏到底是宫崎骏，他把后面的镜头缩短了，为了让平均秒数恢复到四秒，甚至将后面的镜头时长缩到了三秒。《哈尔》就这样变成了一部世间罕见的电影，前半部分和后半部分的节奏完全不一样。

意料之外的经典场景

另一个问题在于剧情的展开。各种小事件频发，一个小时过去了也没有要收敛的趋势，继续遍地开花。"他到底准备怎么收场啊？"我不禁担心起来。

于是，我试着问了问负责制作业务的野中晋辅，他是个电影发烧友。

"你看过分镜吗？"

"看过啊。"

"你觉得这个故事最后会发展成什么样？"

"这个故事还挺稀奇的，不是起承转合，而是起和承的连续。"

当分镜画到一小时十五分钟左右时，我觉得不能再拖了，决定找宫先生问个清楚。

"最后你准备怎么收场啊？"

"我是专业的，总会有办法的！"

他的语气很强势，可脸上分明挂着一筹莫展的表情。

分镜画到一小时三十分钟的时候，宫先生跑来我的办公室，一反常态，砰的一声关上了门。

"铃木，收不住了。怎么办啊？"

我身为制片人，总得说点什么。这时，我突然想到前几天看过的一部电影《真爱同心》（1998 年）。

"我最近刚看过一部电影，说的是一个女摄影师（朱莉娅·罗伯茨饰）和一个律师（艾德·哈里斯饰）相爱，两人开始同居。但律师和前妻（苏珊·萨兰登饰）有两个孩子，所以后妈开始和亲妈轮流照顾孩子。后妈屡战屡败，无奈之下去找亲妈商量，两人终于摒弃前嫌。没过多久，亲妈查出了癌症，时日无多，律师便将前妻接到家里，一起度过最后的时光。"

我大致讲了一下剧情，宫先生一听便急急忙忙地说："我懂了！没事了！"然后匆匆离开了办公室。

虽然没有直接说出来，但我觉得这大概是唯一的解决办法。其实山田太一也经常用这个办法。先讲每个出场人物的小事件，当剧情越来越纠结的时候，就让所有角色一并登场，含含糊糊地敷衍了事。无论是电影、电视剧还是小说，这大概都是让作家们感到头疼的问题。

总之，得益于这次交谈，在故事的后半部分，荒野女巫、宾（狗狗）、菜头（稻草人）都住进了城堡。步履蹒跚的荒野女巫由苏菲照顾，催生出一个意料之外的经典场景。

苏菲不辞辛苦地照顾荒野女巫。女巫对她说："你恋爱了。从刚才开始，你就一直在叹气。被我说中了吧……"

"婆婆，你有没有恋爱过啊？"

"当然了，我现在也爱着啊。"

这一幕的确很好，可是仔细想想，这多荒唐啊。这不是让新欢（苏菲）照顾旧爱（荒野女巫）吗？我装作不经意的样子问正在画画的宫先生："这个时候哈尔和苏菲还没在一起吧？"他假装没听见。我本想再问一句"这是作者的愿望吗"，但想了想还是作罢了。

这部电影中还有其他无心插柳的经典场景。比如苏菲和荒野女巫爬上王宫长长的台阶的那场戏。

宫先生原本想让苏菲先上去，半路上停下，将手递给荒野女巫。我们把这场戏交给了技术精湛的动画师大塚伸治，于是宫先生就推翻了这套构想。"既然是大塚老师做，就不需要多余的解释了。"他将整场戏的时间加倍，细节全交给大塚老师定夺。

结果这场戏变成了"两个老婆婆你追我赶，拼命爬台阶"，着实让人印象深刻。宫先生很满意，我也深感佩服。后来，和宫先生对谈时养老孟司也说："只要看过那场爬台阶的戏，我就感觉自己看完了整部电影。"

拍电影是一个很神奇的过程。从一开始就刻意设计的"好戏"往往行不通，意料之外的地方反而能够成为经典。尤其是出色的动画师操刀时，这种情况屡见不鲜。

另一个经典场景是电影的结尾。我想象中的高潮部分应该像文艺复兴时期的画家希罗尼穆斯·博斯的《圣安东尼奥的诱惑》，采用"奇异生物和船只飞过燃烧的城堡"这样的构图。这幅画对手冢治虫、石森章太郎、永井豪等日本漫画大师们产生了深远的影响。

宫先生也很喜欢这幅画，将画中的小元素应用在了《未来少年柯南》里。有一次，宫先生说他想看看实物，我们便一起去了位于葡萄牙里斯本的国立古代艺术博物馆。

正因为这幅画给我留下了深刻的印象，我才希望宫先生能在《哈尔》中画出一座在火焰中来回奔跑的城堡。但宫先生告诉我"还是画不了"。作为替代，最后他画了因魔法失效分崩离析、只剩下脚和板的城堡。

实际上那种模样的城堡是参考别人送我的玩具画出来的。我把玩具摆在办公室里，宫先生问了我句"这个能不能借我用用"，拿走了它。最后那一幕就诞生了。

更巧妙的是主角们在城堡废墟上的对话。"我可不知道，我什么都没有。"荒野女巫不肯把哈尔的心脏交出来。苏菲轻轻搂住她的肩膀说："求你了，婆婆。"荒野女巫说："你就这么想要吗？算了，但你要好好珍惜哦。"说完把心脏交给了她。

宫先生极擅长运用这样的肌肤接触。在影片的开头，哈尔不是救出了被士兵纠缠的苏菲吗？在那场戏里，他也轻轻搂住了苏菲的肩膀。橡胶人出现时，他又用手臂环住她，一跃飞上空中。在《未来少年柯南》里，柯南抱着拉娜奔跑。在《天空之城》中，巴斯接住了从天而降的希达。在宫先生的作品中，男女的邂逅总是从这种肌肤接触开始的。

绝妙的选角——倍赏千惠子与木村拓哉

在推进制作的同时，宣传的准备工作也要启动了。这一次我提出的方针是"无为而宣"。

这源于宫先生的一句话。《千与千寻》热映之后，有人说："这部电影之所以火，不就是因为宣传力度大吗？"消息传到了宫先生耳朵里，作为导演的他心里必定不舒服。他想听到的肯定是"电影火是因为作品本身好"，为此他在工作室问了一圈，想听听看工作人员的意见。

"你觉得《千与千寻》大热的原因是宣传做得好，还是作品本身好？"

导演当面发问，任谁都会回答"因为作品本身好"。唯独一个人例外，说道："因为宣传做得好。"这个人就是助理制片人石井朋彦，他一直在我身边观察我做的宣传工作。听到这样直截了当的回答，宫先生勃然大怒。

直到他开始创作《哈尔》的时候，怒火还没有完全熄灭。在构思宣传策略的时候，我习惯将方针、文案写在白板上备用。一看到白板，宫先生就爆发了。

"剧透这么多，谁还有兴致去看电影啊！这次上映前就别搞多余的宣传了！"

被宫先生这么一说，我就想到了"无为而宣"的策略。

长久以来，我也对在上映前详细透露剧情和设定的宣传策略抱有疑问，这一次决定在宣传阶段尽可能不透露具体的电影内容。

第一轮特别报道只用了城堡的影像素材，外加一句"这座城堡会动"的文案。没想到这样反而引起了热议，《千与千寻》的导演宫崎骏貌似正在制作新片，但影片内容却蒙上了神秘的面纱——就算你不是影迷，也会好奇这到底是一部什么样的电影。

此外，电影原计划在二〇〇四年夏天上映，由于种种原因推迟到了十一月。一经媒体报道，大家越发好奇起来，心想："究竟是怎么回事啊？"各方面的因素都在为这部电影推波助澜。

公布配音演员阵容的时候，反响更是巨大。木村拓哉的影响力真是了不得啊。

木村是宫崎骏作品的忠实粉丝，本人也曾联系过我们，说"有机会请一定让我参演"。他的孩子们也很喜欢吉卜力的电影。据说他们一家把《龙猫》的 DVD 翻来覆去看了好多遍，光盘都磨损了，不得不重新买一张。

我对他的名字和人气当然不陌生，却从没看过他主演的电视剧。我问了问女儿："木村的表演风格是什么样的？"结果她用一句话解释清楚了——"我觉得他能表现出男人那种不靠谱的感觉。"这么说可能不太恰当，但我一听到这话便想："找他给哈尔配音不是很合适吗！"

我决定向宫先生建议看看。

"阿宫，你知道木村拓哉是谁吗？"

"少瞧不起我，SMAP 组合的呗，我当然知道了。"

宫先生有阵子会定期去东京塔下面的摄影棚，那时 SMAP 在东京电视也有一档节目，所以他经常看到 SMAP 被女粉丝包围的场景。

"让他给哈尔配音怎么样？"

"啊？他会演成什么样啊！"

我复述女儿说的话给他听。宫先生表示赞成："要的就是这个效果！"

木村来录音棚配音那天，我真是吃了一惊。因为他把台词全部背下来了，都不用看剧本。我们请过各种各样的演员为电影配音，做到这个地步的却只有他一个，另外，他一开口就让宫先生心服口服，大呼："就是这样！"配音工作顺利推进，我们几乎都不用额外多做指导。

木村的表现实在太过惊艳了。后来山田洋次导演问我："我们正在筹拍一部藤泽周平的古装剧，你觉得请谁演合适啊？"我不假思索地报出了木村的名字。二〇〇六年山田导演果真拍了一部《武士的一分》，主演就是木村，也不知道邀请他的契机是不是我说的那句话。

而另一位主角苏菲的人选迟迟没有敲定。难点在于宫先生开出的条件——希望由一位女演员配音，从十八岁演到九十岁。

起初，宫先生表示"这次我也有心仪的人选哦"。他平时可不会说这种话，我还好奇他中意的是谁呢，谁知他竟然说："东山千荣子啊！""阿宫……很遗憾，人家二十多年前就去世了。""是吗？"他是真的吃了一惊。宫先生心里的时钟还停在昭和年代呢……

后来我们找来很多人试音，怎么也找不到特别合适的人选。我们为此烦恼了很久，最终想到了倍赏千惠子，也不知先提出来的是宫先生还是我。当时我们都有种非她莫属的感觉。

倍赏的演技果然了得。只是她一开始怎么都念不好"ハウル①"这个词。重音应该在前面的，她却往后偏，发音成"ハウル"。我跟宫先生纠正她："是ハウル。"她反问："ハウル？""不不不，是ハウル。""所以是ハウル呗？"这样的对话不知道重复了多少遍。

提起倍赏，大家都会联想到《寅次郎的故事》里聪明能干的小樱，没出息的哥哥全靠她帮扶。但现实生活中的倍赏还挺俏皮的，有点天然呆的感觉。通过这次合作，我也更喜欢她了。

"画师"宫崎骏的执念

在制作的最后关头，宫先生利用推迟上映所带来的富余时间专心提高作画质量。尤其是十八岁的苏菲和火恶魔卡西法，他几乎亲手重绘了每一个镜头。

---

① 主角哈尔的名字，读作"ha-u-ru"。

当时宫先生已经六十三岁了，可他还是想和年轻人一决胜负。《哈尔》的作画监督是山下明彦、稻村武志和高坂希太郎。稻村和高坂来工作室有一段时间了，所以宫先生清楚他们的作画水平，和山下却是第一次深度合作。于是他以山下为假想敌，向他发起了挑战。

由于卡西法这个角色是软绵绵的，还会变换形状，所以很多动画师在绘制原画时吃了不少苦头，提交上来的稿子需要作画监督山下来改。若是看到他修改不好，宫先生就会喜滋滋地出手相助，心想："嘿，轮到我出马啦！"

后来制作《崖上的波妞》时，宫先生独自完成了海浪那场戏。他会用这种方式确认自己作为画师的水平，以获取继续做导演的信心。这就是宫先生的行事风格。然而随着年龄的增长，靠一己之力修改所有的画稿变得越来越困难了，这也为他日后隐退埋下了伏笔。

在宫先生的所有作品中，《哈尔的移动城堡》大概是最坎坷的一部电影。城堡的设计、剧情的设置……各种各样的困难接踵而来。而我也首次尝试了无为而宣，上映时间还是平时上座率不佳的十一月，很多业内人士担心观影人数会不太理想。

谁知影片上映后，各项数据竟有赶超《千与千寻》的势头。最终，票房收入超过了《幽灵公主》，高达一百九十六亿日元。这也能从侧面体现出大众对宫崎骏的期望有多高吧。从某种意义上来讲，《千与千寻》的热映让宫崎骏变身为"国民导演"，而《哈尔》的票房成绩让我再一次深刻地认识到这一点。

地海战记

抓住职员的心，宫崎吾郎的领导力

《红猪》上映后的第二年（1993 年），宫崎骏的父亲宫崎胜次先生去世了，享年七十九岁。参加葬礼时，我看到一个年轻人在亲友中忙进忙出，便下意识地盯着他的背影看，他忽然转过身来说："我是吾郎，铃木先生。"

他还在上高中的时候，我应该见过他。不过那是宫崎吾郎这个人第一次给我留下深刻的印象。

后来又过了五年多吧，我们有了建设吉卜力美术馆的想法。我本打算一边做电影，一边负责美术馆，可实际做起来才发现根本兼顾不了。于是我就想找个人专门负责美术馆，却迟迟找不到合适的人选。在我苦思冥想的时候，葬礼上手脚麻利的吾郎浮现在了眼前。

他当时在一家绿地设计公司工作，担任公园、城市绿化的建设顾问，很熟悉建筑、法律方面的专业知识。也许他就是最合适的人选。

话虽如此，要让吾郎负责美术馆，必须扫清一个巨大的障碍——宫崎骏。

要是我直接提议找吾郎过来，宫先生肯定会说："和儿子一起工

かつて人と竜はひとつだった。
人は大地と海をえらび、竜は風と火をえらんだ。
ル=グウィン原作
宮崎吾朗 第一回監督作品
ゲド戦記
TALES from EARTHSEA
2006年7月
全国東宝洋画系 ロードショー
www.ghibli.jp
「ゲド戦記」制作日誌・宮崎吾朗監督日誌を公開中!

作不是公私不分嘛！"但我很清楚这不过是冠冕堂皇的说法，他其实不是一个把公私分得特别清楚的人。只要说得巧妙些，他最后应该会点头的。只不过这件事的"头"比较难开。要是我上来就说想让吾郎来做，他绝对会大力反对。

于是我想了个办法，先搬出另外两个人的名字，拿他们当幌子。

"宫先生，关于建设美术馆时的负责人……"

"你来做不就行了？"

"我做不了啊，还是得找个专门负责这件事的人。我考虑了一下，想到了三个候选人。"

"谁啊？"

"第一个是 K。"

"别开玩笑了，铃木。"

我故意报了一个他一定会驳回的名字。当我报出第二个名字时，他就发火了："那怎么行！"这都在我的预料之内。关键在于报第三个名字之前要停顿多久。

"吾郎呢？"我停顿片刻后问道。

宫先生顿时僵住了。他肯定没料到我会提起这个名字吧。我静等他的反应。只听见他缓缓说道："那得看他的意愿。如果你能说服他，他也愿意做，那我也不反对。"

成功说服宫先生之后，我立刻去找吾郎。我们去了他公司附近的咖啡馆。我一边喝茶，一边开门见山地问道："是这样的，我们准备建一座吉卜力美术馆，你有没有兴趣负责这方面的工作呀？"

他一口答应说"好"。这个决定来得太快，着实让我吃了一惊。照理说，他应该会有很多顾虑，比如现在的工作、自己的职业生涯等。但是我生怕他后悔，所以立刻安排他来吉卜力了。

建设美术馆有很多难关需要克服，吾郎脚踏实地把困难一一扫清了。见他如此能干，我决定等到美术馆建成就让他担任馆长，负责运营工作。谁知当美术馆走上正轨以后，他找到我说："我觉得我差不多该走了。"

他感兴趣的是"从零开始打造新的东西"，而不是"维护完成的东西"。然而，为了美术馆今后的发展，我希望他继续担任馆长。怎么办呢……就在这时，新的电影项目有了着落——根据厄休拉·勒古恩的小说改编的《地海战记》。

"我想让吾郎执导这部片子"

宫先生年轻时非常爱看《地海传奇》，也一直渴望有机会把它拍成电影。其实在制作《风之谷》之前，我们就有过改编这部作品的念头，只是当时没有得到勒古恩的许可，没能如愿（所以才有了《风之谷》）。没想到，这次勒古恩竟然主动联系我们，表示希望宫崎骏来改编这部小说。

然而，《地海传奇》是一部由六部系列小说组成的长篇巨著，难点在于如何将它提炼成电影。由于宫先生忙着制作《哈尔的移动城堡》，我便召集了有志当导演的动画师，还有我的左膀右臂石井朋彦一起开会讨论。我同时叫上了吾郎参加会议。

一方面是为了让他调节心情，另一方面是我考虑到，吉卜力要拍摄的电影的风格对美术馆今后的发展也很重要。我向吾郎说明原委，他欣然同意道："既然是这样的话，那我也参加吧。"

首要的问题是，那么长的原著，要选哪部去改编呢？我觉得

第三部"地海彼岸"较为合适。在讲《幽灵公主》和《千与千寻》时我也提到过，经历了经济高速增长期和泡沫经济破灭，电影的主题已经转移到了哲学和心理问题上。第三部的故事发生在魔法力量日渐衰败、国民恍惚度日的英拉德，非常符合当代的主题。

当我们试图丰富项目细节时，才发现改编难度着实不小。自一九六八年第一部出版以来，《地海传奇》影响了众多的小说和电影。人类内心的光影之争——首度将这个主题引入奇幻作品的正是《地海传奇》。比如《星球大战》就建立在这样的世界观上，宫崎骏的作品更是处处受其影响。

要将开山鼻祖再次搬上银幕，怎么可能不难呢。也许是迫于重压，原本想当导演的动画师退出了。可事到如今，我们也不能换项目了。

现在回想起来，当时心里大概是有某种把握吧，我问吾郎："你要不要做一次导演试试？"向来果断的他犹豫了，不过我感觉他好像有些心动。

客观来看，这么做的确鲁莽。毕竟是提拔一个毫无动画制作经验的人做导演。但我隐约觉得吾郎能行，他似乎也展现出了那样的气场。

这到底是怎么回事？困扰我许久的疑问再次浮上心头。我找他接手美术馆的时候，他没有要求我多做解释便一口答应下来。明知自己会和父亲起冲突，实际施工中也的确爆发了诸多问题，但他都努力逐一克服了。

这次也一样。如果让他执导，大家必然会投来怀疑的目光，心想："就因为是宫崎骏的儿子便可以当导演？"父子之间的冲突也在所难免。可他并没有说"我不行"。这是为什么呢？在制作电影的同时，解开这个谜也成了我的一大目标。

"我想让吾郎执导这部片子。"

我一开口就遭到了宫先生的激烈反对："他怎么行啊，你疯了吗？"反对的理由只有一条——"他不擅长画画。"

为了说服正在气头上的宫先生，我决定让吾郎画一幅给他看。题目是主人公亚刃和龙面对面的场景。这是宫先生钟爱的一大一小两物并排的画。但用寻常的画法，肯定无法让宫先生信服。

宫先生画这种图时，一般选择正侧面或正面仰视的角度。既然如此，那就用宫先生绝不会采用的构图，从斜视的角度来画。我只提了这么一句，他回答好的，竟然拿出了一幅令人印象深刻的画作。

看到那幅画作，宫先生发出一声惊叹，然后就同意让吾郎来执导这部电影了。

另外，我还让宫先生用一张画来表现《地海传奇》的世界。他画了故事的舞台——霍特镇，也就是格得、亚刃等主角在港口高地看到飞龙的那个场景。这张画也成为决定本片美术设定的关键元素。

看到这两幅画作的时候，我确信这部电影一定会成功。

拜访勒古恩

接到电影改编的邀约后，我和勒古恩经常利用邮件联系。起初，我总是按照日本的书信习惯，从应季的问候语写起。她便问我这是日本的文化吗，我大致解释了一下，她是个一聊就跑题的人，我对此也不在意，所以我们沟通得颇为频繁。与其说是在谈公事，倒不如说是在"通信"。因为这层缘分，我和勒古恩成了好朋友。

实际上《地海传奇》曾经被影视化，改编成电影。但勒古恩对电影的质量不太满意，后来找她谈改编的人都遭到了拒绝。因此，通过邮件和她直接沟通，以消除她的疑虑是非常关键的。

制作开始后没过多久，我们登门拜访，希望得到勒古恩的正式许可，那时还没有告知她本片将由吾郎执导。为了征得勒古恩的许可，唯一的办法就是请宫崎骏帮忙。宫先生原本不愿意去，认为说服原作者是制片人的工作，我好不容易才说动了他。

此行的目的地是美国俄勒冈州的波特兰。勒古恩的家在一座堡垒般的小镇上，四周环绕着围墙。当时布什政府发动的伊拉克战争正如火如荼，勒古恩的房子贴着"反对战争"的告示。

勒古恩和她的儿子提奥迎接了我们。一番寒暄过后，宫先生开始言辞诚恳地讲述他对《地海传奇》的感情。

——我一直把书放在床头，一刻也不肯放下。制作电影陷入苦恼时，我也会拿起《地海传奇》反复翻阅。从《风之谷》到《哈尔》，这些年制作的所有作品都受到了《地海传奇》的影响。我了解这部作品的每一个细节，一直认为世界上没有人比我更能胜任改编它的工作。如果时间倒退二十年，我一定会跃跃欲试。但我已经六十四岁了，早已过了做这件事的年纪。那时我儿子和工作人员提出想要改编这部作品，如果他们能激发出《地海传奇》的全新魅力，说不定也是一桩幸事。

宫先生还明确表态："我会全权负责儿子和工作人员创作的剧本。如果您看过后觉得不满意，我就立刻让他们停手。"

勒古恩仔细听完后说道："我有两个问题。首先，我听说电影的情节将以第三部为主。而第三部的主要角色正是步入中年的格得。您说您已经老了，但是让现在的您去刻画这样一个主题，不是正合适吗？还有，您说会对令郎创作的剧本负全责。这句话是什么意思呢？不满意就停手又是什么意思呢？您不是来问我要电影改编许可的吗？"

勒古恩冷静地指出问题，气氛顿时紧张起来。宫先生仓皇失措，急忙问道："我是不是说错话了？"

"勒古恩老师是在问，你会不会以制片人的身份对这部电影负责？"我在他耳边轻声说道。

话音刚落，宫先生大声喊道："开什么玩笑！父子俩的名字出现在同一部电影，这成何体统啊！"

这种感觉是美国人理解不了的。就在我一筹莫展的时候，提奥伸出了援手。

"请二位留下来共进晚餐吧。重要的事情我们边吃边说？"

事前提奥来过日本一次，比较了解我们这边的情况。他也有一位伟大的母亲，所以对吾郎的处境深有共鸣。

多亏了他，气氛稍有缓和。接着我们聊到了宫先生和吾郎的画。

谁知宫先生指着吾郎的画说："这里画得不对。龙和亚刃怎么能对视呢。我觉得这样才对。"然后他就开始强调自己画得有多正确。我心想再让他说下去，事情又要变得复杂了，于是就结束了谈话，先行告退。

一转眼，到了晚餐时间。起初还是不痛不痒的闲聊，吃到一半时，提奥对勒古恩说："您不是有很重要的话要对人家说吗？"沉默片刻后，她握住宫崎骏的手说："我愿意将一切交给您的儿子吾郎。"听到这句话，宫先生喜极而泣，那一瞬间他好像变回了一位慈父。

以《修那之旅》为基础

好不容易征得了作者的同意，制作工作正式启动。毕竟这次的导演是新人，所以我觉得剧本、角色设计和美术这三大元素需要我们制片方帮忙筹备。

首先，我们决定请丹羽圭子操刀剧本，主要情节根据《地海传奇》第三部改编。不过，还有另一部作品也为《地海战记》打下了基础。那就是宫崎骏根据西藏民间传说《变成狗的王子》创作的全彩图绘本《修那之旅》。

记不清是我还是宫先生提的，总之我们达成了一致，如果要把《地海传奇》改编成电影，那就用《修那之旅》的人设和世界观。这是因为《修那之旅》也受到了《地海传奇》的影响，且内容是照着第三部展开的。

说简单一点——如果让宫崎骏来改编《地海传奇》，就会改成《修那之旅》那样。既然如此，我们岂有不用之理。

角色设计由在上部作品《哈尔的移动城堡》中表现出色的山下明彦负责。他原本任职于湖川友谦开办的作画工作室BE BOW，湖川因在《传说巨神伊迪安》《战斗机甲萨芬格尔》等富野由悠季执导的作品中担当角色设计而闻名，山下笔下的角色或多或少受到了湖川的影响。但我觉得，这部作品还是用宫崎骏风格的角色比较好。对吾郎和工作人员来说，总归用熟悉的人物形象会轻松一些。所以新作的角色设计基本以《修那之旅》和宫先生这些年画过的角色为基础。

至于美术，宫先生画的那幅画已经网罗了所有基本元素，我们以此为线索，请负责过《幽灵公主》和《我的邻居山田君》的武重洋二坐镇。

基本框架搭建起来之后，吾郎跑来问我："下一步该做什么？"

制作电影的大致流程他应该是心里有数的，可还是逐一找我确认。宫先生制作新片的时候，也是动不动问我："铃木，电影该怎么做来着？"真是一对不可思议的父子。

我对吾郎提议道："你试着画画分镜吧。"他没有任何经验，我也不知道他能画到什么地步。但既然他要当导演，还是尽量亲自画比较好。

万万没想到，吾郎在这个环节展现了惊人的能力。分镜进展神速，好像以前画过似的。我一看到他画的便意识到，这完全就是"宫崎骏动画"啊。

我感到诧异，忙问："你是不是学过啊？"

"因为爸爸当年总忙着工作，一直不在家……"他回答道。

据说吾郎小时候翻来覆去地看父亲的动画作品，从《未来少年柯南》到《风之谷》《天空之城》，还反复翻看了《Animage》刊登的宫崎骏访谈，以至于他在上高中的时候，就将宫崎骏作品的场景结构、镜头配置烂熟于心了，所以才能一下子画出分镜。

听完他的叙述，萦绕在我心头的谜团终于解开了。为什么他不假思索地接下了美术馆的工作？为什么会参与《地海战记》的项目？为什么心有犹豫却没有拒绝导演的工作？

这是因为他一直都想拍电影。当然，他自己有没有意识到这一点就是另一回事了。

父亲所没有的能力

说实话，分镜完成之前我心里一直没底。人们对"二代"总是冷眼相待，公司内部也有很多不满的声音——"我也想当导演啊，这太不公平了！"尤其是经验丰富的老员工，大多对任用吾郎的决定持批判态度。

就在这时，吾郎展现出了两种能力，分镜便是其中之一，其完成度让所有人瞠目结舌。作画监督稻村武志更是特地跑来找我说："看到分镜之前，我们都不觉得他有本事把电影做出来。可他能画出这样的东西，我想不认可都不行啊。"

震撼不仅限于吉卜力内部。宫先生的师父、动画师大塚康生看到分镜后惊叹道："虎父无犬子啊！"庵野秀明也说："这完全是宫崎骏的风格嘛！为什么不早点让他做啊？"

吾郎表现出的另一项能力是统率团队的领导力。这是连他父亲都不具备的天赋。宫崎骏是那种用过人的才华"统治"员工的导演。而且他既是导演，更是画师，所以会不断修改其他画师的画。这的确造就了只有宫崎骏才能做出来的电影，但工作人员难免会在这个过程中身心俱疲。

而吾郎却用细心和体贴牢牢抓住了员工的心。

作画工作启动后，他立刻理解了作画现场的金字塔形组织结构，在精准掌控指挥系统的同时切实推进各项工作。如果动画师交上来的画出色，他不会吝惜表扬，有问题时也会用明确易懂的话语下达指示。多亏了他，员工们都能以轻松愉快的心情投入工作，发挥出比平时更多的活力。

另外，每逢周六他都亲自下厨犒劳大家。员工们工作时都带着前所未有的明朗表情。高畑和宫先生都没有那样的本事。

就这样，原本抱有抵触情绪的老员工都认可了"导演宫崎吾郎"。

也许吾郎本就有领导天赋吧。说不定在葬礼上我就隐约察觉到了这一点。

不仅导演之责不在话下，吾郎还能成长为极其优秀的制片人——看到他在工作中大展拳脚的模样，我不禁产生了这样的念头。我后来真的问过他想不想当制片人，但他的回答是 NO。他还是想作为导演去拍电影。虽然他没有多说，但我觉得他潜意识里终究想要赶超父亲。

"真羡慕你啊"——文太老师的一句话

总而言之，多亏了吾郎的领导力和工作人员的不懈努力，作画工作终于走上了正轨。于是我就开始物色配音演员了。

为格得献声的是在《千与千寻》中饰演锅炉爷爷的菅原文太老师。开始录音时，文太老师对吾郎说："别客气，录几次都行，录到你满意为止。"谁知吾郎让他重录五六次之后，他就开始发火了，用低哑可怕的声音说："你要让我录多少次啊！"吾郎是真被他吓到了。

文太老师对剧本的理解之深着实让我佩服。台词记得牢就不用说了，他还对好几句台词提出了疑问，说："这是什么意思？想不通的话我配不了。"

在录音工作的间隙，文太老师问："宫崎兄在吗？"去拜访了宫先生的工作室。见到宫先生之后，他感慨万千地说道："真羡慕你啊，有个这么优秀的儿子。"原来文太老师的儿子不久前因为意外去世了。

至于亚刃，我们拜托了冈田准一。他曾邀请我去他的电台节目做客，促成了之后的合作。我一听到他的声音就被打动了。那档节目理应完全按照剧本进行，但我不太擅长照着剧本说话。他立刻察觉出我的心思，就抛开了剧本，随机应变地推动话题。他是个好奇心旺盛的人，对各种各样的东西都有兴趣。我很佩服他，觉得这不正适合亚刃这个角色嘛。

为瑟鲁配音的是手嶌葵。一天，雅马哈的工作人员给我听了她的样带，当时她还没出道。第一首歌翻唱了我最喜欢的曲子，贝蒂·米德勒的《The Rose》。她的声音很迷人，唱功也好。我当时就在想，好久没出现她这样货真价实的歌手了，便产生了请她演唱电影主题曲的想法。

我让吾郎写歌词，他却问我："歌词该怎么写啊？"于是我背了一首诗给他听。

　　　　将心比作什么

　　　　心有如八仙花

　　　　有开成粉红色的时刻

　　　　但多是淡紫色的回忆，这无可奈何

　　　　心有如暮色中花园的喷泉

　　　　似有似无的响声

　　　　心为单调而悲伤

　　　　这样的伤悲也不值一说

啊，将心比作什么

心有如旅伴两个

同行而无话可说

我的心永远如此悲伤

这是萩原朔太郎的《心》，我在学生时代非常喜欢。听手嶌葵演唱的歌曲时，它突然浮现在了我的脑海中。吾郎参考这首诗，用一个晚上写出了歌词，《瑟鲁之歌》就这样诞生了。这首歌成了小葵的出道曲，广为传唱，也为电影的宣传工作提供了极大的助力。

看完首次试映的宫崎骏

其实最后的成品和吾郎最初画的分镜有些出入。比如影片开头亚刃踏上旅程那场戏。吾郎的设定是母亲放走了他，恐怕是将自己的经历投射到了角色身上。但我觉得，这样的设定无论对他还是对电影，都是行不通的。

我提议电影从龙族相残这一激烈的场景开始，然后接上亚刃踏上旅途的画面。我还说"要让他刺杀他的父亲"。在我看来，电影的开头需要有吸睛的元素。亚刃不刺杀身为国王的父亲就是死路一条。吾郎要是无法摆脱他对父亲的自卑情结，就不可能出人头地。为了他，那场戏也是必不可少的。

吾郎接受了我的建议。他应该也知道这样修改意味着什么。后来，临床心理学家河合隼雄与吾郎进行了一次对谈。当时他说了以下的一番话。

"我心想你有宫崎骏这样一位伟大的父亲，拍电影时肯定吃了不少苦头。结果跑去电影院一看，一上来就是弑父的场景，看得我格外激动。无论有没有缘由，父亲都是非杀不可的。就因为他是父亲，所以才值得杀。父亲越是伟大，越有杀的价值。"

对此吾郎如是回答道：

"听到铃木说得让亚刃弑父，我觉得很有道理。倒不是说我非要超越父亲或必须冲破自己身上的束缚，只是结合当今年轻人的心境，这是一种忍无可忍的感觉吧。"

俄狄浦斯情结是一个很古典的主题，但我觉得它也能触动现代的观众。想当年，孩子们会在父母看不到的地方塑造只属于自己的世界，在那里学到各种各样的知识，找到自我。很多描写孩子的电影都涉及了这方面，比如清水宏导演的《风中的孩子》（1937 年）就是一个很好的例子。

但如今的孩子在被过度保护的环境中成长起来。换句话说，他们的举手投足都在父母的监视之下。有时候，这种监视甚至会持续到他们成年。对孩子们来说，这是一个令人煎熬的时代。所谓的"寻找自我"之所以大行其道，出现心理问题的孩子之所以层出不穷，这恐怕就是背景原因之一。想要摆脱监视重获自由，想要找到自我——《地海战记》能够为这样的孩子指明前进的道路，我产生过这样的念头。

在电影的开头部分，格得和亚刃一起旅行的剧情富有张力，是非常出色的一场戏。我甚至在电影完成后琢磨过，也许效仿孔子和弟子们的对话，只用他们两个人的旅行与对话构成整部电影也不错……

但后半部分与我设想的略有不同。看到前半段做得那么好，我便放心地对吾郎说:"剩下的就是大团圆结局,只要加点动作场面就行了。"于是他按自己的想法画了后半部分的分镜,画好后本想让我看一看,但我故意没看。因为要是看了,我肯定会忍不住提意见。后来我为这个决定反省了很久。

电影大功告成,我们迎来了第一次试映的日子。放映期间,宫崎骏突然起身离席。大家都以为他因为电影生气了,其实他只是去上厕所而已,很快就回来了。不过他那天的确很紧张。

放映结束后,宫先生自言自语道:"即便换我来做,我也会做成这样。"

毕竟这部电影是根据《修那之旅》改编的,和宫先生的设想相似也是理所当然。可作品的完成度确实让宫先生吃了一惊。但宫先生也说了这么一句话:"若要模仿,就不要让别人看出来你模仿的是谁!"

电影最后那段亚刃和魔法师蜘蛛战斗的动作戏,显然模仿了"宫崎骏动画"。吾郎对此全然没有隐瞒的意思,这也让宫先生非常烦躁。

当然,电影必然会受到以往作品的影响,本身就不存在完全原创的东西。我们甚至可以说,当下就是一个引用与改编的时代。宫先生自己也在各方面受到了过去的漫画和电影的影响,自己的作品中也曾引用过其他电影的元素。可宫先生的意思大概是"你应该细细咀嚼前辈的东西,将其提炼成更为精妙的镜头、更能让人手心冒汗的场景,否则就没有意义"。

长久以来,宫崎骏亲手绘制了大量的画稿,通过彻底修改动画师的原画,构建起独具一格的世界。高畑则会给动画师下达具体的指示,仿佛在教演员们表演一样,营造出细致缜密的效果。在我看来，这正是两位导演的作品不同于其他电影的关键所在，而作为导演的吾郎在这方面还有很多不足之处。

　　尽管如此，电影上映后还是大受欢迎，票房高达七十六亿五千万日元。按说，一个没有经验的新人导演本不可能取得这样的成绩。当然，本片的成功离不开实力过硬的原著，以及宣发工作者的不懈努力。然而，这几点还不足以解释《地海战记》大热的原因。最关键的还是"吉卜力工作室出品"这块金字招牌已经深入人心了，我想，可能是《千与千寻》和《哈尔的移动城堡》攀上高峰的势头直接带动了《地海战记》的票房。

監督引退？
天才たちの対話

息影退休?
天才们的对话

崖上的波妞
直指超越龙猫的角色

《哈尔的移动城堡》制作完成后，我看到疲惫不堪的宫崎骏，意识到他可能需要换一个新环境。每当宫先生接触到新事物时，他就会从中吸收能量，孕育出新的作品。如果这次也让他去个陌生的地方走一走，说不定他就会喜欢上那里，催生出新的创意……正当我琢磨这件事的时候，一个叫"Peace Winds Japan"的非政府组织向我们发出了到鞆浦看看的邀请——"各位有兴趣来鞆浦吗？"

Peace Winds Japan 致力于为伊拉克等世界各地的战乱地区、东日本大地震等灾害受灾地区提供人道主义援助。该组织的创始人大西健丞和吉卜力海外事业部的武田美树子是大学同学，因此双方常有交流。

而濑户内海的鞆浦正是 Peace Winds Japan 的活动基地。鞆浦是一座美丽的港口小镇，自古就是航运要冲，也是坂本龙马发挥关键作用的"伊吕波丸事件"的舞台。鞆浦原本是很繁华的，可现在完全沉寂了。大西一直希望它能再次繁荣起来，受到大众的关注。于是他给出了一个出人意料的提议："能不能请宫崎导演和吉卜力的员工来鞆浦制作电影啊？"

话虽如此，制作一部电影的相关工作人员少说也有上百人，全部拉去鞆浦未免不现实。我当时冒出了一个法子：去鞆浦拍电影确有难度，但去旅游还不错呀。对宫先生也会成为一种良性的刺激。

　　为此我反过来向大西提议："去拍电影可能有点困难，不过吉卜力每年都会组织员工旅游，下次就去鞆浦吧，怎么样？"他说："那也行啊，请一定要来！"双方一拍即合。

　　听到这里，很多人也许会纳闷："这都什么年代了，还组织员工集体出游啊？"起初我也担心大家会不愿意，没想到是我杞人忧天了。大家报名特别积极，有时候整个旅游团算上家属总共竟有三百多人。看到大家在宴会厅里并排而坐，我深切感受到"在座所有人的生活都是靠吉卜力这家公司所维系的"，纵然我的心理素质再好，也不由生出了惶恐……

　　顺便一提，虽然是公司组织的旅游，但到目的地之后，大家可以自由活动，根据自己的喜好参观名胜古迹，结伴玩耍。只有一条规矩必须遵守：早餐和晚餐大家要齐聚一堂，一起说"我开动了"，一起用餐。制作动画离不开团队协作。我感觉像这样每年集体出游一次，对日常工作也会起到一定的积极作用。

　　我们在二○○四年秋天去了鞆浦。宫先生是那种即便年年都去京都也无所谓的人，所以我问去濑户内海怎么样的时候，他显得并不是很积极。不过在大西带着我们四处游玩的过程中，宫先生喜欢上了鞆浦这片土地。

　　有些员工跑得比较远，去了尾道和广岛。我们搭乘大西他们的游艇，从海上欣赏鞆浦的美景。其实那时他们还让我开了一会儿游艇，拉油门时，游艇的船艏会浮起来，我一拉就弄得船身严重倾斜，听说岸上的人都嚷嚷着"要翻船了"，引起不小的骚动。而船上的宫

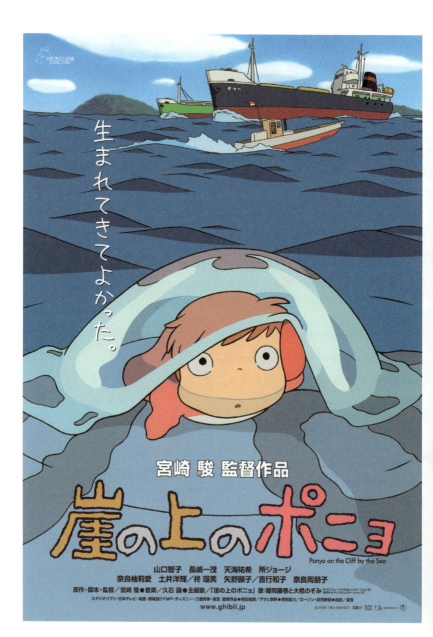

先生不停地惨叫："暴、暴走族！"

愉快的三天两夜转眼间就结束了。回到东京后，宫先生表示："鞆浦是个好地方啊。不知道能不能在那里住上一段时间。"其实他一直都有去乡间小住的愿望。

我们在鞆浦参观过一间当地名士的别院。那是一栋古色古香的建筑，听说现在已经无人居住了。于是我和大西商量说能否让宫先生去那边住一阵子，大西很快就帮忙安排了。第二年春天，宫先生真去那里住了两个月。每天的生活就是散步、看海、画画、做饭。从起床到睡觉，每天重复这样简单的生活。他还认识了很多镇上的人，住得特别舒服。

夏目漱石的《门》是灵感来源

一天，宫先生去了开在小镇僻静处的二手书店。就在他仔细打量书架的时候，有本书引起了他的注意——夏目漱石的《门》。主人公的名字叫野中宗助。他和妻子、弟弟住在一间位于悬崖底的租来的小房子里。看着看着，宫先生想出了新作的标题。我去鞆浦看他的时候，他说："铃木，我想出来了！就叫《悬崖下的宗介》①！""啊，不错嘛！"交谈中，他又觉得"上"比"下"好，于是片名暂定为《悬崖上的宗介》。

回到东京后，宫先生立即着手筹备。他在东京就想换个新环境，便没待在平时的工作室，而是去了专门制作吉卜力美术馆展品、人

---

① 在日语中，"宗介"和"宗助"发音相同。

称"草屋"的设施开始工作。

住在鞆浦的时候，他肯定是边看海边丰富自己想象中的画面。最先敲定的是"这次的主人公来自大海"。接着，宫先生又提出"我想塑造一个超越龙猫的角色"。宫先生拍电影时，总会预先设定一个目标，而这次的目标就是超越龙猫。

想要超越以往创作的角色大概是动画创作者的天性吧，但这绝非易事。伟大如沃尔特·迪士尼，直到人生的最后一刻也怀揣着"想要塑造超越米老鼠的角色"的念头，最终却未能如愿。宫先生能朝着这个目标努力固然很好，但说实话，我觉得超越龙猫可能会非常难。

果然，角色设计工作迟迟没有进展。就在这时，他偶然看到以前孩子们泡澡时玩的金鱼喷壶玩具，便以此为灵感画出了一个亮眼的新角色。这个角色看起来软绵绵的，摸上去弹性十足，因此取名为"波妞①"。片名也从《崖上的宗介》变成了《崖上的波妞》。

"开托儿所吧！"

角色敲定了，下一步是构思情节。波妞从海里来，遇到了宗介。宫先生的电影总是这样，女孩遇到男孩，一见面就喜欢上对方，然后发生各种事情。不过这一次，我们决定把故事的舞台设定成托儿所。因为宫先生一直想拍一部关于托儿所的电影。

仔细看这部电影，你就会发现影片开头还留有"以托儿所为舞

---

① "波妞"的原文为"ポニョ"，形容柔软、有弹性。

台推进剧情"的痕迹。到中途却出现了变化，托儿所的戏份没了。为什么会这样呢？

原来在宫先生开始画分镜的时候，我们得知工作室旁边要建一家寄存站。眼看着隔壁开始动工了，宫先生的脸色都变了。因为他与太太一直想开一家托儿所，最好就开在工作室附近……

一天，宫先生来到我的办公室，一脸严肃地说道："我本想拍一部关于托儿所的电影，不过更想开一家真正的托儿所。"就连许久未见的宫崎太太也来了。她亲口恳求道："希望铃木先生能助我们一臂之力。"

宫先生在制作电影的同时建造了各式建筑。拍《红猪》时建了吉卜力第一工作室，拍《千与千寻》时建了吉卜力美术馆。这回又要建托儿所了。不过家里有小朋友的工作人员越来越多，要是工作室附近有家托儿所确实方便得多。于是我们决定买下工作室旁边的土地，正式启动托儿所的建设工程。开托儿所的目的仅限于服务员工。我女儿刚好有个当保育员的朋友。在大家的帮助下，计划得以顺利推进。

期间电影被暂时搁置了一段时间，见到托儿所的建造工作走上正轨，宫先生也松了一口气，继续去画分镜了。就在这时，我们遇到了一个问题。他本想拍一部关于托儿所的电影，结果却开了一家真正的托儿所，那一刻宫先生便觉得托儿所的事情可以画上句号了。

好了，这下该怎么办呢？开头那些托儿所的场景已经进入了作画阶段，总不能删掉吧。只能在此基础上构思之后的情节，剧情走向变来变去，最后接上了波妞乘着海啸去见宗介那场戏。

由于宫先生是同步推进分镜和作画的，所以经常出现这种情况。勉强推进剧情，反而催生出异想天开的故事，让人感叹"亏他想得出来"。怎么说呢，宫先生是个能把故事讲顺的天才，却也会随心所欲地改变方向，无时无刻不让我感到钦佩。

与亡母的重逢为幻影

本以为剧情能顺利推进下去，可新的问题又来了。一天，宫先生说了这么一番话：

"铃木，我肯定会死在七十三岁的。因为我妈就是七十三岁时走的……等我死了，就能在那个世界见到她了。到时我该先跟她说些什么呢？"

宫先生没在开玩笑，他是那种会认真思考这些问题的人。当时他已经六十六岁了，也许是想提前做好迎接死亡的思想准备。只是他想得太深，以至于陷入了低潮。

亡母在宫先生心中占有很重的分量，作品中的很多角色都以她为原型。比如《天空之城》里的少女希达，还有婆婆朵拉。在宫先生的心中，这两个角色都是他的母亲。希达老了就成了朵拉——这是宫先生的逻辑。《波妞》里的辰婆婆也在这条延长线上。可这次的问题恰好出在辰婆婆身上。

电影快结束的时候，辰婆婆和托儿所的其他婆婆去了一个类似于"那个世界"的地方，这场戏在最初的分镜里简直没完没了。每个人的身体都能自由活动了，大家还一起玩起了捉迷藏之类的游戏。就是这样一场戏，占据了大量的镜头。

宫先生自己肯定想看看"那个世界"是什么样的，所以才画出了那场戏，但考虑到影片的协调性，无奈之下，我只好以制片人的身份暂停了那场戏的制作。

"阿宫，我知道这场戏很重要，可也占用了宗介和波妞的戏份啊。再说如此一来影片变得太长，到时会赶不及上映的。"

听到我这么说，宫先生好像忽然回过了神，说道："哦……"他接受了我的建议，事情总算平息下来。

我有时在想，要是让宫先生按原计划把那场戏画出来，电影会变成什么样子呢？对影迷来说，会不会那样的电影才更有趣呢？我是不是妨碍了宫先生做他想做的事呢？

编辑是作家的第一个读者，制片人则是导演的第一个观众。看了分镜就得发表感想，觉得方向偏了，也必须提出意见，但这些意见并不见得总是对的。好比费德里柯·费里尼，想做什么就做什么，有时候也会出现把观众撂在一边的情况。但也许正因如此他才能拍出了不得的东西来。用常识去阻止他们真的好吗？这真是个令人头疼的问题。

我总是与宫先生讲常识。他为《波妞》的结局发愁的时候，我说："一般情况下，从海里来的总归要回海里去不是吗？"宫先生就说："不，我不会让她回去的！"于是就变成了那样的结局。

在制作过程中，为理莎配音的山口智子的出色演技也令我印象深刻。物色配音演员时，理莎的人选迟迟未定。宫先生和我对时下的女演员了解甚少，所以我们找人帮忙收集了很多演员的声音，逐个听了一遍。听着听着，我们发现年轻女演员有个共同点——说话时总有种思虑过度的感觉，而且说完一句话后一定会呼出口气。后来我发现"Dreams Come True"乐队的主唱吉田美和的演唱方式同样带有这种感觉。也许是她的演唱风格对女演员们产生了影响。

不过，唯有一个人的说话方式与众不同，让宫先生和我同时认定"就是她"。这个人正是山口智子。她能演绎出"普通"的感觉，当然，这里的"普通"是褒义。

我对山口的名字有些印象，但没看过她演的电视剧《悠长假期》，事先也不知道她是个什么样的演员。见到本人后，我才发现她没有一点儿女明星的架子，表现得谦和自然。聊着聊着我们就成了朋友，后来也一直保持着交流。

主题曲大热的背后

一提到《波妞》，自然避不开它的主题曲。宫先生一开始就说："这次需要一首歌。"他想创作一首像《龙猫》中的《散步》那样广为传唱的主题曲。

为此，我们一早联系了久石让。据说他一听到《崖上的波妞》这个片名，脑海中就立刻浮现出了旋律。不过，他觉得若是轻易说有了灵感，问"这种旋律怎么样"，却被我们否决就不好了，所以他当时瞒着我们没说。

宫先生想要的是"父亲和孩子泡澡时可以一起哼唱的歌"。我决定请作画监督近藤胜也作词，当时他女儿小蕗刚好在上托儿所，宫先生也很疼爱她。我心想近藤应该能写出符合宫先生构想的歌词。果然，他交上来的歌词非常完美，和久石的旋律也很协调，组合成了一首十分出色的乐曲。

问题是请谁来唱呢？就在这时，我想到了藤卷直哉。他是博报堂的员工，也是吉卜力电影制作委员会的成员，可这个人在工作上敷衍了事，成天游手好闲。想办法让他好好工作也就成了我人生中的一大挑战。

就在这时，我们需要找人唱《波妞》的主题曲了。藤卷在学生时代组织过一支叫 Marichan's 的乐队，我们制作《波妞》时，他刚和当年的同伴藤冈孝章重新聚首，以"藤冈藤卷"的名义重启音乐活动。最关键的是，他有两个女儿，是个不折不扣的女儿奴。

于是，我想出了一个一石二鸟的办法——让藤卷演唱主题曲，或许会产生不错的效果。既然唱了主题曲，那他肯定得拼命宣传这部电影了。

"爸爸"暂定为藤冈藤卷，"女儿"要怎么办呢？这时，我想到了大桥望美。她参加了波妞的试音，可惜没能得到这个角色，但她的气场却和这首歌非常契合。将她和藤冈藤卷搭配在一起，会发生什么样的化学反应呢？

我立刻把藤卷叫到录音棚，请他试唱一下。我没有把这件事告诉宫先生，正忙活的时候，我感觉到身后有人，回头望去，只见宫先生就站在我身后，脸上没有一丝笑意。

"铃木，你在做什么？"

"想让他试唱一下，看看效果……"我想糊弄过去，宫先生却发火了："这种事怎么能胡闹呢！"谁知他听到音箱里传出的歌声后，便惊呼："咦？"表情都变了。

等藤卷走出录音棚的时候，宫先生心情大好，夸赞道："藤卷，没想到你唱得还挺不错的，说不定能行。"后来，我们试着将他的声音和大桥望美的声音结合起来，感觉非常合适，宫先生也很满意。

我本想着只要能说服宫先生，后面就能一帆风顺了，可这次没有那么简单。当我告诉久石"我们准备让藤卷先生演唱"时，他脸色一变，但出于客气没有当面提出异议。

录制当天，藤卷像以往一样轻松，随意地演唱起来。起初久石老师还默默听着，可唱完第一段，他突然起身走了出去，再也没有回来。我们实在没办法，只能继续录制，就这样完成了唱片。

由于这件事，我和久石的关系变得有些尴尬。再一次见到他是在《波妞》主题曲的新闻发布会。那一天，我还安排了大桥望美和藤冈藤卷的现场表演。久石老师倒是来了，却一句话都不跟我说，肯定是真动了气。

这该怎么办啊……我头疼不已，可身为制片人必须让发布会圆满成功。我想出一个办法：让藤卷紧张起来。他是个见谁都不怯场的人，这种态度在有些人眼里可能会显得有些狂妄。要是在如此重要的发布会上出现这种情况，大家的心血就都白费了。

我问他："去洗手间吗？在台上想去可就麻烦了，还是提前去一下吧？"他说"是哦"，说完便去了洗手间。回来后没多久，我又把刚才那番话重复了一遍。重复了大概三遍以后，我就发现他一反常态，开始紧张了。如此一来，后面的事情就顺利啦。

果不其然，他上台后的态度和平时判若两人，唱得异常认真。他们的歌声打动了在场所有人，尤其是久石。发布会结束后，久石喊住我说："我今天总算明白您为什么选他们了。"听到他这么说，我发自内心地感到高兴。同时心里松了一口气，认定这首歌和这部电影一定都能成功。

谁知，主题曲刚上市时销量惨淡。因为发行方雅马哈想提前推出这张单曲，所以上市时间比电影上映早了半年多。我当时表示过："这时发单曲是绝对卖不出去的。"参考以往的数据，CD 要等电影临近上市才会有销量。

事实胜于雄辩，第一批刻制的三万张 CD，六月之前才卖出了不过三千张。其间雅马哈的负责人找到我说："我们宣传一下吧？"但我拦住了他们。那时我考虑的是，等到电影即将上映的时候再铺天盖地地打广告，发动前所未有的宣传攻势。

有一个衡量广告曝光量的指数，叫 GRP（Gross Rating Point）。我想知道音乐领域的 GRP 最高值是多少，查了之后，发现大概是两千。如果将这个数字提高到一万，会产生什么样的效果呢？我很想做一个试验。

宣传一旦开始，效果便非常惊人。单曲上市半年只卖了三千张，而启动宣传后，每天热销一万张，总销量飙升至五十万张。要知道那时大家都说 CD 已经没有销路了，能有这样的销量非常厉害。更惊人的是在网络配信领域的成绩。当时大家都流行用手机彩铃，主题曲的彩铃卖得特别火，总下载量高达四百九十五万次。

尽管如此，还是有很多人担心这部电影能不能火。有人提出"单曲热卖当然是好事，但受众终究是小孩子啊。你要如何吸引成年人呢"。不过我早有把握，只要歌火了，电影也定会大热。预告片是以主题曲为中心制作出来的，不管三七二十一，先集中火力推销主题曲。没过多久，街头巷尾、公司大楼……每个地方都响起了"波妞～波妞～波妞～"的歌声，这时我才确信这部电影肯定能大获成功。

二〇〇八年七月下旬，《崖上的波妞》一上映就吸引了大量的观众。我本以为盂兰盆节之后才能知晓胜负。节前的两周左右就像是"收费试映会"，在这段时间里看过电影的观众会帮我们做口碑宣传，让电影逐渐火起来——这就是我的设想。没想到影片一上映就势头迅猛，八月前的数据比起《千与千寻》也毫不逊色。

宫崎骏没有"枯萎"的天赋？

现在回过头来看看，我依然觉得《波妞》开头的场景非常惊艳。一想到那场戏全是宫先生亲手画出来的，我就无比佩服。他说他还要再拍一部长篇，我为这份不可思议的创作欲感到敬佩。

我认为电影导演可以分成两类。一类是随着年龄增长枯萎得恰到好处的导演，另一类则是埋头往前冲，不管什么枯萎不枯萎的导演。比如黑泽明导演，就是因为他想枯萎，才发生了那样的悲剧不是吗？黑泽导演的神髓在于充满动感的动作戏，但他想要渐渐枯萎，所以《影武者》里没有任何动作戏，他也因此受到了批评。在晚年作品《乱》中又拍了动作戏，电影的整体主题却是"空虚的人世"。

宫崎骏自己也是想枯萎的。但也许他没有枯萎的天赋吧，只要他提起笔来作画，最后准能做成能量十足的作品。

举个例子，《波妞》里的波浪几乎是宫先生一个人画的，他执着于表现一种新的波浪。当今日本动画师画波浪的方法就是宫先生在制作《未来少年柯南》时发明的，流传至今已经有好几十年了。宫先生觉得是时候创造一种新的波浪画法了。

通过反复的试错，他画出了一些有趣的波浪形态，但有些则画得不那么成功。宫先生自始至终都是个不断探寻新的表达方式的技术匠人。

宫先生想通过《波妞》这部作品将动画重新交回孩子手中。在我看来，他成功了。但也不得不承认，我在看到电影对海啸的描写时，的确产生了疑问："这真是给孩子们看的吗？"因为那种表现手法暗藏着某种疯狂的特质啊。

"3·11"日本大地震发生后，有人讨论过《波妞》的预见性。诚然，在宫崎骏的电影世界里，影片中的事情成为现实是常有的事。

宫先生本就有点悲观主义者的倾向，他一看到兴衰成败的"兴"与"成"，就会去想象"衰"和"败"，所以这种倾向也体现在他的电影中。即便在全民为泡沫经济陷入癫狂的时代，宫先生依然对过度消费的社会风气持批判态度。冷静下来想想，那样的时代不可能永远持续下去，必定会迎来衰亡的。宫先生的预见既是偶然也是必然。总而言之我是这样看待的。

《崖上的波妞》这部作品对宫崎骏而言有着怎样的意义呢？我也不知道。也许在他心里《波妞》还没有结束，因为他提过想拍波妞的续集。而我斩断了他的念想，将他推向了《起风了》……制片人这桩差事真是罪孽深重啊。

借东西的小人阿莉埃蒂
"完美。麻吕，干得漂亮！"米林宏昌导演的处女作

其实除了《借东西的小人阿莉埃蒂》，当时我还有另外一个项目想做。

伊莱恩·洛布·柯尼斯伯格是我钟爱的美国儿童文学作家之一。《相约星期六》《乔治》《乔康达夫人的肖像》都是她的作品，其中我最喜欢《天使雕像》，故事讲述了一个叫克劳迪娅的女孩带着弟弟离家出走，偷偷住进纽约市大都会艺术博物馆，开始探寻天使雕像之谜，据说雕像出自米开朗基罗之手。这个故事妙就妙在舞台设在美术馆。要是将其移植到日本，大概就是上野的国立西洋美术馆吧……我一直在心里酝酿，希望有朝一日把它拍成电影。

我也对宫先生说过："有机会就做《天使雕像》吧！"他起初表示赞成，可真到了关键时刻，却不肯答应做别人提出来的项目了。

也许宫先生这个人就喜欢唱反调吧。遇到这种情况，他会提出各种方案，而且专挑我没看过的作品，其中之一就是玛丽·诺顿的《地板下的小人》。他说："哎哟，原来你没看过呀？"表情还有几分得意。我心想"真拿他没办法"，只能先将项目筹划起来。

宫先生的"经营计划"

与此同时，吉卜力还在推进大规模招聘新员工的计划。动画得"动"起来才算数，没有出色的动画师，什么事情都做不成。我们在《魔女宅急便》上映时开始招聘长期员工，培养出了一些高水平的动画师。然而从某个时期开始，我们发现越来越难找到优秀的人才了。宫先生对此产生了危机感，说了这么一番话：

"工作室里有如此优秀的前辈，一次只招两三个新人进来，一下子不就被压垮了吗？要不要招一大批试试看？一次性招十个人，这样他们也许能发展出同窗友谊，更好地发挥实力啊。"

在宫先生看来，一批人里只要出一个天赋过人的好苗子就行了。因为一个人的才能足以左右一家动画工作室的命运。

招聘广告一打，申请者蜂拥而至。可到了筛选阶段，我们发现大多数应征者是女生。最后入围的有二十个女生，男生才两个。总之是女性的时代。宫先生也烦恼了一段时间，最后还是下定决心，说："没办法，只能这么推进下去了。"

问题是要将新人培训安排在哪里呢？我们打算把新人安置到一个没有前辈的环境。就在这时，宫先生突然提出想把培训安排在名古屋。为了宣传电影，我跑遍了日本各地，其间我向宫先生感叹过："现在全日本只有名古屋还有点活力了。"看来宫先生还记得这句话啊。

我心生一计：名古屋是日本首屈一指的大企业丰田汽车的大本营。何不在丰田的工厂里设一间"西吉卜力"工作室，将新员工送过去培训呢？以往的新人入职后不久就会受到前辈的影响，逐渐养成上班迟到、晚上才慢慢吞吞加班的习惯。如果让新人在制度完备的大企业接受熏陶，养成早起上班、踏实工作的好习惯，也许他们就能成长为优秀的动画师了。于是我便去找丰田商量了一下，他们欣然同意，在总部为吉卜力安排了一个房间。

培训从二〇〇九年启动，第二年我们又录用了十个新人，西吉卜力的新人总数达到了三十二人。虽说是培训，但光练习画图没有意义。于是我们接受了宫先生的提议，让新人为吉卜力美术馆制作电影短片当作练手。原著是中川李枝子老师的《寻宝》。

就这样，《阿莉埃蒂》的项目提上了日程，西吉卜力的人才培养工作也走上了正轨。一天，宫先生来找我说："铃木，以前我们都是走一步算一步，今后必须要有经营计划才行。我为吉卜力制订了今后三年的计划。"

他到底想说什么？正当我纳闷的时候，他拿出一份题为"未来三年"的手写日程表。

除了《阿莉埃蒂》和美术馆用的《鼠相扑》，还要同步推进培训生们制作的《寻宝》，并筹备下下部作品《虞美人盛开的山坡》，最后制作正统的长篇作品——他提出了一整套积极主动的战略，旨在打造一个全新的吉卜力。这份日程表让我深感佩服。

"选用年轻导演，制作两部电影，这期间还要做一部短片。这样大家就能成长起来了！"宫先生显得胸有成竹。

可他又翻来覆去地说道："不知道二〇一一年启动的大作要让谁来导演。可能是我，也可能是别人。我也上年纪了，不好说，不好说啊。"他显然是想亲自出马呀。

我和宫先生也是老交情了，能大致揣摩出他的心思。通过下一部、下下部作品成长起来的员工，还有西吉卜力那边的新人，他都准备用在自己的大作里啊。这是宫先生第一次构想这样的计划，所以才会格外兴奋吧。他还召开了发布会，向工作室和美术馆的全体员工宣布了这项计划。

对"麻吕"感到动摇的宫崎骏

眼看着该为《阿莉埃蒂》选定导演了。许是宫先生在东映动画时期长久参与工会运动的缘故，谈正事时不说真心话，净说场面话的习惯已经深入骨髓了。明明是项目发起人，他却对我说："铃木，作为公司的负责人，你打算让谁做导演？"

这时我忽然想起了米林宏昌，他的昵称是麻吕。

论作画技术，麻吕在吉卜力数一数二。当然，电影不可能靠导演一个人拍。对宫先生而言，麻吕是他执导过程中不可或缺的中坚力量。尤其是《崖上的波妞》，甚至可以说要是没有麻吕，那部作品就不可能问世。

不过，麻吕非常满足于动画师的工作，从没提过要当导演。直到那一刻，我也从未想过让麻吕当导演。只是宫先生用场面话步步紧逼，弄得我有点火上心头，这才丢出最让他头疼的名字，想让他吃点苦头。

"麻吕怎么样？"

话音刚落，宫先生就慌了，声音瞬间软了下来。

"你、你是什么时候想到他的？"

"大概两三年前吧……"

我撒了个弥天大谎。不过宫崎骏到底还是宫崎骏，立刻就稳住了心神。

"好。现在就把他叫来吧！"

麻吕一来，宫先生便告诉他："麻吕，你来做下一部电影的导演！"

站在麻吕的角度看，这无异于晴天霹雳啊。他生性谨慎，不会立刻给出回复。可我和宫先生都是急性子，所以使劲催他："别管那么多了，赶紧答应吧！"过了一会儿，麻吕终于开了口。

"拍电影不是得有思想、主张什么的吗？可我没有啊。"

不等他说完，宫先生和我一左一右，同时抓起桌子上的原著喊道："都写在书里呢！"不知道为什么，我和宫先生遇到这种情况总是特别默契。

麻吕说："那我先看一下吧。"然后就回去了，可他迟迟没有看完。第二天早上，宫先生跑去问他看完了吗，他说没有。又过了一天，还是老样子。好像是他的阅读速度异常缓慢。不到三天，宫先生就说那小子不行，我只能去劝麻吕："求你啦，稍微看快一点儿吧！"

大约过了两个星期，他终于看完了，表示愿意做。那个时候，宫先生已经厌倦了拿麻吕当幌子，但我还是跟他汇报了一下。

"麻吕答应了。不过无论是你的作品，还是高畑老师的作品，不是一贯走导演中心主义路线吗？但这次要以项目为中心推进，又是麻吕导演的第一部电影，我觉得我们得把剧本准备好了交给他才行。阿宫，你没问题吧？"

宫先生听完后回答："好，我来做吧。"我自然是要全程陪着的。最终，统筹剧本的重任落在了丹羽圭子身上。这也是我们继《听见涛声》《地海战记》之后第三次合作。

我在《Animage》编辑部工作的时候，她曾经是我的下属。当时我认识了编剧一色伸幸，曾经邀请他来我们编辑部。他走进办公室，一见到丹羽圭子便惊呼："你怎么在这儿啊！"仔细一问才知道，学生时代的丹羽圭子和一色老师在同一年进了松竹的剧本研究所，人称天才少女。可是突然有一天，她消失得无影无踪。难怪她那么擅长写杂志文章。别看她好像呆呆的，可写出来的东西总能让人眼前一亮。

制作剧本的方法是宫先生讲述各种想法并记录在白板上，然后丹羽圭子再进行归纳整理。问题是，宫先生不会像别人那样，先把大框架搭好，再去丰富细节。他习惯逐步构建每一个细节。细节的设定又会影响到整体，即便按照某个想法把故事推进下去，要是一觉醒来，觉得细节还是得改，就得推倒重来。而且这个过程会不断重复。岂止是朝令夕改，一天改三次他都面不改色。好多编剧就是因为宫先生的这种习惯"壮烈牺牲"了。

丹羽圭子的反应却不同于常人。她会把宫先生当天说出来的想法整理好，第二天带过来，并且指出："这部分好像说不通哎。"其实这个时候宫崎骏已经有了新的想法，所以他会说："哦，那部分我改过了，没关系的。"接着，她会听宫先生讲述他的新想法，再去重写一遍。可宫先生又冒出了新点子……普通的编剧都不喜欢频繁调整设定，会向宫先生提议先搭个框架，渐渐地便会产生矛盾。但丹羽圭子从不说这种话，只是配合宫先生不停地修改剧本。话虽如此，剧本进行到途中的时候我也替他们捏了把冷汗。

"阿宫的想法一天一个样，你招架得住吗？"

"没问题。我这是在旁观天才的思维过程呀，没有比这更有意思的事了。"

过了一阵子，宫先生看了看写到一半的稿子，感慨万分地对我说："铃木，这稿子写得真好！"

举步维艰的分镜

与此同时，麻吕开始做角色设计、美术方面的准备工作了。宫崎骏对此也是既插嘴又插手。麻吕稍微画点东西出来，他就要立刻跑去看一看，提出各种意见。听着听着，导演的思路就乱了，工作也陷入停滞。

曾有许多年轻导演试图塑造不同于宫崎骏笔下的角色，反复试错以致无法前进，麻吕却轻而易举地克服了这个问题。因为他预见到双方一定会围绕角色问题产生分歧，于是彻底想开了，直接采用了宫崎骏的角色。我问麻吕："就用这个角色了？"他爽快地回答："嗯，时间有限嘛。"

美术方面他也秉持了同样的态度。新手导演往往会用力过猛，想要自己拿主意。麻吕却毫不纠结，拿着宫先生画的房子设计图说："那我就不客气了。"直接用上了。通过这些事，我看到了麻吕务实的一面，和他平时给人的印象完全不同。

没过多久，工作室的前辈们接连走进《阿莉埃蒂》的准备室，想要助麻吕一臂之力。作画水平高超的动画师在工作室往往都是格格不入的独行侠，品行有问题的比比皆是。他们一般不适合做需要征服人心、领导团队的工作。麻吕却是个中特例，前辈格外关照他，晚辈又十分敬仰他，简直天赋异禀。当他成为导演的时候，这份天赋就发挥出了巨大的力量。

纵然麻吕展现出了许多让人出乎意料的能力，唯有一点，分镜的进展一直举步维艰。要如何根据剧本组织画面，要把电影拍成什么样的节奏，全都取决于分镜。在《阿莉埃蒂》之前，除了高畑勋和宫崎骏，吉卜力几乎没有导演会亲自绘制分镜。《地海战记》的宫崎吾郎是个例外，那部电影的分镜是他自己画的。但近藤喜文导演的《侧耳倾听》就是宫崎骏绘制的分镜。

于是，我跑去问麻吕分镜准备怎么办，他明确表示要自己来。我立刻向宫先生报告说"麻吕打算自己画分镜"。宫先生说道："好，有骨气！我绝不插手。"但我很清楚，要是把这话当真了，后果将会不堪设想，为此我在附近的公寓租了一套房子，让麻吕单独工作。

果不其然，第二天就出事了。宫先生大闹工作室，嚷嚷着："麻吕上哪儿去了？"他把每一个有可能知道的工作人员轮流叫过去，百般逼问。但大家顶住了压力，没告诉他。因为我提前打过招呼："绝对不能让他知道！"

后来，我去麻吕的藏身之所探班，他给我看画好的第一批分镜，我看完一下子蒙了。分镜画的是电影开头那场戏，小翔和大姨妈坐车来到老宅。麻吕将过程中所有的细节都老老实实地画出来了，比如车子在哪里转的弯、怎么转的，一点儿都没省略，一点儿时间都没"偷"。换句话说，这种分镜根本无法用在电影里，看得我一个头两个大。

我只好教导他："麻吕啊，电影只需画出必要的点就可以了，所以你得学会'偷'时间啊。"他哦了一声，然后陷入了沉默。

之前那么顺利，到这一步还是出了问题……第二天，我怀着忐忑的心情再次去探班。结果他已经改好了分镜，比上一版好太多了。

我问他说："这样多好啊！你为什么不直接画成这样呢？"他嘿

嘿笑了几声。可到下一场戏，又变回了老样子，老老实实画了所有细节。毕竟是第二次了，我忍不住动了气，严肃地告诉他："这场戏只需要画这里和这里就够了！"第二天过去一看，他又是改得特别完美。每场戏都要重复这个过程。

几个来回之后，我忍无可忍，问道："我说麻吕啊，为什么一开始不这样画呢？"他终于老实交代说："因为我习惯了……"

据说他负责原画的时候，宫崎骏频频下令修改，致使他养成了这样的习惯。画好一场戏，他要拿过去给宫先生看，而宫先生每次都要提各种修改意见。麻吕无法预测会有什么修改建议，就养成了事无巨细全都画出来的习惯，如此一来，无论宫先生说什么，他都能立刻改好。我顿时有种受了文化冲击的感觉。

"你之所以全部画出来，是怕我提整改意见啊？"

"对。"

"你画分镜的时候一直在想这些啊……"

我都不知道自己是该佩服还是该震惊了。

"我说你啊……别管这些了，直接按你想画的方式画吧。"

我决定静观其变。他一时半会也难以改掉这个习惯，不过画到最后，情况已经改善了很多。当然，只要你看过电影，就会意识到最后敲定的分镜不单单是"没问题"，而是非常好。

"我们熟悉的吉卜力回来了"

样片完成了，到了检验阶段。就在这时，美术方面出了一点儿问题——看完第一版样片，我觉得背景的画法好像缺了点什么，但麻吕对此一言不发。于是我说道："能不能再改一改背景呢？"来给年轻员工帮忙的男鹿和雄便问："您的意思是要升级对吧？"言外之意就是："工作量也会相应增加的，没问题吧？"我点了点头。

第二版样片的背景有了显著的提升。曾在《哈尔》等影片中担任美术监督的武重洋二为镜头横扫过老宅院子的那场戏添加了不少细节。虽然画面本身没有太大的改变，给人的印象却截然不同。因为他充分计算了观众的视线会如何移动，重点描绘了关键位置。第一版样片的背景画面虽然不错，但观众不知道自己该看哪里。我不禁赞道："小武，你出手就是不一样啊！"他有点难为情，说："大家不太懂这个的。"当时《阿莉埃蒂》的美术负责人还没敲定，而这件事让我意识到小武绝对能担大任，于是就请他做了《阿莉埃蒂》的美术指导。

样片放映会的观众比平时多得多。谁知看完样片后，麻吕还是什么意见都不提。以前都是宫先生、高畑拿主意，这次要如何敲定关键环节呢？主创人员决定碰头讨论一下。可是在会上，麻吕发表了惊人言论。

"那我就不用看了。"此话一出，所有人都愣住了。

麻吕开始陈述他的逻辑："分镜已经完成了，接下来要做的就是给角色配上动作。至于要上什么颜色，交给指定用色的工作人员决定。背景和角色之间的平衡则交给美术指导负责。我只做过动画师，对色彩、美术一窍不通。所以我连样片都不用看。"

一旁的小武苦笑着说："麻吕，你可是导演啊。"但麻吕是个彻头彻尾的现实主义者，一旦明确自己要负责的范围，他就会把自己分内的工作做好，其他的一律交给别人。别看他平时作风散漫，一旦涉及分工，他就毫不含糊。做不来的就明确告诉你做不来，不懂的也会直接说不懂，坚决贯彻这种态度。

换作平时，每制作一部电影，一线的工作人员都会叫苦不迭。但这次在麻吕的领导下，所有人直到最后都开开心心、精力充沛。我觉得这也是他所独有的能力。所以在制作途中，我便意识到这小子是真的有才啊……

虽然大家对电影的最终样片都很满意，我还是担心宫先生看了会作何反应。毕竟影片做到一半的时候，宫先生就完全不参与了，连样片都没有看过。

终于我们迎来了首次试映的日子。影片顺利放完，片尾标记也放出来了。照理说大家应该会在这个时候鼓掌，可这次会场里鸦雀无声。大家都在等宫先生发话。就在这时，宫先生缓缓起身，开始鼓掌。然后，他说了这么一句话：

"完美。麻吕，干得漂亮！"

这是一句无比清晰而明确的夸奖。第一个得到宫崎骏认可的新人导演在此诞生了。

影片上映后反响热烈，观众们都说："我们熟悉的吉卜力回来了！"影院座无虚席。大家可能是透过这部作品看到了一种纯真吧。反过来说，从《风之谷》到《阿莉埃蒂》，一眨眼已经二十六年了，也许吉卜力终究还是老了。

"米林真了不起。他的电影有一种魔力。一部电影的好坏，就取决于它有没有魔力。米林就是一位有魔力的导演。"皮克斯的约翰·拉塞特也对麻吕赞不绝口。我把这些话转达给了麻吕，他可高兴了。

后来，《阿莉埃蒂》入选罗马国际电影节，在各国接连上映，广受好评。接受外国记者采访的次数越来越多，麻吕回答得头头是道，别提有多可靠了。我又吃了一惊，心想："原来他还有这种天赋啊。"

宫先生的心情就比较复杂了。他成功培养出了一位年轻的导演，与此同时也失去了他的得力干将。在我看来，也许这就是宫崎骏不再制作长篇动画的"伏笔"。

电影上映后，我们在隅田川屋形船上举办了盛大的庆功宴。这既是为了表达对麻吕的感谢，也是为了给演唱了电影主题曲的塞西尔·科贝尔饯行。麻吕的太太也来了。她原本也是吉卜力的员工，但我一直没有机会和她好好聊聊，于是说："这次多亏了麻吕啊，太感谢你们了。"结果她非常严肃地说道："铃木先生，我不会让他再做导演了。家里都乱套了。"

尽管麻吕什么都没说过，但那段时间他每天从早上忙到半夜，家里肯定闹了不少矛盾。这就是他导演生涯的最后一部电影吗？那真是太遗憾了……在我暗暗叹息的时候，麻吕主动找到我说："我想再导一部电影。"

他难得如此明确表态。我问道为什么，他却只回答："还留了一些遗憾。"他就是这样一个不善言辞的人，我也没有再追问下去。他的第二部电影《记忆中的玛妮》就是这么来的。麻吕最大的变化，就是他学会了站在导演的角度上统筹全局。在制作《玛妮》的过程中，麻吕再一次脱胎换骨。

虞美人盛开的山坡
历尽艰辛，绘就描写进步时代的青春电影

那是二〇〇八年的秋天，《崖上的波妞》已经上映了一段时间。宫崎骏找到我说："铃木，我们今后必须要有经营计划才行。"他给了我一份题为"未来三年"的计划表，上面写着：在制作《借东西的小人阿莉埃蒂》的同时，为吉卜力美术馆制作短片《鼠相扑》和《寻宝》。二〇一一年推出一部中篇作品。接着，将成熟的年轻员工全部调动起来，以最饱满的状态制作长篇大作——多么宏大的计划啊。

其实在那个时候，完成《地海战记》后回归美术馆的宫崎吾郎找到我说还是想拍电影，我们便开始物色项目了。聊着聊着，就聊到了我一直想改编的伊莱恩·洛布·柯尼斯伯格的作品。《天使雕像》《乔治》《第二位贾康达夫人的肖像》都被列入了候选，差点就进入筹备阶段了，但由于种种原因，这个项目被搁置了下来。

于是我向吾郎提议改编阿·林格伦的《绿林女儿》，我之前就跟宫先生提过这部作品。吾郎接受了提议，还去东欧实地考察了一下，做了一些具体的准备工作。不过，这个题材很难做成中篇，以至于我们不得不再次喊停。

眼看着期限将至，这时，宫先生突然说：

"对了！做《虞美人》吧！"

事情要从二十年前说起。去信州的山中小屋过暑假时，宫先生反复翻看侄女留下的少女漫画杂志。其中收录的《侧耳倾听》和《虞美人盛开的山坡》让他眼前一亮。他还和前来小屋做客的押井守、庵野秀明讨论过如何将少女漫画改编成电影呢。

后来，《侧耳倾听》被改编成了电影，《虞美人》因为"不符合当今时代"而被放弃了。可这一次，宫先生心中有了明确的策划意图。

宫先生是这么想的：进入二十一世纪以后，世界变得越来越疯狂了。为什么会变成这样呢？经济的高速发展和一九六四年的东京奥运会是不是致使日本走向疯狂的催化剂呢？如果将故事设定在那个时代，作品就有了审视现代社会的意义。

听完他的想法，我深有同感。经济的高速增长确实让人们的生活变得更加富裕了。但好景不长，泡沫经济破裂了。人们经历了"失去的十年"，未来仍是一片黑暗。全社会都被一种闭塞感笼罩着。

正当我们终于摸清了项目的大方向时，宫先生突然看着我问道："开东京奥运会那年你几岁来着？""十六岁，上高一。""那……这就是你的电影啊。"

这下可好了，创作剧本期间我接受了宫先生无数次的采访。因为一九六三年是宫崎骏入职东映动画的年份，而作品的主人公是高中生，差了那么几岁。当时的初、高中生是如何看待社会氛围的，对此产生了什么样的感觉？宫先生并不了解实际情况。"所以才需要你出力啊！"在宫先生的要求下，我回忆了很多很多。

二十世纪六十年代的我还很年幼，但我记得那是一段非常光辉的岁月。战后的焦土已成过往，国家实现了复兴，经济开始高速发展。虽然日子依旧穷苦，但社会显然越变越好了。眼前一片光明灿烂的未来……整个社会洋溢着这样一种氛围。

"收入倍增计划"这个词也让我记忆犹新。经济会越来越好，科学的进步会解决各种问题，人人都会过上幸福快乐的生活——大家对此深信不疑。也许是手冢治虫的巨大影响，我们这些团块世代也是第一代的"科学之子"。我小时候也经常捣鼓电机、做做锗管收音机什么的。

一九六〇年刚好是东京开始普及城市燃气的一年。燃气的出现让人们住上了高层住宅，掀起了一股建设公团住宅①的狂潮。新玩意层出不穷，黑白电视机、电冰箱、洗衣机并称为三大神器，逐渐普及开来。后来又出现了彩电、空调和汽车新三大神器，引爆了一场生活革命。

我家是做生意的，因此有一辆用来运货的车，我上小学五年级时就开始开车了。即便在街角遇到警察，他也只会叮嘱一句"要小心哦"。这种事放在今天简直难以置信，但那就是我亲身经历过的时代。

另一件令我印象深刻的事情是，淫猥怪诞的东西从我们身边消失了，让人感觉"纯净的时代来临了"。学校里不存在霸凌现象，打架归打架，但从小学到高中我从没有看到过任何阴险的欺凌。

身边的一切都是积极向上的。当然，负面消极的东西应该也是存在的，但人在埋头前进的时候是不会回头看过去的。于是我们就看不到任何令人不愉快的东西了。再加上在那个时代，全社会都很积极，很多问题也许就这样被掩盖住了吧。

---

① 由日本政府出资建设的带福利性质的住房。

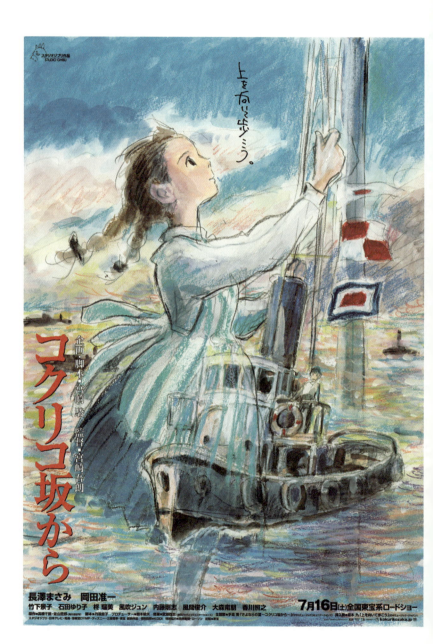

当年的政客、企业家自不用说，就连每个市井平民都抱着"我们要让社会变得更好"的信念。有人说，活在那个时代的每一个人都是幸福的。我在那样的时代背景下度过了多愁善感的时期，也曾坚信世界会越来越好，有过浅薄天真的时光。

可我们盼来的未来是怎么样的呢？生活的确变得富足了，然而在这个物质泛滥的社会，很多人为自己该怎么生存而烦恼，出现了心理问题。这就是今天的日本。既然如此，描写这一切如何开始的时代一定有意义——在和宫先生交流时，我产生了这样的想法。

以日活的青春歌谣电影为原型

向来以导演为中心的吉卜力在制作《阿莉埃蒂》时改走项目中心主义路线，并取得了成功。从策划到剧本均由制片方完成，然后交给年轻导演进行作画。我们决定采用同样的方法制作《虞美人》。宫先生和我负责完善企划案，剧本继续请丹羽圭子操刀。

宫先生在创作剧本时坚持要加入学生运动，对德丸理事长一角也格外重视。这个角色的原型是德间书店的创始人德间康快。虽然大家对他的评价褒贬不一，但他创办吉卜力，让宫崎骏名扬于世是不争的事实。另外，他也确实担任过逗子开成学园的校长和理事长。于是我们就让他以港南学园理事长的身份登场了。也许宫先生是想用他的方式表达对德间社长的感激，以此告慰他的在天之灵吧。

我们将完成的剧本交给吾郎，谁知他一上来就栽了跟头。他说："剧本里面有太多我们这代人弄不明白的东西。"毕竟故事发生在他出生之前，的确有些难为他了。为此我就把回答宫先生的那些话又给他讲了一遍。

不仅如此，我还给他看了好几部当时非常流行的日活青春歌谣电影。最具代表性的作品有《昂首向前走》《永远心怀梦想》《青春东京的屋檐下》《美好的十几岁》等。

《昂首向前走》由坂本九广为传唱的名曲改编而成，而《永远心怀梦想》《青春东京的屋檐下》改编自桥幸夫和吉永小百合的二重唱，《美好的十几岁》则是三田明的歌曲。歌曲先红，然后根据歌曲拍电影，在影片最后再让登场人物一齐大合唱。这就是当年的日活青春电影的惯用模式。

日活的影片原本是走阴暗路线的，大多讲述"男女想分开却藕断丝连"之类的故事。直到二十世纪五十年代，石原裕次郎登场，以华丽的动作戏走红。谁知他后来滑雪摔断了腿，演不了动作片了，于是开始参演《阳光照射的坡道》等根据石坂洋次郎的原作改编的电影。顺带一提，《阳光照射的坡道》是宫先生最喜欢的电影之一。大概是因为影片中有他当年十分着迷的芦川泉吧。石坂洋次郎系列后来还推出了《年轻人》和《青色山脉》。石坂洋次郎笔下的青春和日活的新路线相得益彰，赢得了年轻观众的热烈支持。这也是六十年代的一大特征。

日活青春电影中的主人公并非单纯的开朗活泼。他们怀揣着青春的烦恼，努力让自己活得更加灿烂。即使遇到问题，他们也会一起想办法克服，积极面对。这种态度很符合当时的时代氛围，和《虞美人》的主题也有相通之处。

所以我想在影片中加入一首象征时代的歌曲。既然要加，那就没有比《昂首向前走》更合适的了。而且这首歌在二〇一一年迎来了发行五十周年的纪念日，时机刚刚好。作曲家中村八大老师的儿子也欣然同意，将这首歌作为插曲的事情就这么定下来了。

广告文案也很直接——昂首向前走。正文如此写道：

> 一九六三年五月，横滨。
> 女孩啊，你将升起旗帜。为什么？少年来自大海。
> 两人径直向前。不殉情，也不放弃这段爱。
> 为各自的身世疑惑，为阴暗的青春烦恼！
> 在战争和战后的动荡中，
> 渐渐知晓他们的父母如何相遇，如何相爱，如何走过。
> 人总是活在矛盾之中。
> 人总是活在对他人的绝望与信任的夹缝中。
> 昂首向前走。
> 我是明朗的。这个夏天，吉卜力和吾郎将为大家呈现一场"跨越两代人的青春"！

导演宫崎吾郎的苦恼

拿到父亲写好的剧本，听制片人讲述自己的经验，看了一大堆日活的老电影，描绘一个自己一无所知的时代——吾郎在种种不利条件下开展工作，一定吃了不少苦头。

第一次看当年的青春电影时，他惊呼："这是什么东西啊？"尽管如此，他还是竭尽全力，认真研究了时代背景。"穿越"回某个时代，将自己的所见所闻，包括当时的心境再现出来。从某种角度看，他几乎完成了一场人类学的田野调查。

吾郎交出了令人满意的答卷。在这部电影中，他向我们展现出了客观审视事物的能力。制作《地海战记》时展现的领导能力也发挥得淋漓尽致。只要让吾郎做导演，员工们就能开开心心地投入工作。这是一种难能可贵的天赋啊。

无论碰到什么样的项目，拿到什么样的剧本，都能发挥出自己的特色，打造出有趣的电影——这就是职业导演。如今大家普遍认为电影导演也得会创作，但我总觉得职业导演应该得到更多的认可。

完成《虞美人》之后，吾郎重启了《绿林女儿》的项目，将它做成了电视动画《绿林女儿罗妮娅》，在NHK电视台作为系列剧播出。在这部作品中，他也展现出了职业导演的过人水平。

由于电影必须用两个小时把故事讲完，将原著打散重组的能力必不可少。为了让更多的观众走进影院，我们也需要在一定程度上迎合、服务观众。而电视动画每集二十五分钟，总共二十六集，时长足有电影的五倍多。这样一来，就能逐一还原原著的所有情节了。

我觉得吾郎大概并不擅长迎合观众，或者说是不喜欢如此。他更喜欢按照原著推进剧情，既能保持逻辑通顺，又能保持细节上的一致性。从某种角度看，这种做法和他父亲正好相反。

也许他不适合要求导演具备特殊才能的奇幻作品，可碰上走现实主义路线的作品，他的天赋就派上了用场。尤其是《虞美人》这种需要仔细积累搭建日常生活片段的作品，大概就是最适合他的。

不过细致并非百利而无一害，吾郎的作品难免会显得节奏拖沓。制作期间，我曾试着用1.3倍速播放徕卡带，发现节奏一下子变快了，影片给人的印象也截然不同。我把这件事告诉他，他接受了我的建议，加快了一些场景的节奏。后来，吾郎解释，说节奏慢也许跟他学生时代参与过木偶戏制作有关。木偶戏和动画在生理上的感觉到底还是不一样。

尽管遇到了这样那样的问题，制作工作总体来说还算顺利。二○一一年三月，眼看着项目到了最后的攻坚阶段，"3·11"大地震发生了。受核电站事故的影响，政府宣布要进行计划性停电，如何安排工作成了一大难题。吾郎提议先放三天假，从制作进度上看虽然形势严峻，但考虑到当时的情况，我觉得也是没办法的事。

谁知宫先生听说之后勃然大怒。

"怎么能离开制作现场呢！上映时间已经改不了了，硬着头皮也要上啊！越是这种时候，越是要创造神话啊！"

我能理解宫先生的这番话。他和高畑年轻的时候这一套也许还行得通，可今时不同往日，再搞这一套会造成各种各样的问题。尤其现在的时代，家庭形态、养育下一代的环境都发生了很大的变化。所以我认为放几天假是必要之举。最后我们得出了一个模棱两可的结论：能来上班的就来，不能来的就把家里的事情处理好。

还有一件事也对影片产生了重大的影响，那就是川上量生的登场。二○一○年十二月，他来到我主办的电台节目《吉卜力大汗淋漓》做客。见面之前，我听说他是眼下风头正劲的 IT 创业公司老板，印象不是很好。节目当天他穿了一条破了洞、皱巴巴的牛仔裤，说的每一句话都很真诚，特别有意思。节目途中他突然表示："请让我去吉卜力工作吧！"我心想看来他是真心想去啊。于是第二天就做了一些安排。果不其然，他发邮件给我说："我是认真的。"

一问才知道，他几乎没有看过电影。好不容易进了电影公司，就让他体验一下制作电影的各个环节吧。我决定让他跟着我参与每一项工作，还给了他实习制片人的职位。

我先让他通读了《虞美人》的剧本，问他有什么感想。然后再给他看分镜，让他发表感言。接着放徕卡带给他看，再问一遍感想。结果他每次给出的反馈都不一样。"和我的第一印象完全不同！"他自己对此也很惊讶。

我告诉他："电影就是这样的。看剧本的时候，人会下意识从逻辑层面去解读，但信息的性质会在剧本转变成影像的过程中改变。电影这个东西啊，说到底还是画。"

川上来吉卜力"上班"后没多久，宫先生就把我叫了过去。因为我把他的座位安排在了制片人办公室，而宫先生经常在工作之余来我这里小憩片刻，喝杯茶、聊聊天什么的。

"铃木，那个人是干什么的啊？"我没有多做解释，只给了他三个字：家里蹲。宫先生竟接受了这个说法，还说："哦，他不想工作啊。我倒是挺理解的……"从那一天起，两人渐渐有了交流。

在那段时间里，川上几乎天天来吉卜力报到，自己的公司每周只去一天。他对外宣称自己来了解内容产业、学习市场营销，其实不然。

"每次见到大家口中的成功人士，我都觉得他们看起来一点儿都不快乐，也不知道个中原因。只有铃木先生看上去一脸幸福，这一点让我百思不得其解。"他是一个好奇心旺盛的人，所以特地来吉卜力解谜。

我也对外宣称要跟他合作拓展网络业务之类的，实则是我对川上量生这个人产生了兴趣。当然，Niconico 动画对作品的宣传大有助力，我对此也很感激，但这都是结果。好在我们的动机都不是建立在利益得失上的。直到现在，我们工作和生活上都依然保持着联系。

过了一段时间，宫先生对我说："那个青年看起来更年轻了。"

我觉得川上的确变了，不管作为一个人还是一个企业家。他变得健谈了，也更加开朗了。

而多年来一直参与吉卜力作品宣传工作的制作委员会成员也因为川上的出现焕发了活力。也许这也是电影《虞美人盛开的山坡》带来的效果之一。

奇幻与现实

《虞美人盛开的山坡》收获了四十四点六亿日元的票房收入，成为二〇一一年的日本电影票房冠军。虽然它的成绩不如《阿莉埃蒂》，但一部没有奇幻元素的电影能吸引三百五十五万观众实属不易。这都要归功于吉卜力作品积累起来的口碑和影迷的支持。这样的作品在日本已经越来越难得一见了，但只要用心去做，就会有观众来看——这一点令我格外欣慰。

其实在剧本创作阶段，我曾经逼问过宫崎骏："阿宫，这里面完全没有奇幻元素哎。"他却说没关系。宫先生也想知道，在没有任何奇幻元素的情况下，会有多少人来看电影。从某种意义上讲，也许这也是在为《起风了》助跑吧。

宫崎骏原本是完全不关注票房的，无论是他自己的作品，还是高畑的作品，他都未将票房放在心上。唯独这一次，他开口问我："铃木，票房怎么样？"我告诉他："有这么多人来看呢。"他露出了满足的神情。

他对儿子做导演这件事的态度也和《地海战记》那次截然不同了。他说："只要拍过一部电影就是电影导演了，接下来要怎么做是他的事情。"完成剧本之后，他连作画现场都很少去了。看完第一次试映后，他虽然对一些细节的演绎（比如小海下楼梯那场戏）提了意见，但整体效果符合他的预期，所以他像是很满意。

作品得到了社会各界的好评，批评吾郎沾了父亲光的声音也比《地海战记》时少多了。从这个角度看，这部作品还是很成功的。不过嘛，自己本来想做的项目没做成、剧本是父亲写好的、制片人也提了各种意见……对吾郎来说，这大概是一份让人感到心累的工作吧。

起风了

在纠葛和偶然的尽头刻画地震与战争

我们按照宫崎骏制订的三年计划，制作了《虞美人盛开的山坡》和《借东西的小人阿莉埃蒂》，同时培养出了一批年轻动画师。终于到了宫先生亲自上阵制作长篇作品的时候了。可是做什么成了问题。其实宫先生原本想做的是《波妞》的续集而非《起风了》。

就在《波妞》上映后不久，宫先生盼来了第一个孙子，也许他想做一部孙子爱看的作品吧。然而吉卜力向来有"不拍续集"的方针，所以我总觉得不太合适。另外，我对《波妞》的续集能否拍成小朋友爱看的作品也持保留态度。因为《波妞》中的某些部分并不是为小朋友服务的。上映期间，我去了解过电影院里的情况，据说演到波妞乘着海浪登场的那场戏时，不少小朋友都被吓哭了。毕竟那场戏带有某种疯狂的特质。大人看着津津有味，小朋友却会感到害怕。

《龙猫》也是如此，观影期间也有小朋友看哭了。他们害怕的是龙猫本身。大约到了四五岁就能克服这种恐惧心理了。年纪更大一些的孩子则会迷上龙猫，一头栽进电影中的世界。

我认为这绝非巧合。当然，面向小朋友的电影最好能让人感觉被善良温暖的柔情所包裹着。然而世界上的确存在着可怕的东西，这些东西也必须被认真描写出来——宫先生正是怀着这样的意图创作的。《龙猫》这部作品的神髓便是在呈现温暖的同时也表现出恐惧。

宫先生起初对龙猫有过这样的设想：

很久很久以前，世界上有许许多多的龙猫族。在与人类的战争中，它们几乎被赶尽杀绝。不过幸存的龙猫现身于各种各样的时代。在中世纪，它们是人们口中的"鬼怪"。在江户时代，它们又成了"幽灵"。现在则是"龙猫"……

这就是龙猫背负着的历史。它不仅是一种可爱的生物，也兼具骇人的元素。小朋友们会本能地感受到这一点。

我和宫崎骏打了四十年的交道，深感他最大的特征就是童心未泯。他总能像孩童一样自由自在地发挥想象力，且想象出来的东西不总是光明的，也带有阴暗的一面。这也是他的魅力之一。

从这个角度看，我觉得如果一定要拍续集的话，那也应该拍《龙猫》而不是《波妞》。我们确实考虑过要不要做续集，讲述台风呼啸的一个夜晚发生在皋月和小梅家的故事。真拍出来应该会很有意思，可惜最关键的龙猫不会登场，只能作罢。不过在那之后，我们决定为美术馆做一部短片《小梅和小猫巴士》。

完全没想过要改编成电影

鉴于上述情况，我对续集并不是很积极，反过来提议宫先生接手《起风了》这个项目。原作是宫先生在模型杂志上连载的漫画，讲的是零式战斗机的设计者堀越二郎的故事。宫先生一直在制作电影之余绘制这种飞机、坦克的漫画。不过他只把漫画当成兴趣爱好，算是一种消遣，完全没想过要把这些漫画改编成电影。

我就看准了这一点。宫先生总是一有空就画些战斗机、坦克什么的，工作室的书架上摆满了关于战争的书籍资料，对兵器的了解甚至媲美业界专家。可他在思想上又是一个彻头彻尾的和平主义者，年轻的时候就开始参加示威游行，高呼"反对战争"。这真是太自相矛盾了。有一天，我突发奇想：这是宫先生特有的问题吗？说不定，战后的日本人都有同样的矛盾……

我比宫先生小八岁，生于战后，但我也经常画些战斗机，小时候看的儿童杂志上全是太平洋战争的虚构战记小说。战后民主化不断加深，很多人高举反战的旗帜，可与此同时社会上对战争的兴趣依然根深蒂固。

如果我们能拍出一部电影，以某种方式解开这种关于战争的矛盾情结，那这部电影不就有了问世的意义吗？我如此阐述自己的观点，提议宫先生改编《起风了》。

宫先生是个果断的人，说得极端一点儿，之前的项目基本上都是三秒以内拍板的。谁知这一次，他竟迟迟没有得出结论。我第一次向他提出改编还是在夏天，结果他纠结到年底才下定决心要做。

画不画重庆大轰炸？

故事的主人公是一个年轻人，他一心想要设计出美丽的飞机。可惜他身处大正到昭和的动荡时代，经济衰退、贫穷、疾病、大地

震还不止，战争的脚步声也在悄然逼近。在这样一个时代从事设计飞机的工作，就必然要去研发军用飞机。飞机是"美好的梦"，却也能变成杀戮的工具。他的内心应该是很矛盾的。年轻人如何在冲突与矛盾中生存？作品的主题应该朝这一点靠拢。

具体来说，我们不仅要描写二郎研发战斗机的过程，也必须呈现出他研发的战斗机在战场上做了什么。二郎设计的零式战斗机执行的第一批任务之一，就是对中国重庆实施轰炸。继纳粹轰炸西班牙格尔尼卡之后，重庆大轰炸也拉开了无差别轰炸的序幕。自那时起，世界各地都有城市遭到狂轰滥炸，直到今天仍有平民因空袭丧生。重庆大轰炸和零式战斗机正是一切的开端。也许还从未有电影细致刻画过这场大轰炸，因此将其呈现出来是有意义的，宫先生自己也说应该加入这段剧情。

然而，当分镜画到这场戏的时候，宫先生陷入了痛苦的心理斗争。如果真把这场戏画出来了，观众会做何感想？人们因为轰炸惨死，这时无论二郎说什么，都很难让观众产生共鸣。

另一方面，我也很担心中国的反应，于是去征求了氏家齐一郎的意见。他是制作委员会的成员，时任日本电视台会长，如今已不在人世了。我直截了当地问道："您觉得呢？"他斩钉截铁地回答我说："阿敏，应该做啊！"就是这句话让我下定了决心。我把氏家先生的意见也转达给了宫先生。

"过来吧"变成了"活下去"

然而，这并不是唯一困扰宫先生的问题。身为画师与技术人员，还有一件事也令他发愁。他画了许多幅零战编队飞向战场的画，可怎么画都觉得不对劲。他甚至叫来一位动画师，请他试着做画面设计，可效果还是不理想。苦苦挣扎之后，宫先生决定还是删去轰炸的场景。

当技术人员意识到自己创造出来的东西的恐怖之处时，他们会做何感想？从某种意义上讲，二郎做的事情和发明核武器的物理学家一样，不是吗？科技的功过是一个艰涩的主题。即便如此，我还是对宫先生寄予厚望，希望他能用某种方式将其表现出来。宫先生也的确坚持到了最后一刻，想要攀上这座高峰。

《起风了》本身就是一部结构奇特的电影。由真实存在的人物"堀越二郎"的半生经历，以及堀辰雄的爱情小说《起风了》这两个截然不同的故事交织而成。此外，宫先生起初有意描写二郎与本庄的友情故事，这一元素在电影的前半部分也体现得较为明显。但途中这条故事线就渐渐淡出了，后半段的基调也发生了巨变。菜穗子的病与爱情故事成了故事的核心。

电影最后一幕，二郎伫立在破损到不成原样的零式战斗机的残骸前——这就是宫先生艰难探索出来的答案。

在分镜中，菜穗子在那里对二郎说："亲爱的，过来吧！"然后引着他走向那个世界。这样的结局太令人难受了。我找宫先生商量了一下，最后他将"亲爱的，快过来"改成了"亲爱的，活下去"。只加了一个"い"字，意思就和原来完全相反。① 这么修改真是太绝妙了，我不由佩服得五体投地。

---

① 在日语中，"快过来"写作"きて"，"活下去"写作"いきて"。

松任谷由实的《飞机云》

宫先生以往的作品都有精彩的主题曲作为点缀。这一次，他在制作初期却明确表示不要主题曲。考虑到这部电影的性质，还是减少一些娱乐元素为好，我也十分理解他的用意。

转机出现在二〇一二年年底。就在电影的制作临近尾声的时候，我们策划了一场公开脱口秀，由我和松任谷由实对谈。纪念松任出道四十周年的精选专辑和《魔女宅急便》的蓝光光碟刚好同时上市了。

收到样品CD后，我就在开车上班的路上听了听，最后一首曲子是《飞机云》。我好久未听到这首歌，一下子就被歌词震惊到了。向往天空的"她"年纪轻轻就离开了这个世界，化作飞机云穿越天空——天啊！这不就是菜穗子吗？

我越听越觉得没有比它更合适的主题曲了。在脱口秀的前一天，我决定让宫先生也听一听。

"宫先生，你来听听这首曲子。"我用iPad播放了《飞机云》。

宫先生也大吃一惊，说道："咦？这不是现成的主题曲吗？"

第二天我早早来到脱口秀会场，想找个机会和松任聊一聊这件事。谁知准备工作一直持续到正式录制前，实在抽不开身和她单独交流。我心想，这下没办法了，干脆就在脱口秀上说吧。"我们正在拍一部电影，不知道能不能用《飞机云》做主题曲啊？"我在对谈时如此问道。松任一听便说："我都起鸡皮疙瘩啦，真是太荣幸了。"于是就这样说定了。

脱口秀后第二天，宫先生和邻居们一起去家附近的森林里捡垃圾。

当时有人跟他说："听说你们要用松任的曲子啦？"弄得宫先生一头雾水。原来吉卜力公开邀请松任演唱主题曲的消息已经通过报刊和网络传开了。所以宫先生一来工作室就问我："铃木，你跟她说了啊？"

回过头来想想，《用口红写的留言》和《若被温柔包围》被选为《魔女宅急便》主题曲，也是因为我碰巧在开会前一天去了松任的演唱会。制作电影的过程中，这样的巧合常常会发挥出意想不到的作用。

让庵野秀明为主角配音

让庵野秀明为二郎配音也是因缘际会的产物。宫先生对这个角色的要求是"口齿清晰、声音漂亮、语速要快"。录音指导根据他的要求找来各路演员试音，但迟迟没有找到让宫先生满意的声音。人选迟迟未定，眼看着再不敲定就来不及上映了。

在讨论配音人选的会议上，宫先生越说越烦躁。就在这时，宛若神助一般，我突然喃喃自语道："庵野……"

其实就在前一天晚上，多玩国的川上量生联系我说："有时间见一面吗？庵野先生也一起。"他们在十二点多来找我商量事情。当然，我当时根本没想过要找庵野配音，但他的声音大概留在了我的潜意识里吧。回过神来才发现，我已经说出了他的名字。

宫先生起初还以为我在开玩笑，说："哦，庵野吗？"但片刻后突然脸色一正："庵野的声音？或许是个好主意！"于是我们立刻联系庵野，让他来试音。

"你们饿不饿？这个拿去吃吧。我刚在那家店买的西伯利亚蛋糕。"我们让庵野念了一句台词，一条就过了。宫先生欣喜若狂，庵野微微苦笑道："阿宫都开口了，我怎么好意思拒绝啊。"

庵野是个很有意思的人，平时习惯了说话不张嘴，所以你根本听不清他在说什么。可在媒体采访之类的正式场合，他的吐字却很清晰。也就是说，他有两套说话方式。配音的时候，他发音清晰，表现得非常好。

为菜穗子配音的是泷本美织，声音也很不错。她原本是《辉夜姬物语》女主配音候选人之一，试音时表现得十分出色。高畑很中意她，但思来想去觉得她更适合菜穗子这个角色，便把她推荐过来了。她是个神奇的姑娘，平时说话以及给《辉夜姬》试音的时候用的是完全不一样的声音。可当她对照着电影中菜穗子的镜头说话时便会彻底进入角色，变成不一样的声音。泷本真的是一位天生的演员。

其实高畑和宫先生选择女主角也是很有来由的。

制作《红发少女安妮》的时候，最终候选人之一是岛本须美。宫先生最中意她，但高畑最后选了山田荣子。大概他更注重现实感而不是声音的通透感。不久后，宫先生制作了《鲁邦三世：卡里奥斯特罗城》，请岛本给克蕾莉丝一角配音。那时同样的事情也发生在了泷本美织身上。

说来也巧，制作期间发生的地震让我记忆犹新。宫先生刚在分镜里画了关东大地震，第二天就发生了"3·11"大地震。工作室的所有人都受到了巨大的冲击，甚至有人表示"我画不了这场戏"。宫先生起初也非常苦恼。这次的大地震确实是一场悲剧，很多人为此备受煎熬。但关东大地震是无法改写的历史事实。这场戏对整部作品而言必不可少，我是不想主动删减的。过了一阵子，宫先生总算下定决心，按照原计划将地震画出来。

顺带一提，电影中出现的关东大地震的地动声、零式战斗机的螺旋桨声、机车的蒸汽声等音效都是用人声加工而成的。这个创意来源于为吉卜力美术馆制作的电影短片《寻找家园》。短片中的所有音效素材都出自森田一义和矢野显子，最后做出来的效果特别有意思。先用短片做实验，再用于长篇作品——通过这一点也能看出，宫先生既有实验精神，又非常谨慎。在制作《波妞》之前，他也在短片《水蜘蛛纹纹》中尝试了水中世界的画法。

宣布退休，随即撤回

在《起风了》进入最后的攻坚阶段时，高畑制作了八年之久的《辉夜姬物语》也终于看到了胜利的曙光。负责《辉夜姬》的制片人西村义明联系我之后，我立刻拜访了高畑。

《萤火虫之墓》和《龙猫》的同日上映已经是二十五年前的事情了。宫崎骏与高畑勋既是亦师亦友的对手，又是日本动画界久负盛名的领军人物。要是这回两位大师的作品又能在同一天登陆大银幕，说不定就是最后一次同台竞演……若能实现，必将受到各路媒体的关注。

听我讲完同日上映的计划，高畑问道："你打算这么炒作吗？"我坦然回答："是的。"毕竟是投入了大量时间与预算的大作，我当然希望有更多的观众前来观看。但高畑不想借助这样的噱头。后来，由于《辉夜姬》的制作进度滞后，我也不得不断了同日上映的念想。

《起风了》的票房收入为一百二十亿日元，荣登二〇一三年票房榜首。单看影院上映的收支情况，这部电影却没有盈利。高畑和宫先生一旦认真拍起电影，制作成本就会如此惊人。

电影完工后，宫先生立刻表示："我要宣布退休。"他召集员工，当众说了一句话："我做不下去了。"他没有多说，大家也没有多问。从《风之谷》到《起风了》，二十九年过去了，宫先生也竭尽全力了。我也不想强加挽留。

不过，我反对他立刻召开记者招待会宣布退休。如果在电影上映前发布这个消息，"宫崎骏退休"就会沦为宣传点，我认为那样不太好，所以劝阻了心急的宫先生，让他等到九月，到时候电影的放映也告一段落了。

可随着时间的推移，宫先生退休的决意逐渐减弱了。到了新闻发布会的前一天，竟变成了"不再制作长篇电影"，换句话说，短篇电影还是做的。

现在回想起来，只怪我当时判断失误了。打了这么多年的交道，还是没能认清宫先生这个人。他嘴上说要退休，内心深处却不是这么想。我本该察觉出异样，只怪当时乱了阵脚。我也有很多退休以后想做的事情，所以有些在意了吧。我气自己不中用，明明说过"电影导演没有退休的概念"，却一不小心上了宫先生的当。

另一方面，高畑好像早就预料到了事态的发展。《辉夜姬》上映后，《文艺春秋》杂志邀请我们做了一场三人会谈。当时高畑问道："宫先生，你真要退休吗？"结果宫先生说："不，那是铃木的阴谋……"也许那时他已经暗暗打算撤回退休宣言了。

下一部作品是《你想活出怎样的人生》

后来，宫先生在为美术馆制作短片《毛毛虫波罗》时，又渐渐燃起制作长篇电影的热情。在跟拍制作过程的 NHK 纪实节目中，他表示要复出，想必很多人都看到了。他自己还在和半藤一利的对谈中说漏了嘴，透露了新作的标题是《你想活出怎样的人生》。

宫先生敬爱的作家堀田善卫在最后一部全集的后记中写了这么一句话：日本社会仿佛画出了一条抛物线，走向了大众消费社会。人类从创造者变成了消费者，连文学也遭到了娱乐化和信息化，成了消费的对象。

人们再一次将视线投向吉野源三郎的《你想活出怎样的人生》，恐怕也是出于对这种现代社会的反抗吧。电影的内容和吉野的书没有直接的关系，但得知宫先生以此为片名时，我深感佩服。有些业界同仁看到片名后说"太老土了"。我却觉得"宫先生宝刀未老啊"。在这个被闭塞感笼罩、充斥着无处容身的氛围的社会中，这一主题绝对能勾起大众的兴趣。

我暂且不能透露过多的细节，但是光看分镜的话，不得不说宫崎骏到底是宫崎骏，就像一个永远都不会长大的少年。看到宫先生在作画间精力充沛地工作，我不由得感慨，他肯定不甘心用《起风了》这样的现实主义作品为自己的电影生涯画上句点吧。宫崎骏的神髓终究还是奇幻啊。

立志创作文学或电影的人往往会在年轻时挑战大的主题，然后一边创作一边苦苦挣扎。有时他们会无法消化好这个主题，比如《幽灵公主》就是如此。由于主题太过宏大，它的完成度也许并不算高，但能够投射出创作者拼命挣扎的模样，让观众产生共鸣，《起风了》也表现出了这样的一面。而此时此刻，宫崎骏也正在为下一部电影挣扎、煎熬着。

看到创作者饱受折磨，制片人心中反而会充满期待。多亏了宫先生，我再一次深刻体会到，创作果然很有趣啊！

记忆中的玛妮
我不适合做 GM

就在我们制作《起风了》的时候，麻吕突然来到我的办公室说："我想当导演。"我大吃一惊。

《借东西的小人阿莉埃蒂》这个项目结束后，我完全没跟麻吕聊过下一部电影。庆功宴上，麻吕太太也明确表示不想再让他做导演了。麻吕的确拼尽全力了，但这也让他的家庭危在旦夕。太太希望丈夫多顾家，我也很理解她的感受。

本以为以后恐怕很难再让麻吕拍电影了，谁知他主动找到我说想做导演。我问的第一句话就是："你太太同意吗？"他说："我们已经认真谈过了。"我又问："你有什么想做的项目吗？"他说没有特别想做的，只想再做一次导演。"我在《阿莉埃蒂》里留了一些遗憾……"我一边回答这样啊，一边却在回忆宫崎骏的话，展望吉卜力的未来。

当时宫先生已经决定退休了。而且还提出，等做完《起风了》和《辉夜姬物语》，工作室的业务也要停一停。我很理解宫先生的心情，从各种角度来看，工作室的确处于难以制作新片的情况，我也不打算违背宫先生的意愿。

只是吉卜力有大量的固定员工，即便要停工，也得考虑到他们的去向，不能说停就停。我们需要一段时间为公司的休整做准备。我也觉得一边制作新片一边推进这件事会更好。

麻吕就是在这种情况下找到了我。我对他说："要不要试试这个？"然后拿出书架上的《记忆中的玛妮》递给他。我很喜欢这本书，好几次萌生出要将它改编成电影的念头。我问麻吕："你看过吗？"他回答说没有。

麻吕本是个不太看书的人。可作为动画师，他拥有出类拔萃的技术。尤其在"刻画女生"这方面，无人能出其右。他不仅能把女生的脸蛋画得漂亮可爱，就连纤纤玉指的小细节也能画得格外动人。单看这一点的话，连宫崎骏都比不上他。所以我向他提议道：

"你不是很擅长画女生吗？这部作品里有两个女生，简直是为你量身打造的。"大概是这句话引起了他的兴趣，他说："那我先看看书。"然后就把书带走了。

制作《阿莉埃蒂》时，他花了很长时间才把原著看完，让宫先生和我急得像热锅上的蚂蚁。谁知这回他不到一周就看完了，再次来到我的办公室。"这本书很有趣，但我觉得要把它做成动画恐怕很难。""那要换别的吗？可有没有合适的呢……""请让我再考虑一下。"经过讨论，我们决定姑且朝着改编《玛妮》的方向去推进项目。

劝说麻吕的时候，我虽然反复强调可以画可爱的女生，但选择这部作品自然也有我的考量。首先，围绕主人公安娜和玛妮之间关系展开的故事非常有趣。其次，虽然作品诞生于二十世纪六十年代的英国，刻画的主题却与现代社会的日本儿童所面临的问题直接相关。

心理学家河合隼雄在著作《阅读孩子们的书》中以《记忆中的

玛妮》为例，从"灵魂的重生"这一角度解读了这个故事。

"为了理解安娜所处的状态，我们必须将视线转向将人的心灵和肉体联系起来、使人成为一个整体的第三领域。我想将其称为'灵魂'。安娜的灵魂病了。"

在名为湿地大宅的灵魂国度，安娜是如何通过与玛妮的心灵沟通逐渐痊愈的呢？看完河合的分析，你就会理解这部作品的真谛。

近三十年来，电影刻画的主题从人的外在转向内心，探讨灵魂问题的作品越来越多了。这也是《千与千寻》大受欢迎的原因。从这个角度看，只要能把原作的主题恰当地刻画成现代人所面临的自我问题，不就会有很多观众来看了吗？不，不仅如此。在众多以自我为主题的电影中，它甚至有可能成为登峰造极之作。

要实现这一目标，剧本尤为关键。我认为只有丹羽圭子能够刻画这样的主题，原因有两点。

第一，她是时下难得一见的职业编剧。近年来除了小说家，连编剧都开始注重自我表现了，丹羽圭子却恰恰相反。比起自己想说的，她更倾向于激发原著的魅力，想方设法将其改编为有趣的电影剧本，是一位拥有匠人精神的编剧。

"按理说这次的原著很难转化成画面，麻吕也这么说。但电影终究是由画面组成的，所以我希望你能考虑一下怎么改比较妥当。"我提出了这样的要求。她问："这部电影的主题是什么？"我半开玩笑地回答："这得你自己想啊。"其实这正是我请她负责剧本的第二个原因。因为她是为"自我问题"烦恼的第一代人。

她恐怕也遭遇过关于自我的难关，然后用自己的方式克服了它。只要拥有这样的经验，就能理解安娜的心境并客观地写出整个故事。于是我对她说："我觉得原著的框架本身就包含了现代人易于接受的

主题。只要能表现出两个女孩的差异，一定会很有意思。"

看完她提交上来的初稿，我感到由衷的佩服。明明是沉重晦涩的主题，却营造出了轻盈明快的氛围和出人意料的开阔感，真是一部质量上乘的剧本。

把最终决定权交给一线

过了一段时间，《起风了》完工了，《玛妮》的制作正式启动。吉卜力之前的大部分影片都由我担任制片人，但考虑到工作室的未来，我觉得停工前的这部作品最好让年轻人挑大梁。于是，我询问负责《辉夜姬物语》的西村义明："你要不要做《玛妮》的制片人？"他将自己的八年青春献给了《辉夜姬物语》，此刻正处于最后的攻坚阶段，我告诉他："剧本已经完成了，而且这部作品花不了那么长时间。"他似乎松了一口气，表示愿意试试，态度很是积极。

选定工作人员、管理作画现场、宣传等制片人的工作基本都交给了西村。不过作画监督和美术监督是决定作品质量的关键，所以这两个人是我亲自选定的。

作画监督由安藤雅司担任。他本就是在吉卜力成长起来的动画师，以作画监督的身份参与了《幽灵公主》和《千与千寻》的制作，表现抢眼。后来，他离开吉卜力，在各大工作室积累了经验。当时他加入了《辉夜姬》的制作团队，又回到吉卜力上班了。

安藤的能力毋庸置疑，完全可以胜任作画监督的工作。唯一让我担心的是，他对麻吕而言是一位前辈。我干脆去问麻吕："你觉得安藤怎么样？"麻吕回答："如果他愿意接，我就有信心多了。"

于是我又去找安藤商量。他迅速看完了原著，态度很积极，不过他提出一个条件。他想画自己认同的东西，所以有意参与剧本和分镜的创作。我与他约定这件事可以跟麻吕商量，姑且先请他加入了团队。

至于美术监督，我请到了种田阳平。在真人电影领域，他一直是备受赞誉的美术专家，和吉卜力也有过几次合作，比如"借东西的小人阿莉埃蒂 × 种田阳平展"。也许他的加盟能为动画片的美术注入某种新的元素。我抱着这个想法联系了他，他也对项目很感兴趣，欣然表示同意。

剧本由丹羽圭子负责，绘画有安藤雅司和种田阳平把关。有了如此强大的阵容，事情已经成功了一半。接下来就是站在高处，看看年轻人能创造出怎样的作品吧——这便是我当时的心境。

因此，我把自己的职位从制片人改成了 GM（General Manager）。恰好在同一时期，落合博满卸任中日龙队的主教练，改任球队 GM。我在心里想："好嘞，我也要当 GM！"我还将此事告知了落合，他说："当 GM 可比当教练有意思哦！"

然而，我改任 GM 对这部电影来说是好是坏，就是一个非常微妙的问题了。看到提交上来的分镜后，我发现作品的方向和我当初的设想不太一样。具体来说，与剧本的初稿相比，台词明显变多了。我大吃一惊，忙问西村："台词怎么多了这么多啊？"他告诉我，这是因为他们接受了安藤的建议，对剧本进行了修改，以便更好地还原原著。

据我猜测，安藤大概是想让剧情更有逻辑性。他是那种执着于"画对"的动画师。无论是素描、动作还是演绎，他不接受任何不合逻辑的地方。而这一次，他的执着不仅影响到了画面，还影响到了剧情。

要想在电影中描写一件事，我们可以采用两种方式。一种是看画面就能大概明白，另一种则是用台词仔细解释。麻吕和安藤就因为这两种不同的方式爆发了冲突。导演和动画师的关系本就复杂。宫崎骏和安藤搭档的时候，气氛也一直很紧张。

　　我心想，既然将决定权交给了一线，就不该贸然插嘴。可拿到终稿一看，台词量几乎是原先的一倍多。如果我是制片人，肯定直接跟麻吕提意见了。但这一次，我决定找制片人西村聊一聊。

　　"我理解你们想要突出原著里的元素，可改成这样，会不会丢掉电影最关键的部分呢？"

　　我如实道出自己的感想，剩下的交给西村定夺。

　　在那之后，我也只是在关键节点提些参考意见，最终决定权还是掌握在一线工作人员手上。

　　以音乐为例。吉卜力向来与久石让合作，并由大型管弦乐队演奏具有一定厚重感的音乐。其实在日本，正式"使用管弦乐队演奏电影配乐"可能就是从《风之谷》开始的。在那之前，电影配乐用的往往是较为单薄的乐曲。电影音乐是不是也该与时俱进了呢？——我早就产生了这样的想法。制作《阿莉埃蒂》的时候，我们也请法国的塞西尔·科贝尔为作品配了简约朴素的竖琴曲。

　　于是我向麻吕建议："干脆只用一把吉他如何？"毕竟主人公是两个少女，刻画的题材也很细腻，所以配乐最好不要太过隆重。极端的做法是只用一把吉他，最多再加点钢琴。具体来说，我想要的是《禁忌游戏》那样的效果，那部电影的所有配乐都是纳西索·耶佩斯用一把吉他演奏的。我甚至考虑过直接用那部电影的乐曲。

　　但麻吕说："如果要用吉他的话，《阿尔罕布拉宫的回忆》怎么样？"我也会弹点吉他，便说："唔……《阿尔罕布拉宫》啊，是用轮指吧？"心里却在想，我不是这个意思啊……

因为在我看来，杏奈和玛妮之间的关系从某种意义上讲是一种"禁忌游戏"。如果能用音乐烘托出这一点，也许就能打造出不同于以往的吉卜力作品了。麻吕在潜意识中也想要刻画出这种元素，我想将他的这种欲望激发出来，所以没有过多干涉，最后还是让他们自己拿主意了。

说到音乐，为影片演唱主题曲的普莉西拉·安也引发了一场小小的"争夺战"。实际上在我们制作《玛妮》的时候，宫崎吾郎离开了吉卜力，专心制作 NHK 电视动画《绿林女儿罗妮娅》。就在这时，普莉西拉来到了日本。她是吉卜力的粉丝，在吉卜力美术馆举办了一场演唱会。吾郎和西村听完之后不约而同地提出想请她演唱主题曲。听说《罗妮娅》的制作组已经在筹备这件事了，我立刻建议西村赶紧飞一趟美国，先下手为强。西村连忙动身赴美去见普莉西拉，敲定了这件事。这次美国之行总共三天，只歇了一个晚上，日程非常紧张。

吾郎闻讯后埋怨我说："我们也在考虑她呢，这样抢人太过分了。"这时，我想起了夏木麻里。她为《千与千寻》中的汤婆婆配了音，我们自那时起一直保持着联系。她给我寄了新歌的样带，让我听听看。我一听觉得那首歌特别好，非常适合《罗妮娅》，于是介绍给了吾郎。他也很喜欢，争夺战的风波这才平息了。

在物色配音演员时，我推荐了松岛菜菜子。我和她因机缘巧合相识。我问她是否有兴趣配音，她说："有机会请一定联系我！"于是我告诉她："我们正在做一部这样的作品……"她欣然同意，事情很快就敲定了。我们请她为杏奈的养母配了音。我对麻吕说："难得请到了松岛女士，你就把她的角色画得漂亮一点儿吧。"结果他说：

"现在改已经来不及了啊……"

《玛妮》的宣传工作也是一波三折。我本想把宣传工作也交给西村，可他说："制作那边太忙了，宣传就麻烦您盯一下吧。"我只好亲自出马了。

从《你的名字》的爆红来看，如今的观众不喜欢广告味太重的宣传方式，社交媒体的口碑宣传渐渐成了主流。这种趋势在《玛妮》上已经有所体现了。我早已察觉到大环境的变化，所以对宣传团队强调了这一点。关键是如何在现实世界中制造爆点，并将爆点引向社交媒体，使其蜕变为话题。我告诉宣传团队的成员："这一次将是这种宣传手法的试金石。"

在宣传方面，我只明确了大方针，其他的都让年轻员工拿主意。我本以为如此一来大家就能自由发挥，尝试各种想法，结果却不太理想。一方面是因为传统的宣传手法仍具有一定的效果，但首要原因还是参与电影宣传工作的人太不熟悉互联网和社交媒体了。这一点似乎跟年龄没有太大的关系。总之，我们的宣传没有引发有趣的化学反应，这的确令人遗憾。

奇幻作品将走向何方？

上面讲的都是我对《玛妮》的一些真实想法，不过当初也是我自己决定要以那样的身份参与这部作品的，怪不了任何人。

看到完工后的电影样片，我还是有些不满意。

"这和我们本来想呈现出来的《玛妮》相差甚远啊。尊重原著就是这么回事吗？"

我对西村和麻吕都如实表达了自己的感想。麻吕当然有做导演的能力，工作人员也都拼尽了全力，所以作品的质量维持住了一定的水准。但我不得不说，作为一部电影，它给人一种虎头蛇尾的感觉。

讲到这里，我也意识到了一件事——我并不适合做GM。我所能做的只有和导演全力碰撞，共同推进工作。这就是事实。麻吕、西村还有安藤，如有冒犯，还请见谅。

至于票房，我一开始就觉得这部作品很难大热，最后能达到三十五亿三千万日元，真的是十分不易了。

我认为票房难创佳绩的原因除了影片的质量和宣传方式之外，还有一个更为本质的问题，那就是我察觉到社会已经开始逐渐转变了。说得再具体些，就是大家已经开始厌倦所谓的"寓言式电影"了，厌倦了用动画去描绘出一个奇幻的世界，再透过它来回顾现实世界。决定暂停制作新片的直接原因固然是宫先生的退休，但我所感觉到的社会变化也是背景原因之一。

我认为《玛妮》能在这样的大环境下交出一份还算不错的答卷，原因有二：一是要归功于项目参与者的不懈努力和吉卜力长久以来累积的信誉。二则是《玛妮》得到了中年男士的喜爱，这是我始料未及的。

不过仔细想想，倒也能理解个中缘由。人到中年，每个人都能望到前方的路。前景光明的人毕竟有限，没有盼头的才是绝大多数。据我所知，喜欢这部作品的人当中没有一个是生活一帆风顺的，大都过着一眼望到头的日子。这大概是因为电影中蕴藏着体恤弱者的温情吧。

反过来说，年轻人变得越来越强大，我们很难用这样的作品抓住他们的心，他们的目光更多地投向了现实。如今，这种倾向变得愈发明显，他们开始全盘否定上一辈人所做的一切了。当下的年轻人不想要电视剧中的"谎言"。换作以前，让人惊呼"什么"的意外转折是观众喜闻乐见的，然而时至今日，这种元素已经无法让他们感到惊讶了，也许他们根本就不相信故事本身。他们只相信推动现实的原则，不相信流于幻想的原则。

圣埃克苏佩里说过"真正重要的东西，眼睛是看不见的"，但这句话只适用于"人们只相信自己肉眼可见的东西"的时代。他也说过，"人类最后患上的是一种名为'希望'的疾病"。是只相信肉眼可见的现实，还是相信现实之外的幻想和希望？世界似乎在这两岸之间来来回回。

好比在平安时代，贵族们信奉的佛教主张现世福报。然而到了镰仓时代，现实让人深感无力，净土思想得到广泛传播。在现代，人们同样置身于满是束缚的现实，认为幸福在于来世、一心求死的人或许会越来越多。实际上不就是这种深层心理造成自杀式恐怖袭击频频发生吗？

在我看来，过去奇幻作品曾是治愈心灵、抚慰人类的良药，米切尔·恩德明确表示过它有这样的功能。另一方面，也有人对这种观点提出质疑。其实放眼电影的世界，你会发现它的力量的确正在减弱。

但宫崎骏必须另当别论。因为他笔下的世界极具现实感，以至于用"奇幻"这个词来形容都不太贴切了。一个片断不仅具备起承转合，还能让人有所受益。先创造一段恬静的时光，然后突然进入强有力的场景。利用这样的落差，虚构的世界衍生出了强烈的现实感。这就是孩子们沉迷于宫崎骏作品的原因。这种影响力简直可怕。

奇幻作品将走向何方？我也不知道。不过，我们之所以制作《记忆中的玛妮》，是为了鼓励那些在现实世界中饱受折磨的人，为他们注入活下去的力量。也许我们并没有给出现实的解决方案。但我们可以陪伴你，告诉你"并非只有你一个人在受苦"。

说句题外话，也不知道宫先生这人是热心肠还是爱管闲事，只要是年轻人的作品，他都是既插嘴又插手的。可这次他一直忍着不去作画间，直到看到麻吕画的第一幅海报，大概实在忍不住了，气恼道："麻吕那小子，净画这种美少女的图！"

宫先生当时恰好在为吉卜力美术馆的"胡桃夹子与老鼠王展"制作展品。他画了一张主人公玛丽的画作为展览海报。只要仔细观察，你就会发现玛丽穿着和玛妮同款的睡裙。麻吕笔下的玛妮面含略带神秘的笑容，隐约透露着娇媚。而宫先生画的玛丽则站得笔直，正欢快地向前走着。 这是宫先生在用自己的方式下战书呢，言外之意是如果换他来，就会这样画玛妮。

宫先生就是这种人。即便对方是年轻人，他也会视为竞争对手，果断挑战。退休二字早就被他抛到九霄云外去了。后来，他着手为美术馆制作短片《毛毛虫波罗》，最后连长篇大作也开始筹备起来了。

另一方面，麻吕在完成《玛妮》后离开了吉卜力，与西村一起成立了新的工作室，并开始制作新作《玛丽与魔女之花》。他本就是个才华横溢的动画师，经过《阿莉埃蒂》的历练，在执导电影方面也开了窍。制作《玛妮》的过程中，他积极参与美术、音乐等电影制作的环节，拓展了自己的导演能力。他制作精良作品的实力更是有目共睹，只是在"找到自己的主题，并将其在故事中表达出来"这方面还有所欠缺。

但我觉得，有麻吕这种风格的导演也未尝不可。和编剧一样，电影导演原本也不需要有创作性和自我表现力。当年的职业导演拍了许多制作精良的电影。然而，人们要求现代的电影导演具有创作性，擅于表现自己。我认为这是导致日本电影界变得如此复杂的主要原因之一。我一直拿莎士比亚举例。莎翁的戏剧在全世界上演了无数次，在各路导演的演绎下，同样的剧本催生出了各式各样的作品，观众也乐在其中。我觉得电影完全可以稍稍回归到那种状态。

听说麻吕对新片给出了这样的评价："我认为这个故事属于活在未来的孩子们，也属于我们自己。我们活在一个二十世纪的魔法已不再通用的世界。"他是坚持做一个职业导演，还是更进一步，挑战全新的领域？此时此刻，我想满怀期待地注视他将走向何方。

最初で最後の
ジブリ特別鼎談

第一次

也是最后一次

吉卜力

特别会谈

宫先生，再拍一次不就好了？

铃木：这是我们第一次搞三人对谈，说不定也是最后一次。二〇一四年是吉卜力成立的第三十个年头。去年，宫崎骏执导的《起风了》和高畑勋执导的《辉夜姬物语》双双上映，后来阿宫又宣布退休，事情一桩接一桩。所以才想找个机会，三个人面对面聊一聊。

（转向编辑部）……各位有什么想问的吗？

——首先请宫崎导演发表一下对《辉夜姬物语》的感想，再请高畑导演谈谈对《起风了》的感想吧。

宫崎：《辉夜姬》里有一幕是砍长竹对吧？我心想竹笋这个东西不是得趁它快要探出地面的时候挖吗？看得我心里七上八下的。

高畑：那是桂竹，所以那样处理没问题。如果是毛竹，那的确如阿宫所说，但当时毛竹还没有传入日本。我可是做了功课的。

宫崎：这样啊……其实业界有一条不成文的规矩，做导演的不对同业人士的作品评头论足。

高畑：我倒是觉得这样挺好。每位创作者都各有所长就挺好。

铃木：不过，编辑部可以随便问。

高畑：嗯，这倒是。我和广大女性观众一样，将《起风了》当成堀越二郎和菜穗子的爱情故事去看，觉得那样也是讲得通的。不过有句话不知道该不该讲……在电影的结尾，有一个场景是大量不成原样的零式战斗机（以下简称为零战）堆在一起。我觉得在那之前，是不是应该交代一下这场大战发生了什么，加点客观描写也好啊。

宫崎：我也考虑了很久，可总觉得要是画了，就有点制造不在场证明的意思了……于是就决定不画了。

高畑：在零战变成残骸的同时，也有无数人不幸丧生。有一定年龄的人也就罢了，但很多年轻人不明白那场战争是怎么回事。我还是很希望你能画出来，无论用什么样的形式。不过我也觉得，你是在深思熟虑之后才决定那么处理的，因为你不可能没有想过这个问题。

宫崎：嗯。也许是我看了太多关于零战的纪录片吧，这方面的证词和记录有很多。我觉得，在完全不接触这些东西的前提下，恐怕不可能只靠动画让观众完全理解，只会变成一根刺。我本想加入这种场景，但零战从抗日战争一直飞到了战争结束，如果加了，篇幅就长了。

高畑：我还是觉得可以在作品里留一点儿时间，让大家记起当年发生过什么，哪怕只有短暂的片刻也好。

宫崎：我早就料到阿朴会提这样的意见了，可假设我画了那些场景，零战设计师堀越二郎的形象会改变吗？完全不会啊。

高畑：这倒是。

铃木：两位的作品上一次同年上映，还是一九八八年的《龙猫》和《萤火虫之墓》呢。不过那次是同天上映。其实这次的同年上映真的是个巧合，毕竟《辉夜姬》一做就是八年。

高畑：哎，常有人这么说，可我也不是八年间一直都在做《辉夜姬物语》啊。

五十多年前在东映动画工作的时候，我写过一份企划案，将《竹取物语》改编成动画电影，请内田吐梦执导。也不知道为什么，八年前的那一天，在我去铃木办公室那天的早上，突然想起了它。我心想《竹取物语》并没有提到辉夜姬为什么会从月亮来到人间。月亮也许是一个纯净无垢的世界，没有花草树木等自然生命，也没有人类的情感。所以辉夜姬才会向往地球。 如果从这个角度切入，也许就能拍出全新的竹取物语了，一定会很有趣。

我当时还没有做好亲自执导的思想准备。《辉夜姬》是个好项目，即使不是我执导也会很有意思的，而且我本身也不喜欢王朝题材。

"再这么下去要花二十年"

铃木：高畑老师当时是这么说的："竹取物语是日本最古老的故事，总该有人把它好好拍成电影。"于是我就问："您愿不愿意做那个人呢？"可他没说好，只是哦了一声。所以我们决定先探讨下去看看。

正式开始制作之后，高畑老师采用的方式是只靠值得信赖的少数精锐推进项目，这在吉卜力是很罕见的。我本以为，只要一点一点做下去，总能估算出大致的完工日期，谁知负责《辉夜姬》的制片人西村义明告诉我说再这么下去，搞不好要花二十年。于是我们改用原来的制作模式，投入了大量的人力，可即便是这样，完工依然遥遥无期。我本想让《辉夜姬》和《起风了》同日上映的，无奈

《辉夜姬》一拖再拖，最后延到了十一月。

宫崎："少数精锐"这个词只是说说而已。虽然很多人都拥有自己没有的才能，但自己理想中的精锐是根本不存在的。当时只能靠身边的人做。

高畑：要是没有负责美术的男鹿和雄老师，还有负责人物设计、作画设计的田边修君鼎力相助，这次的作品恐怕就不会问世了。他们手下的工作人员也付出了万分的努力。在制作动画的过程中，大家将男鹿老师绘出的水彩风景、田边君那富有魅力的线条和留白运用到了极致，从这方面来看做得很成功。

有些话很难当着吉卜力的两位中流砥柱说，其实在制作《辉夜姬》的过程中，我逐渐意识到，单单做出一部以竹取物语为题材的电影是不够的，不彻底实现我想达到的目标就没有意义了。一旦产生这样的想法，对进度的把控难免松懈。难怪公司会质问我在做什么啊，可我根本无从回答啊。

宫崎：你总是这样。我们一起做周播的电视动画时，你经常逮住制片人没完没了地说："把这部作品做成电视动画系列就是胡闹，因为……"要知道当时制作工作已经启动，大家都开工了啊。我都想说"快点把分镜拿来"了。

高畑：那个时候阿宫就有长远规划的习惯了。我还记得你说过不能做这么花时间的事情，而我一贯认为考虑未来也没用，船到桥头自然直。我们在这方面有很大的区别。

铃木：为什么阿宫总能想得那么长远呢？

宫崎：因为做动画靠的是团队合作啊。要是我们拖了很久，负责下一个环节的人该怎么办啊。

比方说，准备制作一部长篇作品的时候，我会在纸上画一条线。假设二〇一四年开始筹备，那就从二〇一四年画到二〇一五、二〇一六年，然后从什么时候开始作画，有多少工作人员可以参与……这些都要一一写下来。如此一来，这两年的命运不就可以看得清清楚楚了吗？接下来只要每天推进就好了。再往后的我就不愿多想了。

铃木：阿宫是个非常自律的人。从起床到去工作室上班的这段时间里，要用刷子擦身、散步、喝咖啡……每天都是风雨无阻。我可没这本事啊。

宫崎：人只要上了年纪就会变成这样。我是因为能力一点点变弱了，要是生活再没有规律，就无法维持工作的节奏了。

不过嘛，阿朴是真的懒。我是很勤奋的。对吧，铃木？

铃木：……

宫崎：你也不嗯一声啊。

高畑：我也没你说的那么懒吧，是你勤奋过头了。

迪士尼电影带来的震撼

铃木：话说回来，二位已经在动画界摸爬滚打五十多年了。高畑老师是一九五九年进入东映动画的。四年后，阿宫也入职了。然后在一九六八年，高畑导演的处女作《太阳王子霍尔斯的大冒险》上映了，阿宫作为原画师参与了制作。

高畑：跟我搭档制作了《阿尔卑斯山的少女》等作品的动画师小田部羊一说过，"动画大概有一百多年的历史了，而其中的一半是我们共同见证的"。

宫崎：当时我和阿朴都特别有闯劲。铃木也是这样，这大概是我们三个人唯一的共同点吧。

高畑：现在的年轻导演和动画师即便有心创新，也很难如愿，毕竟前面耸立着"宫崎骏作品"这座难以逾越的高峰。我们年轻的时候还可以尝试很多没人做过的事情。比如尽管那时候迪士尼推出了很多优秀的作品，但他们的志向和我们的完全不一样，所以我不会太放在心上。

宫崎：不，我倒还挺介意的。在制作自己的作品之前，我们会租一些迪士尼的电影回工作室放映，这叫"参考试映"。看完之后，我就会没精打采走回工位，看着自己画的画面心想："唉，比不上啊……"然后琢磨怎么样才能弥补其中的差距……

高畑：迪士尼当时的作品的确有很高的水准。而且他们也在各方面大胆创新。例如在《101忠狗》中，他们把"用画笔描铅笔线"这种传统的做法改成了"用复印机复印"，不过在那之前，他们先用短片做了实验。

宫崎：迪士尼推出过叫"糊涂交响曲"的一系列动画短片，其中有一部作品叫《老磨坊》。还记得当年看的时候觉得特别厉害。最近又看了一遍，倒觉得没那么了不起了。

高畑：啊……《老磨坊》确实很厉害啊。他们用了一种能让画面更具深度的多平面摄影机，打造出了独特的效果。先在短片里做了实验，然后再用在《白雪公主》这样的长篇作品里。

铃木：阿宫也一样啊，你不是也用吉卜力美术馆放映的短片做了各种实验吗？

宫崎：在美术馆放的短片不需要考虑赚不赚钱的问题，所以做起来没负担。比如，要是把短片里的音效都去掉会是什么效果呢？

不要脚步声，也不要拨开草丛的声音……我发现，去掉的音效越多，短片就越好懂。

昭和五十年代的广播剧听起来很舒服。我心想怎么样才能营造出那种舒服的感觉呢？原来只要少用点音效就可以了。也许是现代人太神经质了，加了太多的音效。

铃木：森田一义老师和矢野显子老师用声音演绎出所有音效的短片《寻找家园》也很棒啊。

高畑：这与日本的传统文化是一脉相通的。比如在狂言里，演员开门、关门时会说"哗啦哗啦哗啦""啪嗒"，讲到石头掉进河里，就说"扑通"，所有的音效都是用人声通过拟声词呈现的。

宫崎：人们总以为进化是朝着某个固定的方向发展的，但我认为也许并不是这么回事。进化会产生种种方向不同的分枝，乍看之下老旧简单的手法，也能实现另一种意义上的进化，也有可能演化为新的表现方式。只是不能把它们全部用在长篇作品里罢了。

高畑：《起风了》里出现的零战螺旋桨声、机车的蒸汽声、汽车的引擎声也都是用人声加工的吧。

宫崎：就算你想录零战的引擎声，也没有地方给你录啊。现在的飞机发出来的不是那个年代的引擎声，根本录不出像样的效果。我的思路是，反正不可能再现，干脆死了这条心，用人声加工算了。只要巧妙运用话筒和音箱，就能塑造出各式各样的声音，这样反而更好。

高畑：那些音效听起来很有意思。它们不仅仅是"声音"啊，其中果然会透出一股人情味。尤其是引擎的轰鸣和关东大地震的地动，效果特别好。我感觉"鸣动"一词和神明的愤怒有着相通之处，而通过人的声音来呈现这些东西有十分到位的效果。

铃木：负责音乐的久石老师提出的观点也很发人深思。他说普通的音效不会妨碍音乐，人声却会和音乐发生碰撞。换句话说，用人声加工而成的音效也是一种音乐。

宫崎：这话很有见地啊。所以要错开时机，或是调整音量，避免与音乐冲突。《起风了》里面关于关东大地震的描写，我当时一直在琢磨地震的声音是什么样的呢？"3·11"大地震发生的时候，我在工作室里竖起耳朵听地震的声音，可怎么听都只有架子上的东西掉下来的声音，让我产生了"地震非常安静"的印象。

高畑：听你这么一说，我就想起来了。当年遇到空袭的时候，总会有一段空白的时间和一段神奇的停顿。燃烧弹伴随着"咻——咚咚！"的巨响落下，但大火不会立刻蔓延到房子，只是到处都有火在烧。那种什么都没有发生的感觉转化成了真实的空袭体验，让人至今记忆犹新。人的感官是非常奇妙的，用肉眼、耳朵感知到的东西不一定与现实一致。反之，我们也可以说，人能感觉到的比实际发生的更多。

宫崎：话说回来，我们经常能在黑白的日本电影里看到一种神奇的空间——房间里空无一物，只有主人公站着的地方被白光照亮。那种简约感让人着迷。我其实不太看电影之类的，但那些影像片段时而会浮现在脑海当中。

高畑：我觉得黑白画面之美还是值得我们去复活的。

在这次的《辉夜姬物语》中，我们没有仔细描绘所有的空间和阴影，而是采用了带有速写色彩的手法，以此激发观众的想象力与记忆。看普通的动画时，观众会把自己看到的"画"当成是真的。可看速写画的时候，人会努力去想象"画图的人可能看到的对象本身"。我故意采用了粗糙潦草的笔触，利用留白刺激观众的想象力，让他们去探究线条背后究竟是什么。这是制作这部电影时最为艰巨的一项工作。

宫崎：要是执着于如何把线条用到极致，动画就做不出来了啊。将鲜活的草图转化成画面，它就会失去原有的闪光点，这也是我们经常遇到的情况。但拙劣的画一旦动起来，看起来也会像模像样的，这也是动画的一大优势。我觉得一个人要是接受不了这一点，就不应该从事动画工作。动画是需要许多动画师一起作画的，如果你太纠结于线条的质量，工作就推进不下去了。从某种角度看，动画会降低画的存在感，因而每个人肩上的责任也会变轻。所以动画也有"不用背思想包袱"的一面。

高畑：不过，阿宫是不是坚定不移地抱有那样的想法，我是持怀疑态度的。还记得做电视动画《红发少女安妮》的时候，有一场关于回忆的戏，阿宫是用线条画呈现的，几乎只有黑白两色，精彩极了。但长篇作品不可能让阿宫一个人从头画到尾。所以他一直都在寻找平衡点。

铃木：我不知道阿宫意下如何，不过庵野秀明说他想拍《风之谷》的续集，不知道能不能把阿宫画的原著漫画的线条充分利用起来。他的灵感来源于高畑老师的《我的邻居山田君》，那部作品就灵活运用了漫画原著的线条。

宫崎：这分明是多此一举啊。我已经不纠结线条的笔触了，又不是为了表现线条才拍电影的。

高畑：阿宫说的没错，这次在《辉夜姬物语》中，我有意在这方面做出了一点改变。作画上，我一直都在强调线条的力量。刚开始的时候，工作人员一看到田边画的线条就嚷嚷"谁画得出这种东西啊"，但随着工作的推进，线条表现出了惊人的力量，这可是分工合作画出来的，大家真的付出了巨大的努力。

宫崎：站在动画师的立场上讲，当我观看制作完成的电影时，有时会看到自己把某处失误糊弄了过去，有时又会看到一点儿的松懈也会一下子体现出来。每次看到这样的画面，我心里都会特别煎熬。我是很想重新画的，可大多数工作人员会觉得何必在意这样的小细节呢，就这样不是很好吗。

高畑：哎，说不定他们是觉得阿宫也变得好说话了，心想以前的阿宫早就大发雷霆了之类的。

宫崎：也许是吧。好比一个走路的场景，只要每天观察别人走路的动作，你就会发现实际的动作、姿势和自己脑子里想的完全不一样。很多动画师偏要照着自己认定的动作去画。看到那样的画，我就特别来气，心想："这个人几十年来一直在画同样的东西吗？他平时都在看什么啊？"更让人生气的是，就算我想改吧，眼睛也不中用了，画出来的动作变得东倒西歪的，根本没法用。

国内外观众对作品的诠释有所不同

高畑：阿宫的电影在国外也很受欢迎，即便是《魔女宅急便》这种西方背景的故事，本质上还是带有日本色彩。

铃木：每次把作品介绍到国外，我都能感觉到，越是有日本色彩的东西，到了外国就越受欢迎。这条定律不单单适用于《幽灵公主》《辉夜姬》这种以过去的日本为题材的作品。如高畑老师所说，我认为让观众产生共鸣的正是作品本质中的"日本"。

好比《哈尔的移动城堡》，法国人光是看到城堡的设计就会大吃一惊。因为在他们的概念里，城堡应该是左右对称的，所以他们会纳闷，不知道那种乱七八糟的设计灵感从何而来。

宫崎：它来源于日本建筑的扩建思想。

高畑：在《魔女宅急便》中，主人公琪琪曾一度失去飞行能力。你知道法国的孩子们是怎么解释这件事的吗？——因为她爱上了蜻蜓呀。法国人重视理性，爱情却能让人挣脱理性，所以他们才喜欢谈情说爱。

要是拿同样的问题去问日本人，不用多做解释，他们也能感受到魔女这层身份带来的排挤和疏离，以及找不到容身之地的痛苦。

宫崎：嗯……你们有没有过这样的经历？突然画不出画了，不知道自己以前是怎么画的了。这种感觉说来就来，无缘无故的，没办法解释清楚。

高畑：但如果是这样的话，琪琪重获飞行能力的理由就变了吧？

铃木：话说在电影中，有人问琪琪是怎么飞的，她回答说："靠血统。"女画家就说："魔女的血统、画家的血统、面包师的血统。那是神明或者别人赐予的力量啊。"我还记得二位为这个问题争论过呢。

高畑：我觉得用血统来解释太不讲道理了。

宫崎：因为没有别的办法去解释了啊。我也不是说所有的职业都是由血统决定的。

高畑：哈哈哈，可不是嘛。

宫崎：不过人们的确会以工作的形式和社会接轨，获得精神世界的平静。失去"工作"这份属于自己的职责，对一个人来说是多么痛苦啊。

高畑：我很理解你的意思。这也跟琪琪不能飞的理由有关呢。

巨额制作经费是两位导演的退休金？

铃木：《起风了》是去年的票房冠军，票房收入达到了一百二十亿，可即便这样也没能回本。每次向别人说起这件事大家都会大吃一惊。

宫崎：我听到这个数字也惊得说不出话来，感觉一个时代已经结束了。拍电影变得太费钱的确是不争的事实。

铃木：仔细想想，这两部作品花掉的经费足够制作一百多部普通的日本电影了。巨额的制作经费也算是给二位的退休金吧。

《辉夜姬》的制作责任人是已故的日本电视台会长氏家齐一郎先生。他特别喜欢高畑老师的作品，全力配合我们，只盼着这辈子能再看到一部新片，可惜他没有等到影片完工就去世了，真是太遗憾了。

高畑：是啊。我对他真是感激不尽。德间书店的德间康快社长也是我的恩人。

铃木：《辉夜姬物语》是吉卜力第二次遇到项目最高责任人去世的情况。上一次是《千与千寻》，制作总指挥是德间社长。我不用挑大梁，只需要在最高责任人手下工作。但是对吉卜力来说，能遇到这样几位称得上靠山的恩人实属幸运。从这个角度看，我们很难再多做出几部《起风了》《辉夜姬》这样的电影了。

最喜欢对方的哪部作品

铃木：去年，阿宫表示要息影退休。以后就可以自由创作了。

你接下来打算做什么呀?

宫崎: 这话是什么意思?

铃木: 你只是不再做商业电影了, 对吗?

宫崎: 不不不, 我只是说我不会再拍长篇动画了。

高畑: 拍长篇也没关系吧。在《辉夜姬物语》的记者招待会上, 还有人问我对宫崎导演的退休有什么看法呢。

宫崎: 怎么能问你这种问题呢。

高畑: 就是啊。我告诉他, "要是他哪天宣布复出, 你也别太惊讶"。你不就是这种人嘛。

宫崎: 我现在处于一种空空荡荡的状态。就算有创意掠过脑海, 也没有要把它写出来的念头。我现在只想好好治疗心绞痛, 画些没有截稿时限的漫画消遣消遣。

高畑: 报上说我已经有了新片的构思, 有机会的话还想再拍一部, 其实我自己也说不准。

铃木: 早在做《辉夜姬》之前, 你就一直主张应该把《平家物语》改编成动画。

高畑: 嗯, 那个可以拍成很有趣的作品。应该有个人来拍的。不过我不敢说我自己来。

先不管拍不拍电影, 反正我现在很享受每天的生活。比如看着树叶一片一片地落下来就很有意思。隔壁的公园有各种各样的鸟儿飞来, 有时还能看到很罕见的鸟儿呢, 好比小星头啄木鸟什么的。看到那些鸟儿, 我都会很高兴。

宫崎: 我也经常出门散步。半路上还会去附近的墓园, 拜一拜父母和关照过我的人。有些人虽然没见过面, 但他们的文字让我大开眼界, 这些人我也会去祭拜一下。比如司马辽太郎老师、植物学家中尾佐助老师、考古学家藤森荣一老师。

高畑：这么虔诚啊。我从来没想过这些。再说了，那些书也不是专门为你写的啊。

宫崎：他们对我有恩啊。一看到我走到半路开始拜了，我老婆就会自己快步往前走，把我撂在后头。

高畑：可不是嘛，那才是正常的反应啊。

宫崎：还有，吉卜力的托儿所就在工作室隔壁，见证孩子们的成长也是一大乐趣啊。托儿所里有很多名字和脸对不上号的孩子，但突然有一天，他们也许会作为某个明确的人出现在我眼前。这种时候绝对不能麻痹大意。

高畑：应该怎么应对呢？

宫崎：不是给个微笑就行了，必须认真对待。孩子的举止会一瞬间突然改变，那种紧张感会让你觉得以后不能再麻痹大意下去了。而且那样的瞬间一旦错过，就再也不会来了。

高畑：这可是老人难得一遇的乐趣啊。

宫崎：哈哈哈。前一阵子，我送了一本叫《胡桃夹子》的英国绘本给一个小女孩。书很不错，她很喜欢。后来我得知网上能买到真的胡桃夹子，就想买了送给她。我把这件事告诉了我老婆，结果她说："给孙子也买一个吧。"孙子毕竟是男孩子，我觉得这样的东西送给男孩子好像不太合适，却又不敢跟老婆对着干。眼看着送礼的范围越来越大，连周围的工作人员的孩子也要送，最后买了足足八个呢。

高畑：阿宫啊，你当时就该厚着脸皮偏心到底的。

宫崎：我最开始想送的小女孩马上要过五岁生日了，她给我写了一封信。"下次我会偷偷塞个核桃进去试试看的。我还没有梦到过胡桃夹子。"虽说胡桃夹子是真的，可毕竟是玩具，真把核桃塞进去会坏的，但她就是忍不住想塞。"还没有梦到过"这句话也很有感觉呢。

铃木：为了制作吉卜力全集的蓝光碟，我最近在重看工作室迄今为止推出的所有作品。

高畑：哪部最好看？

铃木：问题在于，我总会想起制作期间发生的事情，所以没法全情投入啊。搞不好我才是全世界最不懂吉卜力好在哪里的人。最后一个问题，二位最喜欢对方的哪部作品呢？

高畑：我最喜欢《龙猫》。

宫崎：《阿尔卑斯山的少女》吧。我也参与了制作，其他工作人员也付出了努力，但它终究是高畑勋创造出来的东西。它本应该得到更高的评价，可大家都不太认可，气死我了。

高畑：不用替我打抱不平啦，不过《阿尔卑斯山的少女》的确是一部占尽天时地利人和的作品。

宫崎：一辈子都不一定能碰上一次呢。只是日程安排得一团乱，还记得有一天我们必须去回收外包的稿子，否则就来不及了，结果却碰上了大雪天。买不到轮胎用的防滑链，都不知道该怎么办了，闹得鸡飞狗跳。但是我很庆幸自己能邂逅那样的作品。

刊载于《文艺春秋》2014 年 2 月号

吉卜力工作室年表

1984 年 3 月	《风之谷》（宫崎骏导演）上映
1985 年 6 月	吉卜力工作室在吉祥寺成立
1986 年 8 月	《天空之城》（宫崎骏导演）上映
1988 年 4 月	《龙猫》（宫崎骏导演）、《萤火虫之墓》（高畑勋导演）上映
1989 年 7 月	《魔女宅急便》（宫崎骏导演）上映
11 月	引进长期雇佣制度
1991 年 7 月	《岁月的童话》（高畑勋导演）上映
1992 年 7 月	《红猪》（宫崎骏导演）上映
8 月	小金井市第一工作室竣工
1994 年 7 月	《百变狸猫》（高畑勋导演）上映
1995 年 7 月	《侧耳倾听》（近藤喜文导演）上映
1997 年 7 月	《幽灵公主》（宫崎骏导演）上映
1999 年 7 月	《我的邻居山田君》（高畑勋导演）上映
2001 年 7 月	《千与千寻》（宫崎骏导演）上映
10 月	三鹰之森吉卜力美术馆开业（馆主：宫崎骏）
2002 年 2 月	《千与千寻》荣获第 52 届柏林国际电影节金熊奖
7 月	《猫的报恩》（森田宏幸导演）上映
2003 年 3 月	《千与千寻》荣获第 75 届奥斯卡最佳动画长片奖
2004 年 9 月	《哈尔的移动城堡》（宫崎骏导演）荣获第 61 届威尼斯国际电影节金奥赛拉奖
11 月	《哈尔的移动城堡》上映
2005 年 3 月	"皋月与小梅之家"参展爱·地球博览会（爱知世博会）
4 月	从德间书店独立，吉卜力工作室起步
9 月	宫崎骏导演荣获第 62 届威尼斯国际电影节荣誉金狮奖
2006 年 7 月	《地海战记》（宫崎吾郎导演）上映
2008 年 7 月	《崖上的波妞》（宫崎骏导演）上映
2010 年 7 月	《借东西的小人阿莉埃蒂》（米林昌宏导演）上映
2011 年 7 月	《虞美人盛开的山坡》（宫崎吾郎导演）上映
9 月	宫崎骏导演举办记者招待会，宣布不再制作长篇电影
2013 年 7 月	《起风了》（宫崎骏导演）上映
11 月	《辉夜姬物语》（高畑勋导演）上映
2014 年 7 月	《记忆中的玛妮》（米林昌宏导演）上映
11 月	宫崎骏导演荣获奥斯卡终身成就奖
2016 年 9 月	《红海龟》（迈克尔·度德威特导演）上映
2017 年 6 月	爱知县公布"吉卜力乐园"构想（计划 2022 年开业）
2018 年 4 月	高畑勋导演去世 《你想活出怎样的人生》（宫崎骏导演）上映时间未定

后记

　　看完校稿，我大吃一惊。书里的内容明明是我讲述的亲身经历，我却几乎对事情的细节全无印象。到底是怎么回事？难道我得了轻微的失忆症吗？我怎么都忘了呢？这些真是我亲身经历过的吗？看稿的时候，我甚至有种自己通读历史人物大事记的错觉。我一定是在做梦——这个念头在脑海中反复出现。

　　在这本书之前，我出版过两本关于吉卜力的书。第一本题为《乐在工作》，讲述了吉卜力的诞生到宫崎骏退休，以及退休之后发生的种种，算是"吉卜力入门篇"。第二本《吉卜力的风》本该围绕吉卜力展开，却在涩谷阳一的引导下回顾了自己的历史。两本书都采用了"采访者提问，我回答"的形式。

　　但这本书有所不同，首次集结发表于"吉卜力教科书"系列中的幕后故事，每月一次，从《风之谷》到《记忆中的玛妮》，每章讲述一部电影。

　　因为时间相对充裕，这次我提前想好了要对采访者说什么，围绕哪些主题展开。否则就跟之前一样了。见到采访者之后，再轻松随意地讲述当年的往事，有时也会插些题外话。算上采访者的提问，一次访谈大约是两小时。访谈持续了近两年，谈到了二十部作品，所以加起来总共谈了四十多个小时。访谈的内容在某种程度上呈现了高畑勋和宫崎骏两位天才的思维模式。

只要看过这三本书，应该就能对吉卜力有一个大致的了解了。我也算是尽到了自己的义务。

唯一的遗憾是《辉夜姬物语》。重读稿件后，我意识到自己还没把心绪整理好。这篇稿子不能用，否则会让读者产生不必要的误会。所以这一次，我决定撤掉关于《辉夜姬物语》的部分。我想再花点时间深入思考。希望日后能有机会与大家分享。

"讲述"是何其可怕。根据以往的经验，我总是前脚刚讲完，后脚就忘光。所以不必再多讲述了。在这两年时间里，我一直在心中如此告诫自己。

本书的采访者是岛崎今日子女士和柳桥闲先生。尤其感谢柳桥先生，帮助疏通了许多因为我的遗漏导致条理不通的地方。

同样感谢吉卜力的田居因女士一如既往地予以协助。

多亏文春新书的老友前岛笃志先生的大力帮助，本书才得以问世。同样感谢责编水上奥人先生的关照。

宫崎骏新片《你想活出怎样的人生》的分镜将在今年初夏出炉。我们花了近三年的时间才走到这一步。后续工作还需要三年，计划在二〇二二年夏季完成。

二〇一九年四月十五日

本书根据文艺春秋吉卜力文库《吉卜力教科书》第 1 至 20 册刊登的"大汗淋漓吉卜力史"（采访整理：岛崎今日子、柳桥闲）与《文艺春秋》2014 年 2 月号刊登的《吉卜力工作室 30 年来首次三人对谈》修改、编辑而成。

本书收录的海报和图片如下：

《风之谷》©1984 Studio Ghibli·H

《天空之城》©1986 Studio Ghibli

《龙猫》©1988 Studio Ghibli

《魔女宅急便》©1989 角野荣子·Studio Ghibli·N

《岁月的童话》©1991 冈本萤·刀根夕子·Studio Ghibli·NH

《红猪》©1992 Studio Ghibli·NN

《百变狸猫》©1994 畑事务所·Studio Ghibli·NH

《侧耳倾听》©1995·葵／集英社·Studio Ghibli·NH

《幽灵公主》©1997 Studio Ghibli·ND

《我的邻居山田君》©1999 石井寿一·畑事务所·Studio Ghibli·NHD

《千与千寻》©2001 Studio Ghibli·NDDTM

《哈尔的移动城堡》©2004 Studio Ghibli·NDDMT

《地海战记》©2006 Studio Ghibli·NDHDMT

《崖上的波妞》©2008 Studio Ghibli·NDHDMT

《借东西的小人阿莉埃蒂》©2010 Studio Ghibli·NDHDMTW

《虞美人盛开的山坡》©2011 高桥千鹤·佐山哲郎·Studio Ghibli·NDHDMT

《起风了》©2013 Studio Ghibli·NDHDMTK

《记忆中的玛妮》©2014 Studio Ghibli·NDHDMTK

图书在版编目（C I P）数据

吉卜力的天才们 ／（日）铃木敏夫著；曹逸冰译
. -- 海口：南海出版公司，2022.10
ISBN 978-7-5735-0257-5

Ⅰ．①吉… Ⅱ．①铃… ②曹… Ⅲ．①随笔－作品集
－日本－现代 Ⅳ．① I313.65

中国版本图书馆 CIP 数据核字（2022）第 140934 号

著作权合同登记号 图字：30-2022-034

TENSAI NO SHIKO Takahata Isao to Miyazaki Hayao by Suzuki Toshio
Copyright©2019 Suzuki Toshio
All rights reserved.
Original Japanese edition published by Bungeishunju Ltd. in 2019.
Chinese (in simplified character only) translation rights in PRC reserved by
ThinKingdom Media Group Ltd., under the license granted by Suzuki Toshio,
arranged with Bungeishunju Ltd., Japan through Bardon-Chinese Media
Agency, Taiwan.

吉卜力的天才们

〔日〕铃木敏夫 著
曹逸冰 译

出　　版	南海出版公司　　（0898）66568511	
	海口市海秀中路 51 号星华大厦五楼　　邮编 570206	
发　　行	新经典发行有限公司	
	电话（010）68423599　　邮箱 editor@readinglife.com	
经　　销	新华书店	
责任编辑	黄宁群	
特邀编辑	尹子粤	
营销编辑	张媛媛	
装帧设计	李照祥	
内文制作	王春雪	
印　　刷	北京奇良海德印刷股份有限公司	
开　　本	850 毫米 ×1168 毫米　1/32	
印　　张	9.5	
字　　数	221 千	
版　　次	2022 年 10 月第 1 版	
印　　次	2022 年 10 月第 1 次印刷	
书　　号	ISBN 978-7-5735-0257-5	
定　　价	79.00 元	

版权所有，侵权必究
如有印装质量问题，请发邮件至 zhiliang@readinglife.com